LA
VERDADERA HISTORIA
DEL

CLUB
BILDERBERG

LA
VERDADERA HISTORIA
DEL

CLUB
BILDERBERG

**Traducción de Ignacio Tofiño
y Marta-Ingrid Rebón**

Daniel Estulin

bronce

© Daniel Estulin, 2005
© por la traducción, Ignacio Tofiño y Marta-Ingrid Rebón, 2005
© Editorial Planeta, S. A., 2005
    Diagonal, 662-664, 08034 Barcelona (España)

Primera edición: septiembre de 2005
Segunda impresión: septiembre de 2005
Tercera impresión: octubre de 2005
Cuarta impresión: octubre de 2005
Depósito Legal: B. 44.050-2005
ISBN 84-8453-157-0
Composición: Ormograf, S. A.
Impresión: Hurope, S. L.
Encuadernación: Lorac Port, S. L.
Printed in Spain - Impreso en España

Índice

Prólogo   9

Introducción. El alba de una nueva era:
        Esclavitud Total   11

1. El Club Bilderberg   21
2. El Council on Foreign Relations (CFR)   77
3. La conspiración de los Rockefeller
    y la Comisión Trilateral   141
4. Hacia una sociedad sin dinero en efectivo   175
Llamamiento a la acción   235

Apéndice 1. Conversaciones de las reuniones
        de Bilderberg   241
Apéndice 2. La sombra del Gobierno Mundial   251
Apéndice 3. Lista de participantes en la reunión
        del Club Bilderberg en 2005   275

Notas   283

... una camarilla formada por algunos de los hombres más ricos, poderosos e influyentes de Occidente que se reúnen secretamente para planear eventos que después, simplemente, suceden.

The Times (Londres, 1977)

Es difícil reeducar a la gente que ha sido educada en el nacionalismo. Es muy difícil convencerlos de que renuncien a parte de su soberanía en favor de una institución supranacional.

Príncipe BERNARDO,
fundador del Club Bilderberg

Prólogo

Todo el que esté interesado en saber más sobre los poderes fácticos que gobiernan el mundo e influyen en la vida de todos sus habitantes se quedará impresionado con este libro de Daniel Estulin.

Daniel y yo hemos colaborado durante años persiguiendo a Bilderberg, la organización secreta internacional integrada por líderes políticos, financieros y corporaciones multinacionales.

En mucho de lo que he escrito sobre Bilderberg durante los últimos años he usado información obtenida por Danny. Sin su ayuda, *American Free Press* no hubiera podido saber dónde se celebraría la reunión del Club Bilderberg en 2005.

El trabajo de Daniel es más académico que el mío. Cita los hechos en toda su crudeza y acredita sus fuentes en notas. Yo improviso con lo que sé directamente de fuentes procedentes de Bilderberg y me confío al juicio de la Historia que, hasta ahora, ha sido amable conmigo.

He aprendido mucho sobre Bilderberg leyendo partes del manuscrito de Daniel antes de su publicación. Si, después de perseguir al Club Bilderberg por toda Europa y Norteamérica durante treinta años, el libro de Daniel todavía tiene cosas que enseñarme, puede usted apostar a que todo el mundo aprenderá cosas en él y, además, encontrará ese aprendizaje fascinante.

Este libro le producirá reacciones que irán de la fascinación al ultraje. Y en cuanto gire usted esta página, comenzará un emocionante viaje por los intestinos del Gobierno Mundial en la sombra.

JIM TUCKER

El alba de una nueva era: Esclavitud Total

En este libro pretendo contar la parte de la verdad de nuestro presente y futuro próximo que nadie saca a la luz. *La verdadera historia del Club Bilderberg* documenta la historia despiadada de la subyugación de la población por parte de sus gobernantes. El lector asistirá al nacimiento de un Estado Policial Global que sobrepasa la peor pesadilla de Orwell, con un gobierno invisible, omnipotente, que tira de los hilos desde la sombra, que controla al gobierno de los Estados Unidos, a la Unión Europea, a la OMS, a las Naciones Unidas, al Banco Mundial, al Fondo Monetario Internacional y a cualquier otra institución similar. Todo está aquí: la historia del terrorismo promovido por los gobiernos, el actual control de la población a través de la manipulación y el miedo y, lo más espantoso de todo, los proyectos futuros del Nuevo Orden Mundial.

Sé que es cierto que las personas y las organizaciones no son ni absolutamente «malas» ni absolutamente «buenas». Sé que dentro de ellas, al igual que ocurre con cada uno de nosotros, existen necesidades de supervivencia, dominio y poder luchando contra las necesidades de filantropía y de amor por dominar su comportamiento. Pero parece que en el Club Bilderberg prevalecen (aunque no sea de forma absoluta) las necesidades de poder. Estos matices de ninguna manera restan importancia a la terrible situación de alienación a la que nos están llevando.

Soy consciente de que «los amos del mundo» también harán cosas constructivas en su vida (unos más y otros menos);

aunque, como ya se encargan ellos de hacer pública esta información a través de los medios de comunicación, la he obviado en mi libro: me he centrado en ese otro «lado oscuro» irreconocido, secreto y perverso de los miembros del Club.

También es evidente que algunas de las personas que están en el poder tienen ideales más elevados y consistentes que las personas de las que hablo en este libro. Muchos grandes empresarios, políticos e incluso algunos de sus colaboradores están luchando por poner límites a la depravación de Bilderberg, desde fuera algunos, desde dentro otros, aunque, eso sí, de forma encubierta todos. Mi agradecimiento hacia ellos (pues suponen para mí una gran fuente de información y de ánimo) y la preocupación por su seguridad me impiden desvelar sus nombres en este libro.

Tampoco este interés por dominar al resto del mundo es una novedad en la historia de la Humanidad. Ya antes otros lo intentaron. En antiguas civilizaciones de nuestro planeta ha habido esclavitud y abusos por parte de la élite dominante. En épocas anteriores de la Historia hemos visto medidas draconianas impuestas sobre las naciones pero, lo que nunca se había visto, era un ataque como éste a los derechos de las personas y a la democracia. El lado oscuro del Club Bilderberg —la peor maldad a la que se haya enfrentado nunca la Humanidad— está entre nosotros y usa los nuevos y amplios poderes de coacción y terror que la dictadura militar-industrial global requiere para acabar con la resistencia y gobernar aquella parte del mundo que se resiste a sus intenciones.

El desarrollo de las comunicaciones y la tecnología, unido al profundo conocimiento actual sobre ingeniería (manipulación) de la conducta, está favoreciendo que, lo que en otras épocas fueron sólo intenciones sin consumar, hoy se estén convirtiendo en realidad. Cada nueva medida, por sí sola, puede parecer una aberración, aunque el conjunto de cambios que forman parte del proceso continuo en curso constituyen un movimiento hacia la Esclavitud Total.

Durante las últimas décadas los grandes psicólogos (Freud, Skinner, Jung...) han sido utilizados para los fines del gobierno mundial a través de institutos como Tavistock o Stanford, organismos colaboradores del Club Bilderberg, aunque no sabemos hasta qué punto fueron éstos informados de los objetivos de dominación mundial del Club. Las investigaciones y ensayos sobre el comportamiento humano han ido demostrando que la dominación de éste no puede provenir del castigo ni de los refuerzos negativos, sino de los refuerzos positivos. Los refuerzos negativos, si bien producen en cierta medida el comportamiento deseado por quien lo induce, van inevitablemente acompañados de sentimientos de rabia, frustración y rebeldía en las personas a las que se les aplica y por eso ese tipo de técnicas ha caído en desuso. Los poderosos han descubierto que el refuerzo positivo es la única manera de provocar en las personas a quienes se les aplica el comportamiento deseado sin resentimientos ni rebeldía y de manera estable.

El refuerzo positivo se está aplicando al estilo de los conocidos libros *Un mundo feliz*, de Aldous Huxley, y *Walden Dos*, de B. F. Skinner: darle algo positivo a la gente cuando cumple las normas impuestas por el Club, pero cerrando cualquier posibilidad de que estas normas se analicen o cuestionen. Los amos del mundo intentan hacer que la gente se sienta «buena» y «responsable» cuando hace lo que ellos disponen; durante los últimos treinta años la población se ha vuelto cada vez más obediente y sumisa (por ejemplo, vemos últimamente cómo se está promoviendo el voluntariado, elogiando y «heroificando» a los que se unen a él, aunque su fin último sea reducir el malestar provocado en la sociedad por el desempleo y así prevenir los «disturbios sociales»). Para saber hasta dónde pueden llegar sin que la población se subleve, están realizando múltiples experimentos, como la actual campaña contra el tabaco. Que la gente fume o no, no es algo tan importante para los gobiernos como parece. Mucho más nefasto para la salud de la población son los gases que sueltan los coches, contra los que no se hace nada. Aunque los técnicos que aplican las campañas antitabaco crean fervientemente en su necesidad, desde arriba es sólo un experimento más sobre la sumisión de la población, y sobre el que deben estar bastante contentos con los resultados: observen lo que ocurre en el metro o en el AVE si a algún «loco» se le ocurre encender un cigarrillo. En seguida será observado como si se tratara de un leproso y alguien se le acercará para decirle educadamente que está prohibido fumar. Observen también la cara de satisfacción de quien hace el comentario: la misma que cuando sacaba una buena nota en el colegio o cuando ayuda a alguien: la satisfacción de haber cumplido con su deber y de sentirse «apropiado» para formar parte del sistema. ¿Pueden ustedes recordar si esta actitud era habitual hace veinte o treinta años?

A un nivel mucho más profundo dentro de la sociedad civil hay un pacto, un pacto de silencio y pasividad. Tal vez muchos se den cuenta de que no se puede defender la «democracia» destruyéndola, pero deciden callar y seguir con sus cómodas rutinas cotidianas: lo que ocurra no les afecta. El problema es que sí les afecta. La batalla se está librando en este preciso instante y la dictadura global —el Gobierno Mundial Único— va ganando.

El objetivo de esta batalla es defender nuestra intimidad personal y nuestros derechos individuales, la piedra angular de la libertad. Implica al Congreso de los Estados Unidos, la Unión Europea, los tribunales, las redes de comunicación, las cámaras de vigilancia, la militarización de la policía, los campos de concentración, las tropas extranjeras estacionadas en suelo estadounidense, los mecanismos de control de una sociedad sin dinero en efectivo, los microchips implantables, el rastreo por satélite GPS, las etiquetas de identificación por radiofrecuencia (RFID), el control de la mente, su cuenta bancaria, las tarjetas inteligentes y otros dispositivos de identificación que Gran Hermano nos impone y que conectan los detalles de nuestra vida a enormes bases de datos secretas del gobierno. Conciencia de Información Total. Esclavitud Total.

Estamos ante una encrucijada. Los caminos que tomemos ahora determinarán el futuro de la Humanidad y si entraremos en el próximo siglo que viene como un Estado policial electrónico global o como seres humanos libres, como consecuencia de una concienciación masiva que tenga lugar en Estados

Unidos y en el resto del mundo libre frente a las actividades criminales de la élite global.

Bilderberg, el ojo que todo lo ve, el Gobierno Mundial a la sombra, decide en una reunión anual completamente secreta cómo deben llevarse a cabo sus diabólicos proyectos. Cuando se celebran estas reuniones, inevitablemente les siguen la guerra, el hambre, la pobreza, el derrocamiento de los gobiernos, y abruptos y sorprendentes cambios políticos, sociales y monetarios. Tal régimen depende absolutamente de la capacidad del Club para mantener la información silenciada y reprimida. Ése es su talón de Aquiles. En cuanto la gente descubre el juego, el trance colectivo sobre el que se basa empieza a venirse abajo. El capítulo sobre Gran Hermano explica cómo el Grupo Bilderberg pretende mantenernos sometidos mediante el control que ejercen sobre la CE, las Naciones Unidas y el gobierno de los Estados Unidos.

Para controlar nuestra reacción ante acontecimientos creados, el Grupo Bilderberg cuenta con nuestras respuestas pasivas y sumisas y no se verá decepcionado mientras nosotros, como mundo libre, sigamos respondiendo igual que hemos hecho hasta ahora.

Skinner, colaborador del Instituto Tavistock, organismo a su vez colaborador del Club Bilderberg, considera incompetente a la población general para educar a sus hijos y propone como sociedad ideal aquella en la que los hijos son separados de la familia tras el nacimiento y educados por el Estado en centros en los que viven. Sus familias sólo pueden ir a pasar algunos ratos con ellos (nunca en privado) y en el caso, por ejemplo, de querer comprarles un regalo, tienen que comprar otros para los compañeros de su grupo, de manera que los padres acaban por sentirse desvinculados de sus hijos. El Estado paga a los padres por sus hijos un dinero estipulado. La Unesco fue creada con el objetivo expreso de destruir el sistema educativo. Nuestra respuesta inadecuada a la crisis es lo que esperaban los ingenieros sociales de Tavistock.

Otra forma de manipulación de la conducta que utiliza el Club Bilderberg es conseguir que la gente obtenga algo que quiere a cambio de renunciar a otra cosa (principalmente la libertad). Más adelante explico cómo va a surgir una oleada de secuestros infantiles promovidos por ellos, para llevar a los padres a una situación de inseguridad y ansiedad tan terrible que ellos mismos solicitarán la implantación de microchips en los niños para tenerlos permanentemente localizados. Éste es un paso más hacia la Esclavitud Total. La manipulación de la población se llevará a cabo a través de un flujo estable de noticias en los medios de comunicación sobre microchips y globalización. Los medios de comunicación del mundo son los vehículos simbólicos mediante los cuales el juego de oferta y demanda de bienes controla a la población. Sin embargo, no hay que esperar que la «prensa libre» dé la voz de alarma. Los medios de comunicación mundiales forman parte de la élite globalizadora, como demuestro en el capítulo «La verdadera historia del Club Bilderberg», una organización ultrasecreta que sigue siéndolo gracias a la complicidad de la prensa mundial.

En un mundo materialista, en el que los exhibicionistas se dedican al periodismo y al espectáculo (¿acaso hay alguna diferencia?), éstos se autocensurarán y satisfarán los supuestos intereses de sus amos y, a menudo con la astucia del esclavo, conseguirán complacerlos. Hay pocas o ninguna ventaja material en la honestidad o en los principios. Las ventajas materiales lo dominan todo, punto. En este contexto, las palabras se usan no como argumentos en un debate, sino para acabar con la discusión.

Y hablando de la naturaleza humana, el poder corrompe. Corrompe a los que lo tienen. Y corrompe a los que procuran influir sobre los que lo tienen. Los medios de comunicación hace mucho que forman parte del mundo de las élites. La prensa libre es un mito porque es propiedad de los poderosos. Sólo cuando sea propiedad de muchos ciudadanos anónimos será posible la existencia de una prensa realmente libre, basada en nuestro «derecho a saber». Ésta es otra cuestión oculta: el pacto de silencio, por activa o por pasiva. ¡Los periódicos importantes y las radios nacionales y las cadenas de TV se niegan a cubrir el tema y no se atreven a hablar de él!

Ésa es la principal justificación de la existencia de una prensa libre, a pesar de todas sus imperfecciones manifiestas. Ésa es precisamente la razón por la que dictadores, oligarcas, juntas militares, emperadores y tiranos a lo largo de la Historia han procurado censurar el debate y sofocar la libre diseminación de opiniones e información. Por eso el Grupo Bilderberg, la Comisión Trilateral, la Mesa Redonda, el Consejo de Relaciones Exteriores, la Comisión Europea, las Naciones Unidas, el Fondo Monetario Internacional (FMI), el Club de Roma y cientos de organizaciones prefieren llevar a cabo sus gestiones a favor del público en privado. Los gerifaltes no quieren que sepamos lo que planean hacer con nosotros.

El totalitarismo es una solución patológica a una vida insegura y atomizada, de manera que permite vender a voluntad imágenes demagógicas a poblaciones desmoralizadas. Este hecho general fue fácilmente entendido por la fuerza directriz omnipresente en organismos multinacionales como la Comisión Trilateral, el FMI, el secreto Consejo de Relaciones Exteriores y otras entidades corporativo-financiero-estatales que forman parte de una «red universal» junto con el Grupo Bilderberg, que es el nodo dominante del sistema entrelazado (que funcionaba antes del retorno a un futuro «sin alternativa»).

Mantener a la mayoría de la población en un estado continuo de ansiedad interior funciona porque la gente está demasiado ocupada asegurando su propia supervivencia o luchando por ella como para colaborar en la constitución de una respuesta eficaz. La técnica del Club Bilderberg, repetidamente utilizada, consiste en someter a la población y llevar a la sociedad a una fuerte situación de inseguridad, angustia y terror, de manera que la gente llegue a sentirse tan desbordada que pida a gritos una solución, la que sea. Explicaré detalladamente en este libro cómo han aplicado esta técnica con las bandas callejeras, las crisis financieras, las drogas y el actual sistema educativo.

No esperemos, pues, castigos ni agresiones claras y explícitas por parte de los amos del mundo sobre la población en general (sí sobre personas concretas), por lo menos hasta que consigan reducir a la población hasta el nivel que ellos consideran «manejable» y estén seguros de no perder el control sobre ella. Su táctica, por ahora, es mucho más sutil y taimada, y están utilizando el conocimiento de todos los «grandes cerebros» del último siglo para conseguir sus objetivos: el sometimiento absoluto de la población.

El Club Bilderberg está luchando por romper la fortaleza psicológica del individuo y dejarlo sin defensas. Uno de los muchos medios para conseguir este propósito está siendo la insistencia actual en potenciar el trabajo en equipo en la educación y en el ámbito laboral, de manera que la gente se acostumbre a renunciar a sus propias ideas en beneficio del grupo. Cada vez son menos los que defienden el pensamiento individualista y crítico. Estamos llegando a una situación en la que los «lobos solitarios» empiezan a sentirse avergonzados de su existencia. Con respecto al ámbito educativo, también es imprescindible dar a conocer que los estudios realizados por el Club Bilderberg demuestran que han conseguido bajar el Coeficiente Intelectual de la población, gracias principalmente a la reducción de la calidad de la enseñanza planeada y ejecutada hace años por el Club aunque, por supuesto, públicamente se lanza periódicamente la noticia de que el Coeficiente Intelectual medio está subiendo. Ellos saben que, cuanto menor sea el nivel intelectual de los individuos, menor es su capacidad de resistencia al sistema impuesto. Para conseguir esto, no sólo han manipulado a los colegios y a las empresas, sino que se han apoyado en su arma más letal: la televisión y sus «programas basura» para alejar a la población de situaciones estimulantes y conseguir así adormecerla.

El objetivo final de esta pesadilla es un futuro que transformará la Tierra en un planeta-prisión mediante un Mercado Único Globalizado, controlado por un Gobierno Mundial Único, vigilado por un Ejército Unido Mundial, regulado económicamente por un Banco Mundial y habitado por una población controlada mediante microchips cuyas necesidades vitales se habrán reducido al materialismo y la supervivencia:

trabajar, comprar, procrear, dormir, todo conectado a un ordenador global que supervisará cada uno de nuestros movimientos.

Porque cuando usted comprenda lo que ocurre, comenzará a entender que mucha gente importante —gente a la que cree que admira, a la que busca para que lo guíe y a la que intenta apoyar—, gente que usted creía que trabajaba para nosotros, a favor de la libertad (los líderes elegidos democráticamente, los comisarios europeos no elegidos por el pueblo, los líderes de la sociedad civil, la prensa), todos los que deberían proteger celosamente nuestra libertad, en realidad trabajan para *ellos*, a favor de intereses que poco tienen que ver con la libertad.

Sivanandan, director del Instituto de Relaciones Raciales, dice: «La globalización ha establecido un sistema económico monolítico; el 11 de septiembre amenaza con engendrar una cultura política monolítica. Juntos, suponen el fin de la sociedad civil.» Y el nacimiento de la Esclavitud Total.

La UE no es inmune a esta nueva ideología, sino que ayuda a formarla. Los gobiernos europeos han conspirado para lograr lo que cínicamente se llama «lucha contra el terrorismo» con el vergonzoso bombardeo y posteriores secuelas en Afganistán e Iraq, acontecimientos que se han vendido a una población desmoralizada y abatida como actos patrióticos llenos de entusiasmo. Como ocurre con todos los matones, la mayor amenaza a la vida proviene del propio sistema de terror que se supone que protege a los ciudadanos del mismo. ¿O seguimos creyéndonos las mentiras propagadas por los políticos y los medios de comunicación que dicen que la guerra de Afganistán se ha hecho para defender la libertad, acabar con los talibán, capturar a Bin Laden y establecer la democracia y la igualdad de derechos? Benjamín Disraeli, primer ministro de Inglaterra, apuntó que «el mundo es gobernado por personajes muy distintos de lo que piensan los que no están entre bastidores».

Desde 1994, cuando David Rockefeller exigió que se acelerasen los planes para el empuje final de la conquista global, toda la población del planeta se ha visto abrumada con una crisis financiera y ambiental después de otra, paralizada por un terror de baja intensidad, una técnica, según descubro en este libro, usada con frecuencia por los ingenieros sociales como condición necesaria para mantener a sus sujetos en un desequilibrio perpetuo. El Nuevo Orden Mundial se alimenta de guerras y sufrimiento, de descalabros financieros y crisis políticas para mantener la expansión de su aplastante movimiento. Se basa en el miedo de la gente a la libertad. Por eso, en el caso de Afganistán e Iraq, apenas parece que termine la guerra que ya se oyen voces que preguntan: «¿Quién será el siguiente?» Irán, Siria, China, Rusia. Las armas son el pan nuestro de cada día. Se obtienen beneficios de las guerras grandes y de las pequeñas. Orden Mundial Único. Esclavitud Total. «El terror armado», en palabras del profesor John McMurtry de la Universidad Guelph de Canadá, «no es lo esencial, sino lo accesorio del significado del nuevo totalitarismo. Es una forma de gobierno mucho más eficaz que el terror basado en la fuerza militar, que es más directo pero expone el sistema a otra forma de resistencia».

La Historia nos enseña por analogía, no por identidad. La experiencia histórica no implica quedarse en el presente y mirar hacia atrás. Más bien implica mirar al pasado y volver al presente con un conocimiento más amplio y más intenso de las restricciones de nuestra perspectiva anterior.

La placa 79 de los *Desastres de la guerra* de Francisco de Goya muestra a la doncella Libertad tumbada boca arriba, con el pecho descubierto. Unas figuras fantasmales juegan con el cadáver mientras unos monjes cavan su tumba. La verdad ha muerto. Murió la verdad. ¿Cómo suena esta perspectiva? No depende de Dios librarnos de la «Nueva Edad Oscura» prevista para nosotros. Depende de nosotros. Tenemos que llevar a cabo las acciones necesarias. Persona precavida vale por dos. Nunca encontraremos las respuestas adecuadas si no somos capaces de formular las preguntas apropiadas.

CAPÍTULO 1

El Club Bilderberg

—Me gustaría hablar con usted —dijo alguien.

Me giré instintivamente hacia la derecha, aunque no vi a nadie. El caballero que requería mi compañía estaba detrás de mí, diríase que usando mi hombro derecho como refugio.

—Quédese sentado, por favor —me susurró su sombra.

—Perdóneme, pero no estoy acostumbrado a que me den órdenes, especialmente alguien a quien no conozco —respondí con resolución.

—Señor Estulin, sentimos invadir su espacio, es que nos gustaría mucho hablar con usted —dijo el primer caballero, extendiendo una fláccida mano con la esperanza de que decidiese estrecharla—. Huelga decir que le pedimos la máxima discreción.

Por sus piruetas lingüísticas deduje que ese inglés había sido aprendido en uno de esos colegios elitistas británicos o quizá con un tutor privado.

—¿Cómo sabe mi nombre? No recuerdo habérselo dicho.

—Sabemos bastante de usted, señor Estulin.

Podía percibir que el misterioso caballero empezaba a sentirse más relajado en mi compañía.

—Por favor, siéntese —dije en un tono más cálido, aceptando también la distensión del momento.

El hombre bajó la mirada, sacó una pitillera de uno de los bolsillos de su elegante americana y empezó a examinarla. Yo me arrellané en mi taburete esperando que uno de los dos rompiese el silencio.

—Por ejemplo, sabemos que está aquí para cubrir la conferencia Bilderberg. Que ha estado siguiéndonos durante muchos años. Que, de alguna manera, parece conocer con mucha antelación la localización exacta de cada encuentro, cuando la mayoría de los participantes no lo saben hasta una semana antes. Que, con toda la confidencialidad con la que nos movemos, usted parece saber de qué hablamos y cuáles son nuestros planes futuros. Usted, señor Estulin, ha llegado a condicionar la elección de algunos de nuestros participantes. En un momento dado, pensamos que ya lo teníamos; presumimos que habíamos detectado a su contacto en el interior. Si usted hubiese fallado en sus predicciones sobre nosotros, ese participante hubiese tenido graves problemas personales. Afortunadamente para él, usted acertó.

«Acento de Kent», pensé.

—¿Cómo se entera de todo eso? —preguntó el acompañante de mi interlocutor.

—Eso es un secreto profesional —repliqué lacónicamente.

En ese momento, aproveché para fijarme en los dos tipos. El segundo tenía los hombros anchos, el cabello rubio, grueso bigote, enormes cejas arqueadas, una diminuta boca que se doblaba geométricamente para formar una sonrisa aceptable y un temperamento nervioso. Su grueso bigote y su gorda nariz se tensaban cada vez que hablaba.

Detrás de nosotros, formando parte de una incomprensible horda de turistas galeses, se sentaba un hombre barbudo y jorobado que llevaba guantes de piel y un sombrero de viaje. Parecía ser todo un amante de la música o al menos eso decía a todo el mundo una gruesa mujer con un enorme lunar en la barbilla.

—Es usted todo un enigma.

Mi misterioso interlocutor cambió la posición de sus larguiruchas piernas, introdujo su mano derecha en el bolsillo del pantalón dejando entrever una cadena de reloj que recorría parte de su chaleco y dijo en un tono profesional:

—Entonces, dígame, ¿por qué nos sigue a todas partes? Usted no trabaja para ningún periódico conocido. Sus artículos incomodan a nuestros miembros. Varios congresistas estadounidenses y algunos miembros del Parlamento de Canadá han tenido que cancelar su asistencia a nuestro encuentro anual porque usted ha sacado a la luz su participación.

—Usted no va a vencernos. No es capaz de hacerlo —siseó el segundo tipo—. El Club Bilderberg, señor Estulin, es un foro privado en el que participan algunos miembros influyentes de nuestra comunidad empresarial. También invitamos a algunos políticos a que compartan con nosotros sus experiencias personales y profesionales. Todo ello lo hacemos con la esperanza de conjuntar las necesidades de los pueblos del mundo y la política de altos vuelos. De ninguna manera intentamos influir en los gobiernos, en su política o en su toma de decisiones.

—¡No me jodas! —respondí bruscamente. Podía sentir cómo se me tensaban los músculos del cuello y de la mano—. ¡Y yo me creo que Kennedy fue asesinado por extraterrestres, que Nixon fue defenestrado por su abuela y que la crisis del petróleo de 1973 fue provocada por la Cenicienta! Si no hubiera sido por nosotros, Canadá formaría ahora parte del Gran País de los Estados Unidos. Dígame, ¿por qué asesinaron a Aldo Moro?

—Sabe que no le podemos decir nada, señor Estulin. No he venido aquí para discutir con usted.

En una mesa redonda cerca de la ventana, dos turistas alemanes, un desempleado con los ojos llorosos y el primo del barman jugaban a las cartas muy entretenidos.

En una mesa adyacente, se sentaba un hombre mayor miope, calvo y gordo que gastaba un traje gris demasiado grande para su envergadura. Llevaba unas enormes gafas de concha y su cara rubicunda se hallaba escondida detrás de la sombra de la que fue en otro tiempo una larga barba negra. Un bigote grisáceo, un tanto descuidado, remataba su faz. Pidió ron, rellenó su pipa y se puso a observar distraído el juego.

Puntualmente, a las once y cuarenta y cinco, vació la pipa, la metió en el bolsillo del pantalón, pagó el ron y se marchó en silencio.

—¿Sería mucho pedirle que mantuviese esta conversación en la más estricta confidencialidad?

—No suelo hacer ese tipo de promesas, especialmente en lo referente al Club Bilderberg.

Me sorprendí a mí mismo disfrutando del enfrentamiento con la esperanza de que el primer tipo perdiese los nervios.

El primer tipo soltó una parrafada de varios minutos sobre las virtudes de la colaboración entre las naciones, los niños hambrientos de África y otras comeduras de coco por el estilo.

Intenté concentrarme en lo que decía, pero pronto me vi observando la cara del segundo tipo. Sonreía con expresión ausente o se lamía el bigote.

Cuando la voz del primer tipo creció hasta alcanzar la resonancia de un trueno, volví a la realidad.

—... Y podemos compensarle por su tiempo perdido, señor Estulin. ¿Qué condiciones pone?

Una enorme luna iluminó los árboles de la calle. Los semáforos se le unieron con su destello. Se podía oír el apagado rumor de los restaurantes de las cercanías y los ladridos de algunos perros. Permanecimos los tres en silencio durante algunos minutos.

Noté que al segundo tipo, apoyado en el borde de su taburete, le costaba mantenerse en silencio. Sin duda estaba intentando componer una pregunta o comentario inteligente. El primer hombre jugueteaba con su cigarrillo, en actitud reflexiva. Sus ojos parecían mirar el cigarrillo, pero estaban absortos en el vacío.

—Mi silencio tiene las siguientes condiciones: querría que los futuros encuentros Bilderberg se anunciaran públicamente con libre acceso a cualquier periodista que quisiera asistir. El contenido de todas las conferencias debería ser público, así como la lista de participantes. ¡Y, por último, prescindan de la CIA, las armas, los perros, la seguridad privada y, lo más importante, de su secretismo!

—Sabe perfectamente, señor Estulin, que no podemos hacer eso. Hay mucho en juego y ya es muy tarde para ese tipo de cambios.

—Entonces, señor mío —repliqué—, tendrán que aguantarme hasta el final.

En el salón vecino un piano emitió una rápida sucesión de notas entremezcladas con el sordo sonido de voces y risas de unos niños. Un gran espejo reflejó por un momento los brillantes botones del chaleco del primer hombre.

—Entonces, buenas noches, señor Estulin.

El primer tipo no perdió, ni por un instante, sus buenas maneras. En realidad, era exquisito en el trato. «Por eso lo habrán enviado a él», supuse. Quizá, en otras circunstancias, hubiésemos podido llegar a ser buenos amigos. El segundo tipo respiró profundamente y, con su sombrero entre las manos, siguió los pasos de su jefe.

Sólo quedaban en el vestíbulo del hotel dos mujeres con cara soñolienta y un viajante con la barba teñida y un chaleco de terciopelo negro sobre una camisa blanca estampada.

«Es extraño que se preocupen de mí», pensé. Había sido una experiencia tremenda. Sólo entonces me di cuenta de cuánto se hallaba en juego. No había sido una mera conversación entre su emisario y yo. Los dos hombres cruzaron la plaza y desaparecieron en la noche. Me había quedado mal cuerpo, aunque mi determinación era la de siempre. Ahora sabía que, desde aquel momento, mi vida iba a estar permanentemente en peligro.

*   *   *

Imagínese un club donde los más importantes presidentes, primeros ministros y banqueros del mundo se mezclan entre sí, donde la realeza está presente para asegurarse de que todo el mundo se lleva bien, donde la gente poderosa responsable de empezar guerras, influir en los mercados y dictar sus órdenes a Europa entera dice lo que nunca se ha atrevido a decir en público.

El libro que tiene entre las manos pretende demostrar que existe una red de sociedades secretas que planea poner la soberanía de las naciones libres bajo el yugo de una legislación internacional administrada por la Organización de las Naciones Unidas (ONU). Esta red está dirigida por el más secreto de los grupos: el Club Bilderberg. La razón de que nadie quiera descubrir esta conspiración y oponerse a ella es, en palabras del periodista francés Thierry de Segonzac, copresidente de la Federación de la Industria del Cine, de los Medios Audiovisuales y Multimedia, muy sencilla: «Los miembros del Club Bilderberg son demasiado poderosos y omnipresentes para desear verse expuestos de esa forma.»

Cualquier cambio de régimen en el mundo, cualquier intervención sobre el flujo de capitales, cualquier modificación en el estado del bienestar es plausible si en uno de esos encuentros sus participantes lo incluyen en su agenda.[1] Según Denis Healy, ex ministro de Defensa británico: «Lo que pasa en el mundo no sucede por accidente: hay quienes se encargan de que ocurra. La mayor parte de las cuestiones nacionales o relativas al comercio están estrechamente dirigidas por los que tienen el dinero.»

Los socios del Club Bilderberg deciden cuándo deben empezar las guerras (no en vano ganan dinero con todas ellas); cuánto deben durar (Nixon y Ford fueron defenestrados por acabar la guerra de Vietnam demasiado pronto); cuándo deben acabar (el Grupo había planificado el fin de las hostilidades para 1978) y quién debe participar. Los cambios fronterizos posteriores los deciden ellos y también quiénes se deben beneficiar de la reconstrucción.[2] Los miembros del Bilderberg «poseen» los bancos centrales y, por lo tanto, están en posición de determinar los tipos de interés, la disponibilidad del dinero, el precio del oro y qué países deben recibir qué préstamos. Simplemente moviendo dinero los socios del Bilderberg ganan miles de millones de dólares. ¡Su única ideología es la del dólar y su mayor pasión, el poder!

Desde 1954, los socios del Club Bilderberg representan a la élite de todas las naciones occidentales —financieros, industriales, banqueros, políticos, líderes de corporaciones multinacionales, presidentes, primeros ministros, ministros de Finanzas, secretarios de Estado, representantes del Banco Mundial, la OMC y el FMI, ejecutivos de los medios de comunicación y líderes militares—, un gobierno en la sombra que se reúne en secreto para debatir y alcanzar un consenso sobre la estrategia global. Todos los presidentes americanos desde Eisenhower han pertenecido al Club. También, Tony Blair, así como la mayoría de los miembros principales de los gobiernos ingleses; Lionel Jospin; Romano Prodi, ex presidente de la Comisión Europea; Mario Monti, comisario europeo de la Competencia; Pascal Lamy, comisario de Comercio; José Durão Barroso; Alan Greenspan, jefe de la Reserva Federal; Hillary Clinton; John Kerry; la asesinada ministra de Asuntos Exteriores de Suecia, Anna Lindh; Melinda y Bill Gates; Henry Kissinger; la dinastía Rothschild; Jean-Claude Trichet, la cabeza visible del Banco Central Europeo; James Wolfenson, presidente del Banco Mundial; Javier Solana, secretario general del Consejo de la Comunidad Europea; el financiero George Soros, especulador capaz de hacer caer monedas nacionales en su provecho; y todas las familias reales de Europa. Junto a ellos se sientan los propietarios de los grandes medios de comunicación.

Sí, también pertenecen al Grupo las personas que controlan todo lo que lee y ve, los barones de los medios de comunicación: David Rockefeller, Conrad Black —el ahora caído en desgracia ex propietario de 440 medios de comunicación de todo el mundo, desde el *Jerusalem Post* al principal diario de Canadá, *The National Post*—, Edgar Bronfman, Rupert Murdoch y Sumner Redstone, director de Viacom, un conglomerado mediático internacional que aglutina virtualmente a todos los grandes segmentos de la industria de la comunicación. Por esa razón nunca ha oído hablar antes del Club Bilderberg.

Allá donde mire —gobiernos, grandes negocios o cualquier otra institución que ejerza el poder— verá una constante: el secretismo. Las reuniones de la Organización para la Cooperación y el Desarrollo Económico (OCDE), del G-8, de la Organización Mundial del Comercio (OMC), del Fórum Económico Mundial, de los bancos centrales, de los ministros de la Unión Europea y de la Comisión Europea tienen siempre lugar a puerta cerrada. La única razón que puede existir para ello es que no quieren que usted ni yo sepamos qué se traen entre manos. La ya clásica excusa, «no es del interés general», significa realmente que «no les interesa» que el gran público se informe debidamente. Pero, además de esos encuentros supuestamente públicos, existe toda una red de cumbres privadas que desconocemos por completo.[3]

En febrero tiene lugar el Foro Económico Mundial de Davos; el G8 y el Bilderberg, en abril/mayo; la conferencia anual del Banco Mundial/FMI, en septiembre. De todo ello emerge un curioso consenso internacional que, en apariencia, nadie dirige. Este consenso es la base de los comunicados económicos del G8, la plasmación práctica de los programas de ajuste de Argentina y todo lo que el presidente americano propone al Congreso.[4]

En 2004 se cumple el 50 aniversario del Grupo, que se constituyó del 29 al 31 de mayo de 1954, en un hotel de la localidad holandesa de Oosterbeckl, el Bilderberg, que acabaría dándole su nombre a la sociedad. El organizador del evento fue el príncipe Bernardo de Holanda. El borrador de las actas de Bilderberg de 1989 dice: «Ese encuentro pionero puso de manifiesto la creciente preocupación de muchos insignes ciudadanos de ambos lados del Atlántico, de que Europa Occidental y EE. UU. no estaban trabajando coordinadamente en asuntos de importancia crítica. Se llegó a la conclusión de que unos debates regulares y confidenciales ayudarían a un mayor entendimiento de las complejas fuerzas que dirigían el porvenir de Occidente en el difícil período de la posguerra.»

Según el fundador, el príncipe Bernardo de Holanda, cada participante es «mágicamente despojado de sus cargos» al entrar en la reunión para ser «un simple ciudadano de su país durante toda la duración del congreso».

Por otra parte, uno de los miembros más importantes del Club Bilderberg ha sido Joseph Rettinger, un sacerdote jesuita y masón de grado 33. De él se dice que fue el auténtico fundador y organizador del Club. Por extraño que parezca, muy pocas agencias de inteligencia han oído hablar del propio Club Bilderberg hasta hace bien poco.

Lord Rothschild y Laurance Rockefeller, miembros clave de dos de las más poderosas familias del mundo, escogieron personalmente a 100 participantes procedentes de la élite mundial con el propósito secreto de cambiar Europa. En palabras de Giovanni Agnelli, el ahora fallecido presidente de Fiat: «Nuestro objetivo es la integración de Europa; donde los políticos han fracasado, nosotros, los industriales, vamos a tener éxito.»

«No se hace ninguna política, sólo se mantienen conversaciones banales y de perogrullo —dijo el editor del *London Observer*, Will Hutton, que participó en el encuentro en 1997—, pero el consenso al que se llega es el telón de fondo de la política que se hace en todo el mundo.»

El príncipe Bernardo de Holanda, padre de la reina Beatriz e íntimo del príncipe Felipe de Gran Bretaña, añade que «cuando los representantes de las instituciones occidentales abandonan la reunión se llevan consigo el consenso del grupo. Estos debates liman diferencias y consiguen llegar a posiciones comunes, por eso tienen una gran influencia sobre sus participantes». Lo que suele ocurrir, «casi por casualidad», es que a partir de ese consenso los omnipotentes intereses comerciales y políticos, a través de los medios de comunicación, consiguen que la política de los gobiernos sea la misma aun cuando sus intereses particulares sean ostensiblemente diferentes.

La lista de invitados

Nadie puede comprar una invitación para uno de los encuentros Bilderberg, aunque muchas multinacionales lo han intentado.[5] Es el comité directivo quien decide a quién invita. Lo que el periódico londinense *The Guardian* denomina «un bilderberger» no ha cambiado en los últimos cincuenta años: un socialista fabiano* partidario entusiasta de un orden mundial único.

* El socialismo fabiano es un movimiento de socialismo utópico de corte elitista que toma su nombre de Fabio, el general romano que se enfrentó a Aníbal y lo contuvo sin enfrentarse a él, a la espera de que llegara el momento oportuno. Los socialistas fabianos proponían la expansión de las ideas socialistas a través de una paciente y progresiva instilación de la ideología socialista entre los círculos intelectuales y de poder.

Según una fuente del comité directivo del Grupo, «los invitados deben venir solos, sin esposas, amantes, maridos o novios. Los "asistentes personales" (es decir, guardaespaldas fuertemente armados, normalmente ex miembros de la CIA, del MI6 y del Mossad) no pueden asistir a las conferencias y deben comer en una estancia aparte. Ni siquiera el "asistente personal" de David Rockefeller puede acompañarlo durante el almuerzo. Queda explícitamente prohibido que los invitados concedan entrevistas a los periodistas».

Para mantener su aura de hermetismo, los participantes alquilan un hotel completo durante toda la duración del congreso, normalmente de tres a cuatro días. Agentes de la CIA y del Mossad se encargan de limpiar hasta la última dependencia. Se revisan los planos del establecimiento, se investiga al personal y se manda a casa a cualquiera que levante la más mínima sospecha.

«Agentes de policía con uniformes negros inspeccionan con perros cada uno de los vehículos de suministros. No queda nada por remover y después escoltan a los transportistas hasta la entrada. Guardias armados patrullan los bosques colindantes y gorilas con micrófonos vigilan todos los accesos. Cualquiera que se aproxime al hotel sin poseer un trozo del globo terráqueo es devuelto por donde ha venido.»[6]

El gobierno nacional anfitrión se responsabiliza de la seguridad de los asistentes y de su entorno. Ello incluye un generoso despliegue de militares, miembros de los servicios secretos, agentes de la policía local y nacional y guardias privados. Nada es demasiado para proteger la intimidad y la seguridad de los todopoderosos miembros de la élite mundial. Los asistentes no están obligados a seguir las normas y regulaciones que cualquier otro ciudadano mundial tendría que cumplir tales como, por ejemplo, pasar por las aduanas o presentar visados. Cuando se reúnen, nadie de «fuera» tiene permitido acercarse al hotel. La élite lleva a sus propios cocineros, camareros, teleoperadoras, secretarias, limpiadoras y personal de seguridad, que los atienden junto con la plantilla del hotel que ha superado el proceso de investigación previo.

La conferencia de 2004, por ejemplo, tuvo lugar en el Grand Hotel des Îles Borromées en Stresa, Italia, con «174 impresionantes habitaciones decoradas al estilo *belle époque, impero* o *maggiolini*. Espléndidas telas y magníficas lámparas de Murano por doquier. La mayor parte de las habitaciones disponen de un balcón privado, los baños están forrados de mármol italiano y cuentan con una lujosa bañera de hidromasaje. Se trata de suites espléndidas en las que no faltan cuadros, estatuas y todo lo que el arte pueda ofrecer».[7] Las habitaciones las paga la organización, el Grupo Bilderberg, al modesto precio de 1.200 € por suite. La comida corre a cargo de un chef agraciado con tres estrellas de la guía Michelin. Uno de los criterios a la hora de escoger el hotel es la disponibilidad de los mejores cocineros del mundo. Otro es el tamaño de la ciudad (debe tratarse de núcleos urbanos pequeños que permitan ahuyentarse de las miradas curiosas de los habitantes de las grandes urbes). Las pequeñas ciudades tienen la ventaja adicional de que permiten la presencia de «asistentes personales» armados hasta los dientes sin recato. Nadie pregunta. Todos los servicios, teléfono, lavandería, cocina, están pagados. Un miembro del personal del Trianon Palace de Versalles me explicó que en 2003 la factura telefónica de David Rockefeller ascendió a 14.000 € en tres días. Según una fuente que también participó en la conferencia, no sería nada exagerado decir que uno de esos «festivales globalizadores» de cuatro días cuestan unos 10 millones de euros, más de lo que cuesta proteger al presidente de los Estados Unidos o al Papa en uno de sus muchos viajes internacionales. Por supuesto, ni el presidente ni el Papa son tan importantes como el gobierno en la sombra que dirige el planeta.

El Grupo Bilderberg organiza cuatro sesiones de trabajo diarias, dos por la mañana y dos por la tarde, excepto los sábados, cuando sólo hay una reunión vespertina. El sábado por la mañana, entre las 12 y las 15 horas, los miembros del Grupo juegan al golf o nadan, acompañados por sus «asistentes personales», hacen excursiones en barco o helicóptero.

La presidencia de la mesa de trabajo sigue un orden alfabético rotatorio. Un año, Umberto Agnelli, ex presidente de

Fiat, se sienta al frente. Al año siguiente, Klaus Zumwinkel, presidente de Deutsche Post Worldnet AG y Deutsche Telekom, ocupa su lugar. Estados Unidos es el país con más participantes debido a su tamaño.

Cada país envía, normalmente, una delegación de tres representantes: un industrial, un ministro o un senador y un intelectual o editor. Países pequeños como Grecia y Dinamarca disponen, como máximo, de dos asientos. Las conferencias reúnen normalmente a un máximo de 130 delegados. Dos tercios de los presentes son europeos y el resto procede de Estados Unidos y Canadá. Los participantes mexicanos pertenecen a una organización hermana menos poderosa, la Comisión Trilateral. Un tercio de los delegados son políticos y los dos tercios restantes, representantes de la industria, las finanzas, la educación, los sindicatos y los medios de comunicación. La mayor parte de los delegados hablan inglés, aunque la segunda lengua de trabajo es el francés.

La regla de Chatham House

El Royal Institute of International Affairs fue fundado en 1919, tras los Acuerdos de Paz de Versalles, y tiene su sede en la Chatham House de Londres. En la actualidad se usa el nombre «Chatham House» para referirse a todo el instituto. El Royal Institute of International Affairs es el brazo ejecutivo de la política de la Monarquía británica.

«La Regla de Chatham House consiste en que los participantes de una reunión pueden divulgar la información que se ha generado en ella, pero deben guardar silencio acerca de la identidad o afiliación de quienes la han facilitado; tampoco se puede mencionar que tales datos proceden de uno de los encuentros del Instituto.» Traducción: los globalizadores no sólo quieren evitar que sepamos qué es lo que están planeando, sino que también pretenden pasar desapercibidos.

«La Regla de Chatham House permite que la gente hable a título individual sin representar a las instituciones en las que trabaja; esto facilita el libre debate. La gente suele sentirse más relajada si no se la menciona y deja de preocuparse de su reputación o de las implicaciones de sus palabras.»

En 2002 se clarificó y reforzó la aplicación de la norma: «Los encuentros de la Chatham House pueden llevarse a cabo de forma abierta o bajo la Regla de Chatham House. En este último caso se acordará explícitamente con los participantes que lo expuesto en tal reunión es estrictamente privado y se garantiza el anonimato de quienes hablen entre estos muros; todo esto sirve para asegurar unas mejores relaciones internacionales. Chatham House se reserva el derecho de llevar a cabo acciones disciplinarias sobre cualquier miembro que rompa esa regla.» Traducción: Si te vas de la lengua, te arriesgas a un destino más bien dramático.

Los participantes

Los participantes afirman que asisten a las reuniones en calidad de ciudadanos privados y no como representantes oficiales, aunque esta afirmación es bastante cuestionable: en Estados Unidos (por medio de la Ley Logan) y en Canadá es ilegal que un funcionario elegido por el pueblo se reúna en privado con empresarios para debatir y diseñar la política pública.

La Ley Logan fue creada para evitar que ciudadanos sin representatividad pública interfirieran en las relaciones entre Estados Unidos y los diferentes gobiernos extranjeros. No deja de ser curioso que, en sus doscientos años de historia, no se haya acusado a nadie de vulnerar la Ley. Sin embargo, sí ha habido un buen número de referencias a su vulneración en diferentes juicios y se suele usar como arma política. Con esto no quiero decir que una persona corriente pueda vender ilegalmente armas o drogas a un estado extranjero, porque no es así. Pero los que sí pueden hacerlo son los miembros del supersecreto Club Bilderberg, en cuyo caso además se les anima a que interfieran en los asuntos privados de estados independientes.

Algunas de las personas que han participado en estos encuentros son: Allen Dulles (CIA), William J. Fulbright (senador de Arkansas y receptor de una de las primeras becas Rhodes), Dean Acheson (secretario de Estado de Truman), Henry A. Kissinger (presidente de Kissinger Associates), David Rockefeller (Chase Bank, JP Morgan International Council), Nelson Rockefeller, Laurance Rockefeller, Gerald Ford (ex presidente de los Estados Unidos), Henry J. Heinz II (presidente de H. J. Heinz Co.), el príncipe Felipe de Gran Bretaña, Robert S. McNamara (secretario de Defensa de Kennedy y ex presidente del Banco Mundial), Margaret Thatcher (ex primera ministra de Gran Bretaña), Valéry Giscard d'Estaing (ex presidente de Francia), Harold Wilson (ex primer ministro de Gran Bretaña), Edward Heath (ex primer ministro de Gran Bretaña), Donald H. Rumsfeld (secretario de Defensa de los presidentes Ford y George W. Bush), Helmut Schmidt (ex canciller de Alemania Occidental), Henry Ford III (presidente de Ford Motor Co.), James Rockefeller (presidente del First National City Bank) y Giovanni Agnelli (presidente de Fiat en Italia).[8]

Bilderberg, desde el principio, ha sido administrado por un núcleo reducido de personas, nombradas desde 1954 por un comité de sabios constituido por la silla permanente, la silla americana, las secretarías y tesoreros de Europa y Estados Unidos. Las invitaciones únicamente se mandan a personas «importantes y respetadas quienes, a través de su conocimiento especial, sus contactos personales y su influencia en círculos nacionales e internacionales, pueden ampliar los objetivos y recursos del Club Bilderberg».

Los encuentros son siempre abiertos y sinceros y no siempre se llega al consenso. Durante los últimos tres años, franceses, británicos y americanos han estado a la greña casi constantemente; el tema de disputa, Iraq. Hace dos años el ministro de Asuntos Exteriores francés, Dominique de Villepin, le dijo abiertamente a Henry Kissinger que «si los americanos hubiesen dicho la verdad acerca de Iraq», es decir, que la auténtica razón para la invasión era el control y la gratuidad del petróleo y el gas natural, quizás, ellos, los franceses, «no hubiesen vetado sus "estúpidas" resoluciones en la ONU». «Su presidente es un completo idiota», añadió [cita exacta transcrita por tres asistentes a la conferencia y confirmada independientemente]. «Eso no significa que el resto del mundo sea estúpido», replicó a un malhumorado Kissinger al salir de la sala. El nacionalismo británico es otra causa de preocupación. En Turnburry, Scotland, Tony Blair, primer ministro británico, fue tratado como un niño travieso ante al resto de participantes cuando se le echó en cara, en un tono bastante hostil, no haber hecho lo suficiente para incluir a Gran Bretaña en la moneda única. Según fuentes de Jim Tucker, un legendario periodista reconocido entre los profesionales más honestos por haber perseguido a los miembros del Club durante más de treinta años con un gran coste personal (perdió a varios amigos personales en misteriosos accidentes y a un miembro de su familia que supuestamente se suicidó), «Blair aseguró en Bilderberg que Gran Bretaña aceptaría el euro, pero que antes tenía que resolver ciertos "problemas políticos" debido a "un resurgimiento del nacionalismo en casa"».

El 29 de mayo de 1989 la revista *Spotlight* publicaba en uno de sus reportajes la siguiente frase que le dijo un funcionario alemán a Blair: «No eres más que una Maggie Thatcher con pantalones.» Se trataba de una dura referencia al hecho de que lady Thatcher fuera defenestrada por su propio Partido Conservador siguiendo las órdenes del Club Bilderberg. Después, el mismo foro colocaría en el puesto a John Major, un personaje más manipulable.

Como explica John Williams,[9] algunos miembros de la élite occidental acuden a las reuniones Bilderberg «para reforzar un consenso virtual, una ilusión de globalización, definida bajo sus propios términos: lo que es bueno para los bancos y los grandes empresarios, es bueno para todo el mundo. Es inevitable y revierte en el beneficio de la humanidad».

El Club Bilderberg, visto de cerca

Otto Wolff von Amerongen, presidente y director de Otto Wolff GmbH en Alemania y uno de los miembros fundadores del Club, explicó que los encuentros se estructuraban de la siguiente manera: se empezaba con unas introducciones cortas sobre un tema determinado, a lo que seguía el debate general. Wolff von Amerongen, al que se le reconoce el mérito de entablar relaciones comerciales entre Alemania y el antiguo bloque soviético, hizo las veces de embajador en la sombra de Bonn en Rusia. Sin embargo, no se pueden ocultar sus vínculos con el gobierno nazi, ya que se sabe que intervino en el robo de acciones a los judíos durante la Segunda Guerra Mundial. Werner Ruegemer codirigió en 2001 un documental sobre la familia Amerongen en el que se decía que Wolff había sido espía nazi en Portugal; su trabajo consistía en vender el oro saqueado de los bancos centrales europeos y las acciones de los judíos. Wolff también comerciaba con tungsteno, un metal clave para la fabricación de rifles y artillería. En aquella época, Portugal era la única nación que exportaba tungsteno a Alemania.

Dos delegados que prefieren mantener el anonimato, aunque se cree que son británicos, explicaron que se trabaja en grupos consistentes en un moderador y dos o tres personas más. Tienen cinco minutos cada uno para hablar del tema del día y hay «preguntas de debate, que duran cinco, tres o dos minutos». No hay documentos introductorios ni grabaciones, aunque se anima a los delegados a que preparen sus intervenciones con antelación. La lista inicial de participantes propuestos comienza a circular en enero, y la selección final se hace en marzo. Para evitar filtraciones, el comité directivo del Grupo establece la fecha del encuentro con cuatro meses de antelación, pero el nombre del hotel sólo se anuncia una semana antes. En la apertura del encuentro, el presidente recuerda las reglas del Club y abre el primer tema de debate del día. Bilderberg marca todos los documentos que distribuye a sus miembros con la frase «Personal y estrictamente confidencial. Prohibida su publicación».

Reclutados por el Club

Es importante distinguir entre los miembros activos que acuden todos los años y otras personas que son invitadas ocasionalmente. Son unas ochenta las personas que acuden regularmente y un número muy variable los que visitan el Club, principalmente para informar sobre materias relacionadas con su conocimiento y experiencia. Éstos tienen escasa idea de que hay un grupo formal constituido y nada saben acerca de la agenda secreta. También hay algunos invitados selectos que el comité considera útiles en sus planes de globalización y a los que se ayuda a conseguir importantísimos cargos. Entre ellos, Esperanza Aguirre. En algunos casos, estos invitados ocasionales no cuajan en la organización y son definitivamente apartados. Un ejemplo, Jordi Pujol, en 1989, en La Toja, Galicia.

El ejemplo más claro de «reclutamiento útil» fue el de aquel oscuro gobernador de Arkansas, Bill Clinton, que acudió a su primer encuentro Bilderberg en Baden Baden, Alemania, en 1991. Allí, David Rockefeller le explicó a un joven Clinton en qué consistía el Tratado de Libre Comercio de América del Norte (TLCAN) y le dio indicaciones para apoyarlo. Al año siguiente, el gobernador se convirtió en presidente.

La asociación con el Club Bilderberg siempre ha arrojado magníficos beneficios:

1. Bill Clinton. Asistió a la reunión del Bilderberg de 1991. Gana la nominación del Partido Demócrata y es elegido presidente en 1992.

2. Tony Blair. Asistió a la reunión del Bilderberg de 1993. Asciende a la presidencia del partido en julio de 1994 y a la presidencia nacional en mayo de 1997.

3. Romano Prodi. Asistió a la reunión del Bilderberg de 1999. Es nombrado presidente de la Unión Europea en septiembre de 1999.

4. George Robertson. Asistió a la reunión del Bilderberg de 1998. Consigue la secretaría general de la OTAN en agosto de 1999.

François Mitterrand

El 10 de diciembre de 1980, François Mitterrand, un hombre que reiteradamente había fracasado en su intento de conseguir el poder en Francia, fue resucitado por orden del Comité de los 300, el hermano mayor del Club Bilderberg. Según la fuente de inteligencia de John Coleman, autor de *Conspirators' Hierarchy: The Story of the Commitee of 300*, «Escogieron a Mitterrand y le lavaron la imagen para devolverlo al poder». El propio político francés en su discurso de vuelta a la política dijo: «El desarrollo del capitalismo industrial se opone a la libertad. Debemos poner fin a ello. Los sistemas económicos del siglo XX y XXI usarán máquinas para aplastar al hombre, primero en el dominio de la energía nuclear, que ya está produciendo resultados admirables.»

Las observaciones de Coleman le hacen a uno estremecerse. «El retorno de Mitterrand al Palacio del Elíseo fue un gran triunfo para el socialismo. Demostró que el Comité de los 300 era suficientemente poderoso como para predecir acontecimientos o, mejor dicho, para hacer que sucediesen por la fuerza o por cualquier otro medio. En el caso de Mitterrand, demostró su capacidad de vencer cualquier oposición pues, pocos días antes, había sido totalmente rechazado por un grupo de poder político de París», es decir, por el Frente Nacional de Le Pen y un gran segmento de su propio Partido Socialista.

Caída del Gobierno turco. Bilderberg 1996

Cuatro días después de la vuelta a casa de dos participantes turcos tras el encuentro del Club de 1996, en Toronto, cayó el gobierno turco al completo. Se trataba de Gazi Ercel, gobernador del Banco Central de Turquía, y Emre Gonensay, ministro de Asuntos Exteriores.

En un movimiento sorpresa, el primer ministro turco, Mesut Yilmaz, dimitió de su cargo, disolviendo la coalición entre el Partido del Sendero Verdadero, dirigido por la ex primera ministra conservadora Tansu Ciller, y el suyo propio, el Partido de la Patria.

Esto permitió a Necmettin Erbakan, líder del Partido del Bienestar Social, formar un nuevo gobierno. Su partido es claramente proislámico.

Bilderberg 2004, Stresa, Italia

Según una fuente bien informada que participó en el encuentro de 2004, los miembros portugueses del Club usaron con habilidad lo que se ha llamado la «táctica portuguesa», es decir, su promoción a alto nivel.

La asociación con el Grupo Bilderberg reportó los siguientes beneficios al grupo portugués:

Pedro M. Lopes Santana, el poco conocido alcalde de Lisboa, fue nombrado primer ministro de la República.

José M. Durão Barroso, ex primer ministro, pasó a ser nuevo presidente de la Comisión Europea.

José Sócrates, miembro del parlamento, fue elegido líder del Partido Socialista después de la dimisión de Eduardo Ferro Rodrigues, a causa de una crisis político-social y oscuras acusaciones de pedofilia. Fuentes cercanas a la investigación confirman que la crisis fue provocada por miembros del Club Bilderberg.

Otro ejemplo de la influencia que el Club ejerce sobre la política americana se evidenció durante la campaña electoral en EE. UU., cuando el candidato demócrata a la presidencia, John Kerry, eligió a John Edwards como vicepresidente. Este último había sido invitado por primera vez a la reunión del Bilderberg un mes antes. Varias fuentes, cuyos nombres no puedo revelar porque pondría sus vidas en peligro, han confirmado de forma independiente que después de oír el discurso de Edwards durante el segundo día de la conferencia, Henry Kissinger telefoneó a John Kerry con el siguiente comentario: «John, ya te hemos encontrado vicepresidente.» Una extraordinaria serie de coincidencias.

Líderes de la OTAN controlados por el Club Bilderberg

Para entender quién controla el mando de la OTAN, el operativo militar más grande del mundo, y ahora el Ejército Mundial, sólo tenemos que mirar los estrechos vínculos que existen entre sus secretarios generales y el Club Bilderberg: Joseph Luns (1971-1984), lord Carrington (1984-1988), Manfred Wörner (1988-1994), Willy Claes (1994-1995), Javier Solana (1995-1999), lord Robertson (1999-2004) y Jaap G. de Hoop Scheffer (2004). La OTAN fue creada por el Instituto Tavistock cuando el Gobierno Mundial en la sombra decidió crear una superinstitución que controlase la política europea. A su vez, fue el Royal Institute for International Affairs (RIIA), que sólo responde ante la reina de Inglaterra, el que fundó el Tavistock. El RIIA, controla la política exterior británica y es el brazo ejecutor de la política exterior de la monarquía británica.

Como consecuencia, se hace mucho más fácil aplicar la política de Bilderberg en el Golfo, Iraq, Serbia, Bosnia, Kosovo, Siria, Corea del Norte, Afganistán, por mencionar sólo los casos más conocidos.

Tanto Donald Rumsfeld como el general Peter Sutherland, de Irlanda, son miembros del Club Bilderberg. Sutherland es ex comisario europeo y presidente de Goldman, Sachs y British Petroleum. Rumsfeld y Sutherland ganaron un buen montón de dinero en 2000 trabajando juntos en el consejo de la compañía energética suiza ABB. Su alianza secreta se hizo pública cuando se descubrió que ABB había vendido dos reactores nucleares a un miembro activo del «eje del mal», concretamente a Corea del Norte. Huelga decir que British Petroleum no hace publicidad del asunto cuando anuncia una de sus iniciativas públicas en las que «la seguridad es lo primero».

Todo primer ministro británico se ha sentido obligado a asistir a los encuentros Bilderberg durante los últimos treinta años. Como anécdota para contar a los amigos, se puede decir que el Club fue una creación del MI6 bajo la dirección del

RIIA. En concreto, fue idea de Alastair Buchan (hijo de lord Tweedsmuir y miembro del RIIA y la Mesa Redonda) y de Duncan Sandys (un importante político, yerno de Winston Churchill, quien a su vez era amigo de Rettinger, un jesuita y masón de grado 33). El MI6 necesitaba a un miembro de la realeza que diese apoyo público al Club y pensó en Bernardo de Holanda, conocido por sus numerosos vínculos con la realeza europea y los más importantes industriales. La conferencia Bilderberg de 1957 fue el inicio de la carrera del líder del Partido Laborista Dennis Healey. Poco después del encuentro, Healey fue «extrañamente» nombrado ministro de Hacienda. Tony Blair acudió a la reunión del 23 al 25 de abril de 1993, en Vouliagmeni, en Grecia, cuando era ministro del Interior en la sombra.

Meretrices del periodismo

«Nuestro trabajo es dar a la gente no lo que ellos quieren, sino lo que nosotros decidimos que deben tener.» Dicho por Richard Salant, ex presidente de la CBS News.

Uno de los secretos mejor guardados es hasta qué punto un puñado de conglomerados pertenecientes al Club Bilderberg, como el Council on Foreign Relations, OTAN, Club de Roma, Comisión Trilateral, masones, Skull and Bones, (Mesa Redonda, Sociedad Milner) y la Sociedad Jesuita-Aristotélica controlan el flujo de información en el mundo y determinan lo que vemos en televisión, oímos en la radio y leemos en los periódicos, revistas, libros e Internet.

«Ser testigo de la conferencia anual del Grupo Bilderberg es entender cómo los señores del Nuevo Mundo se reúnen en secreto y conspiran con la connivencia de los medios de comunicación», se lamentaba mi amigo Jim Tucker, enemigo número uno del Club. Tucker sabe de lo que habla. Ha ido detrás de las reuniones del Bilderberg desde hace más de treinta años.

El Club Bilderberg también representa a la élite de los medios de comunicación a ambos lados del Atlántico. Los empresarios de esos medios asisten a las reuniones prometiendo de antemano que nunca y bajo ninguna condición hablarán del Club. Los editores se hacen responsables de cualquier noticia relacionada con él en sus medios de comunicación. Y, de esta manera, los miembros del Club Bilderberg se garantizan silencio total y absoluto y una identidad invisible tanto en Estados Unidos como en Europa.

Si hacemos una búsqueda en los principales medios de comunicación del mundo, no encontraremos ninguna noticia sobre un grupo que reúne a los más importantes políticos, empresarios y financieros del planeta, por no mencionar informaciones sobre el inicio de las hostilidades contra Iraq, ni siquiera por la prensa que asistió al encuentro Bilderberg de 2002. Una de las mayores desavenencias entre distintos grupos dentro del Bilderberg se produjo en la reunión de 2002. Los bilderbergers europeos exigieron la presencia inmediata del secretario de Defensa americano, Donald Rumsfeld, para explicar los planes de la guerra. Rumsfeld, cambiando bruscamente su agenda política, vino a la reunión para prometer, bajo amenazas y presiones, a los asistentes que de ninguna forma iban a empezar la guerra hasta febrero o marzo de 2003. Ahora, si yo, por mucho que disponga de contactos priviligiados, supe cuándo iba a empezar la guerra, ¿cómo es posible que los peces gordos del mundo de los medios de comunicación que acudieron a la reunión no supieran algo tan básico?[10]

El *American Free Press*,[11] el periódico de Jim Tucker, informó en junio de 2002 de que, según fuentes de la reunión del Club Bilderberg, la guerra de Iraq había sido demorada hasta marzo de 2003, cuando todos los periódicos del mundo anunciaban el ataque para el verano de 2002. Traducción: El encuentro del Bilderberg 2002 tuvo lugar entre el 30 de mayo y el 2 de junio. Rumsfeld, el secretario de Defensa de Bush, acudió el 31 de mayo. Los miembros del Club le arrancaron la promesa de que la administración Bush no empezaría la guerra hasta el año siguiente. ¿No es ésta noticia suficiente para que salga en primera página de todos los periódicos del mundo? Sin embargo, los principales medios, como el *New York*

Times y el *Washington Post,* cuyos directores son miembros del Club, tenían órdenes de no informar sobre lo que hubiese sido la historia del verano.

El corresponsal del *American Free Press* para las Naciones Unidas, Christopher Bollen, le preguntó en una ocasión a un grupo de periodistas que esperaban el inicio de una conferencia de prensa la razón por la que las noticias sobre el Club son censuradas sistemáticamente por los editores más «respetables». Todo lo que obtuvo por respuesta fueron unas risas irónicas.

«Hace muchos años nos llegó una orden de arriba diciendo que no había que informar sobre el Club Bilderberg», declaró en una ocasión Anthony Holder, ex periodista del *Economist* de Londres, especializado en temas relacionados con la ONU. Y recordemos que esta publicación es una referencia mundial en el campo de los medios que tratan sobre economía. Otro experimentado periodista, William Glasgow, que trabaja para el *Business Week* afirma: «Lo único que sabemos es que el Club existe, pero la verdad es que no informamos de sus actividades.» Como dijo otro periodista: «Es inevitable sospechar de una organización que planea el futuro de la humanidad en absoluto secreto.»[12]

«La implicación de los Rockefeller en los medios de comunicación es múltiple. Así se aseguran de que *los medios de desinformación de masas* nunca hablen de sus planes para dominar un futuro gobierno mundial. Los medios siempre deciden cuáles son los temas que van a estar de actualidad en un determinado país. Por ejemplo, a veces ponen en primer plano el tema de la pobreza y, otras veces, lo hacen desaparecer. Lo mismo sobre la polución, los problemas demográficos, la paz o lo que sea.[13]

»Los medios pueden tomar a un hombre como Ralph Nader y convertirlo en un héroe al instante. O pueden tomar a un enemigo de los Rockefeller y crear la imagen de que es un cretino, un bufón o un paranoide peligroso» (Gary Allen, *El Expediente Rockefeller*). Ralph Nader, perenne candidato presidencial «independiente», «muy admirado por su postura contraria a la clase dirigente», es financiado por la red Rockefeller con la intención de destruir el sistema de libre mercado. Los principales valedores de Nader son la Ford Foundation y la Field Foundation, ambos conectados a través del Council on Foreign Relations (en adelante, CFR). Según un artículo del *Business Week*, reimpreso en el Boletín del Congreso del 10 de marzo de 1971, «John D. Rockefeller IV es consejero de Nader».

«Con todo su dinero, los Rockefeller han conseguido el control de los medios de comunicación. La opinión pública ya no es un problema para ellos. Con el control de la opinión pública, a su vez, han conseguido las riendas de la política. Controlando la política, tienen a sus pies a la nación entera.»[14]

«Durante casi cuarenta años —según David Rockefeller— el *Washington Post*, el *New York Times*, el *Time Magazine* y otros prestigiosos medios corporativos han acudido a nuestros encuentros y respetado su promesa de discreción.» «Habría sido imposible para nosotros desarrollar un plan para el mundo si hubiéramos estado sometidos a la luz de la opinión pública durante todos estos años», añadió. «Pero, gracias a ello, ahora el mundo es más sofisticado y está más preparado para un Gobierno Mundial. La soberanía supranacional de una élite intelectual junto con los principales banqueros es preferible a las ansias de autodeterminación nacional de los siglos pasados.»

Algunos de los periodistas invitados a las reuniones del Club son: Juan Luis Cebrián del Grupo PRISA (participante habitual); Arthur Sulzberger, editor del *New York Times* y miembro del CFR; Peter Jennings, presentador y editor del programa de la ABC, «World News Tonight»; y Thomas L. Friedman, columnista del *New York Times*, ganador del Premio Pulitzer y miembro del CFR y de la Comisión Trilateral.[15]

El Club Bilderberg usa a los principales grupos de comunicación para crear una opinión que respalde sus objetivos. Así, difunde noticias que influyen tanto en el mundo político como en el ciudadano de a pie. La industria de los medios de comunicación, totalmente controlada, difunde la propaganda.

Las corporaciones públicas intentan mantener en secreto la lista de participantes en las reuniones del Club y la prensa privada casi no informa del evento. Microsoft, AT&T, Bechtel, Cisco, Compaq y Price Waterhouse Coopers no tienen nada que temer de la prensa. No importa que Microsoft y la NBC codirijan la cadena de cable MSNBC. De hecho, entre los invitados más frecuentes a las reuniones Bilderberg se encuentra Anthony Ridder de Knight-Ridder, Inc., la segunda cadena de periódicos más importante de Estados Unidos, que controla publicaciones como el *Detroit Free Press*, el *Miami Herald* y el *Philadelphia Inquirer*.

En su edición de agosto/septiembre de 1993, la prestigiosa revista holandesa *Exposure* publicó un artículo sobre el férreo control existente, sobre cierto tipo de información, que establecen las tres y más prestigiosas cadenas de televisión de Estados Unidos, la NBC, la CBS y la ABC. Las tres surgieron a partir de la RCA. Lo que quiere decir que la política social decidida por el Tavistock parte de la idea de que las masas pueden ser manipuladas.

Estas organizaciones e instituciones que, teóricamente, compiten las unas con las otras, y que tienen una «independencia» que asegura que los estadounidenses reciban informaciones no sesgadas, están en realidad ligadas a través de incontables empresas y entidades financieras. Se trata de una maraña casi imposible de desenredar. ¿Qué sucedería si el pueblo estadounidense supiese que las tres televisiones más importantes del país transmiten un lavado de cerebro diseñado por el Instituto Tavistock de Relaciones Humanas, y transmitido por el MI6, el instituto de inteligencia más sofisticado del mundo? El artículo de la revista *Exposure* se apoya en el trabajo de Eustace Mullins, tenaz investigador de lo que se ha venido a llamar Nuevo Orden Mundial (New World Order).

La NBC es propiedad de General Electric (GE), «una de las corporaciones más grandes del mundo», con una larga historia de actividad antisindical. GE es, a su vez, uno de los más importantes donantes de fondos al Partido Republicano y tiene inmensos intereses financieros en la industria armamentista y nuclear. El ex director general de la empresa, Jack Welch, fue uno de los principales impulsores del traslado de las plantas americanas a países de bajo costo como China y México.[16]

La NBC es una empresa subsidiaria de la RCA, un conglomerado de empresas de comunicación. En el comité director de la RCA se halla Thornton Bradshaw, presidente de Atlantic Richfield y miembro de la OTAN, del World Wildlife Fund, del Club de Roma, del Instituto Aspen de Estudios Humanísticos y del CFR. Bradshaw es también presidente de la NBC. La función más importante de la RCA es el servicio que le proporciona a la inteligencia británica. Es importante saber que la dirección de la RCA está compuesta por importantes personalidades del poder angloamericano que pertenecen a otras organizaciones como la OTAN, el Club de Roma, el CFR, la Comisión Trilateral, la masonería, la Mesa Redonda, el Club Bilderberg, etcétera.. Cabe destacar que David Sarnoff se fue a Londres al mismo tiempo que sir William Stephenson se trasladaba al edificio de la RCA de Nueva York. Entre los directores de la NBC nombrados en el artículo *Exposure* de Mullins estaban John Brademas (CFR, Club Bilderberg), un director de la Fundación Rockefeller; Peter G. Peterson (CFR), ex ejecutivo de Kuhn, Loeb & Co (Rothschild) y ex secretario de comercio de EE. UU.; Robert Cizik, director de la RCA y del First City Bancorp, identificado en una comparecencia ante el Congreso de EE. UU. como banco perteneciente a Rothschild; Thomas O. Paine, presidente de Northrup Co. (el gran contratista del Ministerio de Defensa estadounidense) y director del Instituto de Estudios Estratégicos de Londres; Donald Smiley, director de dos compañías Morgan, Metropolitan Life y US Steel; Thorton Bradshaw, director de la RCA, director de la Rockefeller Brothers Fund, Atlantic Richfield Oil y el Instituto Aspen de Estudios Humanísticos (estos últimos dirigidos por un miembro del Club, Robert O. Anderson). Claramente, el comité ejecutivo de la NBC tiene una considerable influencia de los Rockefeller-Rothschild-Morgan, principal eje y promotor del plan de Nuevo Orden Mundial.

La ABC es propiedad de la Disney Corp., «que fabrica productos en países del Tercer Mundo pagando salarios de miseria en condiciones de trabajo atroces».[17] Posee 152 canales de televisión. El Chase Manhattan Bank controla el 6,7 % de la ABC, suficiente para ejercer su control. Aunque se trata de un porcentaje menor, es más que suficiente para censurar y presionar sobre los contenidos de la cadena. El Chase, a través de su departamento de crédito, controla el 14 % de la CBS y el 4,5 % de la RCA. En vez de tres cadenas de televisión llamadas NBC, CBS y ABC, lo que en realidad tenemos es la Rockefeller Broadcasting Company, el Rockefeller Broadcasting System y el Rockefeller Broadcasting Consortium.

La CBS es propiedad de Viacom y tiene unos 200 canales de televisión y 255 emisoras de radio afiliadas. Este «enorme conglomerado de empresas de comunicación posee entre otros, a la MTV, Show Time, Nickelodeon, VH1, TNN, CMT, Paramount Pictures y Blockbuster Inc., 39 canales de televisión y 184 emisoras de radio».[18] William Paley fue formado en técnicas de lavado de cerebro de masas por el Instituto Tavistock en Inglaterra antes de concedérsele el mando de la CBS.

La expansión financiera de la tercera cadena de televisión, la CBS, fue supervisada durante mucho tiempo por Brown Brothers Harriman y su socio senior, Prescott Bush, director de la CBS. El comité ejecutivo de la CBS incluía al presidente William S. Paley (Comité de los 300), Harold Brown (CFR), director ejecutivo de la Comisión Trilateral y ex secretario de Defensa de EE. UU. y del Ejército del Aire; Michel C. Bergerac, presidente de Revlon y director del Manufacturers Hanover Bank (Rothschild); Newton D. Minow (CFR), director de la Corporación Rand y, entre otras, la Fundación Ditchley, estrechamente vinculada al Instituto Tavistock (especialistas en lavado de cerebro) y al Club Bilderberg. El último ex presidente de la CBS fue el doctor Frank Stanton (CFR), que también es miembro del consejo de administración de la Fundación Rockefeller y de la Institución Carnegie.[19] Conviene saber que las familias Rothschild y Rockefeller son las familias líderes en el férreo control sobre las comunicaciones y responden directamente ante Bilderberg.

Según James Tucker, «los bilderberger están convencidos de que la opinión pública siempre sigue los pasos de los individuos influyentes. Los miembros del Grupo prefieren trabajar a través de un número reducido de personas de confianza y no a través de grandes campañas de publicidad».

La Fox News Channel (una de las cinco grandes) es propiedad de Rupert Murdoch, «propietario de una parte significativa» de los principales medios de comunicación del mundo. Su red tiene «vínculos estrechos» con el Partido Republicano y entre sus «equilibrados y justos» analistas se encuentra Newt Gingrich, ex portavoz del Partido Republicano estadounidense.

Es evidente que las cinco redes de medios de comunicación están estrechamente relacionadas con Bilderbergs, el CFR y la Comisión Trilateral. ¿Cómo se puede afirmar entonces que las cinco grandes televisiones de Norteamérica, de donde la mayoría de los ciudadanos obtienen la información, son independientes?

Objetivos del Club Bilderberg

«El Club Bilderberg anda en busca de una era del posnacionalismo: ese momento en que ya no haya países, sólo regiones y valores universales, es decir, sólo una economía universal, un Gobierno Universal (designado, no elegido) y una religión universal. Para asegurarse esos objetivos, los miembros del Club Bilderberg abogan por un enfoque más técnico y menos conocimiento por parte del público. Esto reduce las probabilidades de que la población se entere del plan global de los amos mundiales y organice una resistencia organizada.»[20] Su objetivo final es el control de absolutamente todo en el mundo, en todos los sentidos de la palabra. Actúan como si fueran Dios en la Tierra. Entre sus planes figura establecer:

• Un solo gobierno planetario con un único mercado globalizado, con un solo ejército y una única moneda regulada por un Banco Mundial.

• Una Iglesia universal que canalizará a la gente hacia los deseos del Nuevo Orden Mundial. El resto de religiones serán destruidas.

• Unos servicios internacionales que completarán la destrucción de cualquier identidad nacional a través de su subversión desde el interior. Sólo se permitirá que florezcan los valores universales.

• El control de toda la humanidad a través de medios de manipulación mental. Este plan está descrito en el libro *Technotronic Era* (Era tecnotrónica) de Zbigniew Brzezinski, miembro del Club. En el Nuevo Orden Mundial no habrá clase media, sólo sirvientes y gobernantes.

• Una sociedad posindustrial de crecimiento cero», que acabará con la industrialización y la producción de energía eléctrica nuclear (excepto para las industrias de los ordenadores y servicios). Las industrias canadienses y estadounidenses que queden serán exportadas a países pobres como Bolivia, Perú, Ecuador, Nicaragua, etc., en los que existe mano de obra barata. Se hará realidad, entonces, uno de los principales objetivos del TLCAN (Tratado de Libre Comercio de América del Norte).

• El *crecimiento cero* es necesario para destruir los vestigios de prosperidad y dividir a la sociedad en propietarios y esclavos. Cuando hay prosperidad, hay progreso, lo cual hace mucho más difícil la represión.

• Cabe incluir en ello la despoblación de las grandes ciudades, según el experimento llevado a cabo en Camboya por Pol Pot. Los planes genocidas de Pot fueron diseñados en Estados Unidos por una de las instituciones hermanas de Bilderberg, el Club de Roma.

• La muerte de cuatro mil millones de personas, a las que Henry Kissinger y David Rockefeller llaman bromeando «estómagos inservibles» por medio de las guerras, el hambre y las enfermedades. Esto sucederá hacia el año 2050. «De los dos mil millones de personas restantes, 500 millones pertenecerán a las razas china y japonesa, que se salvarán gracias a su característica capacidad para obedecer a la autoridad» es lo que afirma John Coleman en su libro *Conspirators' Hierarchy: The Story of the Committee of 300*. El doctor Coleman es un funcionario de inteligencia retirado que descubrió un informe encargado por el Comité de los 300 a Cyrus Vance «sobre cómo llevar a cabo el genocidio». Según la investigación de Coleman, el informe fue titulado «Global 2000 Report», «aprobado por el presidente Carter, en nombre gobierno de Estados Unidos y refrendado por Edwin Muskie, secretario de Estado». Según este informe, «la población de Estados Unidos se verá reducida a 100 millones hacia el año 2050».

• Crisis artificiales para mantener a la gente en un perpetuo estado de desequilibrio físico, mental y emocional. Confundirán y desmoralizarán a la población para evitar que decidan su propio destino, hasta el extremo de que la gente «tendrá demasiadas posibilidades de elección, lo que dará lugar a una gran apatía a escala masiva».[21]

• Un férreo control sobre la educación con el propósito de destruirla. Una de las razones de la existencia de la UE (y la futura Unión Americana y Asiática) es el control de la educación para «aborregar» a la gente. Aunque nos resulte increíble, estos esfuerzos ya están dando «buenos frutos». La juventud de hoy ignora por completo la historia, las libertades individuales y el significado del mismo concepto de libertad. Para los globalizadores es mucho más fácil luchar contra unos oponentes sin principios.

• El control de la política externa e interna de Estados Unidos (cosa ya conseguida a través del Gobierno de Bush), Canadá (controlada por Inglaterra) y Europa (a través de la Unión Europea).

• Una ONU más poderosa que se convierta finalmente en un Gobierno Mundial. Una de las medidas que conducirán a ello es la creación del impuesto directo sobre el «ciudadano mundial».

• La expansión del TLCAN (Tratado de Libre Comercio de América del Norte) por todo el hemisferio occidental como preludio de la creación de una Unión Americana similar a la Unión Europea.

• Una Corte Internacional de Justicia con un solo sistema legal.

• Un estado del bienestar socialista donde se recompensará a los esclavos obedientes y se exterminará a los inconformistas.

Bilderberg y la guerra de las Malvinas

El Club Bilderberg tiene ya el poder y la influencia necesarios para imponer su política en cualquier nación del planeta. Es decir, controla al presidente de los Estados Unidos, al primer ministro de Canadá, a los principales medios de comunicación del mundo libre, a los políticos, financieros y periodistas más importantes, a los bancos centrales de los principales países, a la Reserva Federal de los Estados Unidos y su suministro de dinero, al FMI, al Banco Mundial y a las Naciones Unidas y destruyen a cualquiera, grande o pequeño, que se oponga a sus planes de construir un Nuevo Orden Mundial, como demostraré con numerosos ejemplos que ponen la piel de gallina. Jon Ronson escribió un libro titulado *Adventures with Extremists* (Picador, 2001), en el que describe cómo durante la guerra de las Malvinas el gobierno británico pidió que se aplicaran sanciones internacionales contra Argentina, pero se encontró «con una dura oposición. En un encuentro Bilderberg en Sandefjord, Noruega, David Owen, miembro del Parlamento británico, pronunció un encendido discurso a favor de las mismas. Ese discurso torció muchas voluntades. Estoy seguro de que muchos ministros de Asuntos Exteriores volvieron a sus países para transmitir el mensaje de Owen. Por supuesto, las sanciones llegaron». La hermosa historia de la cooperación internacional entre países es simplemente una falsedad. La realidad es mucho más macabra, con muchos muertos «desparramados en el camino de los universalistas».

La guerra de las Malvinas, un conflicto totalmente manufacturado entre una «nación agresora», la dictadura de Argentina, y un país «amante de la libertad», Gran Bretaña, dio al Nuevo Orden Mundial la oportunidad de mostrar su impresionante arsenal y así advertir a cualquier nación de las consecuencias de no someterse totalmente. «El sometimiento del Gobierno argentino, seguido del caos económico y político de la nación, estuvo planeado por Kissinger Associates, en asociación con lord Carrington»,[22] según confirman mis propias fuentes de investigación, en este caso uno de los principales agentes del MI6 convertido ahora en un cruzado anti Nuevo Orden Mundial.

La operación argentina fue diseñada por el Instituto Aspen de Colorado que, a su vez, está controlado por los Rockefeller. Si la caída del sha de Irán tuvo que ver con el comercio de drogas, en la guerra de las Malvinas el asunto tenía que ver con la energía nuclear y el necesario objetivo de los bilderbergs de conseguir el crecimiento cero. El objetivo del Club es desindustrializar al mundo mediante la supresión del desarrollo científico, empezando por Estados Unidos. Por eso, no le convienen los experimentos sobre fusión como posible fuente de energía nuclear. Como dice otra vez John Coleman en *Committee of 300*, «el desarrollo de una fuente de energía como la fusión nuclear no interesa, ya que echaría por la borda el argumento de los "recursos naturales limitados". Esta fuente de energía, debidamente empleada, podría crear recursos naturales ilimitados a partir de sustancias ordinarias. El beneficio para la humanidad rebasa la comprensión del público».[23]

¿Por qué los seudodefensores del medio ambiente financiados por las multinacionales odian tanto la energía nuclear? Porque las centrales de energía nuclear podrían producir electricidad abundante y barata, «lo cual es clave para sacar a los países del Tercer Mundo de la pobreza». Coleman explica que «los países del Tercer Mundo se independizarían gradualmente de Estados Unidos, ya que no necesitarían ayuda externa. Esto les permitiría afirmar su soberanía». Menor ayuda externa significa menor control externo de los recursos naturales de un país y mayor independencia de su pueblo. La idea de que los países se manejen por sí mismos simplemente les revuelve el estómago a todos los miembros del Club y a sus adláteres.

Los bilderbergs vieron que sus planes de crecimiento cero posindustrial se iban a pique y decidieron «dar una lección ejemplar a Argentina y los demás países latinoamericanos. Debían olvidarse de cualquier idea de nacionalismo, independencia e integridad soberana».[24] La elección de Argentina no fue casual. Se trata del país más rico de Sudamérica y proporcionaba tecnología nuclear a México, lo cual disgustaba a los miembros del Club. La guerra de las Malvinas acabó con esa colaboración. Sin duda, es mucho mejor tener a México como fuente de mano de obra barata que como un interlocutor comercial al mismo nivel.

Debido al constante bombardeo de propaganda negativa, pocos estadounidenses se dan cuenta de que Latinoamérica es un mercado potencial muy importante para Estados Unidos. Allí pueden vender de todo, desde tecnología a bienes industriales pesados. Como John Coleman afirma indignado, «actividades que dan trabajo a miles de estadounidenses y que inyectan dólares a todo tipo de empresas».[25]

Otras intervenciones del Club sobre política internacional:

• Bilderberg propuso y decidió establecer relaciones formales con China, antes de que Nixon lo hiciera.

• En un encuentro en Saltsjöbaden, Suecia, en 1973, el Club accedió a incrementar el precio del petróleo en 12 dólares el barril, un 350 % de aumento sobre su precio anterior. La idea era crear el caos económico en Estados Unidos y Europa Occidental para hacer más receptivos a esos países.

• En 1983, el Club consiguió el compromiso secreto por parte del ultraconservador presidente Reagan de transferir 50 mil millones de dólares de dinero de los contribuyentes americanos a los países comunistas y del Tercer Mundo a través de sus conductos preferidos, el FMI y el BM. Ese compromiso fue llevado a cabo y conocido como el Plan Brady.*

• Bilderberg decidió también echar a Margaret Thatcher como primera ministra británica porque se opuso a entregar la soberanía de Inglaterra al supraestado europeo diseñado por el Club. Y, con incredulidad, veíamos cómo su propio partido la aniquiló a favor de uno de sus perros falderos, John Major.

• En 1985 se les ordenó a los miembros del Club Bilderberg que apoyaran por todo lo alto la Iniciativa Estratégica de Defensa (Guerra de las Galaxias), antes incluso de que llegara a ser la política oficial del Gobierno americano, con el fundamento de que proporcionaría a los amos del mundo un potencial de ganancias sin límite.

• En su encuentro de 1990 en Glen Cove, Nueva York, decidieron que debían subirse los impuestos para pagar la deuda a los banqueros internacionales. Bilderberg ordenó al presi-

---

* El Plan Brady se puso en marcha en 1987 como resultado de la reunión celebrada en París para tratar el problema de la crisis de la deuda externa de los países latinoamericanos. En dicha reunión se decidió condonar un porcentaje importante de la cantidad adeudada y establecer nuevos plazos y tipos de interés más favorables para que los países latinoamericanos pudieran cumplir con los compromisos adquiridos. La crisis, desencadenada en 1985, fue el resultado de las políticas económicas emprendidas por las dictaduras militares latinoamericanas en las décadas anteriores. Estas políticas se basaron en la Industrialización Sustitutiva de Importaciones (ISI), una estrategia en la que trataron de promover empresas nacionales a base de elevados aranceles, créditos ventajosos para adquirir tecnología y materias primas en el exterior (cuando no las compraban directamente los propios gobiernos) y demás. Todo ello dio lugar a industrias nacionales poco eficientes, muy endeudadas e incapaces de exportar para pagar sus deudas, lo que creó un círculo vicioso de más y más endeudamiento en dólares que quebró cuando empezaron a subir los tipos de interés en Estados Unidos. El Plan Brady fue la solución para evitar la quiebra real de Latinoamérica con todas sus consecuencias. Como corolario de todo ello, los bancos estadounidenses abandonaron la región y no volvieron hasta más de diez años después, tras constatar que los bancos españoles, asumiendo muchos riesgos, empezaban a hacer negocio en la zona. La economía y la política latinoamericanas estaban normalizándose.

dente George Bush que incrementase los impuestos en 1990 y contempló cómo éste firmaba el acuerdo presupuestario de subida de impuestos que le haría perder las elecciones.

• En la reunión de 1992, el Grupo debatió la posibilidad de «condicionar al público para aceptar la idea del ejército de la ONU que podría, utilizando la fuerza, imponer su voluntad en las cuestiones internas de cualquier Estado».

• La venta multimillonaria de la eléctrica Ontario Hydro, cuyo propietario era el Gobierno canadiense, se debatió por primera vez en la reunión del Bilderberg en King City, Toronto, en 1996. Poco tiempo después, Ontario Hydro se dividió en cinco empresas independientes y se privatizó.

• Durante y después de la conferencia de Bilderberg de 1996, se decidió reelegir a Bill Clinton como presidente de Estados Unidos porque era una marioneta más útil que Bob Dole. Este último fue además investigado por financiación ilegal de su campaña electoral.

• En relación a Kosovo, los miembros del Club Bilderberg decidieron la formación de un Estado albanés independiente y el desmembramiento de Yugoslavia (con la entrega de su provincia más septentrional a Hungría) para crear un nuevo mapa que asegurase la continuidad del conflicto. La reconstrucción, valorada en miles de millones de dólares, correría a cargo de los impuestos occidentales.

• Filtraciones sobre el encuentro del año 2004 revelan que la guerra en Iraq fue pospuesta hasta marzo de 2003. Todos los periódicos del mundo esperaban el ataque para el verano de 2002.

• La OTAN dio carta blanca a Rusia para bombardear Chechenia en 1999, tal y como informé en 1998.

• En 1999, Kenneth Clarke, miembro del Parlamento, Martin S. Feldstein, presidente del Consejo Nacional de Investigación Económica; Stanley Fisher, subdirector del Fondo Monetario Internacional (FMI), Ottmar Issing, miembro del comité ejecutivo del Banco Central Europeo, y Jean-Claude Trichet, gobernador del Banco de Francia, debatieron sobre la «dolarización», como paso posterior a la moneda única europea.

• Se planeó la formación de un bloque asiático bajo el liderazgo de Japón. Se establecería una moneda única, el libre comercio y una unión política parecida a la de la UE.

• Se planeó la formación de una Unión Americana similar a la Unión Europea.

• Se planificó la división de Canadá para 1997, pero la inesperada investigación del periódico *Toronto Star*, el rotativo más importante de Canadá, durante el encuentro de 1996 en King City, obligó a los globalizadores a posponer su plan para 2007.

El Club sancionó económicamente a Austria por organizar unas elecciones democráticas en las que resultaba ganador el Partido Nacionalista de Jörg Haider.

Humillación de Ronald Reagan por parte del Club Bilderberg

Los que pensaron que la América conservadora y tradicional había ganado las elecciones de 1980 no podían imaginarse lo equivocados que estaban. Todos los cargos de importancia en la Administración Reagan estaba ocupados por fabianistas, recomendados por la Heritage Foundation de Bilderberg/Rockefeller.

En 1981, Peter Vickers Hall, el principal fabianista de Estados Unidos y miembro del Instituto Tavistock, pronunció un ilustrador discurso en Washington que expondremos con detalle en el capítulo 2. En él «predice» el hundimiento de la economía e industria norteamericanas:

«Existen dos Norteaméricas. Una es una sociedad industrial que procede del siglo XIX y la otra, una sociedad posindustrial en crecimiento que, en algunos casos, está construida con los fragmentos de la antigua Norteamérica. La crisis entre estos dos mundos producirá, en la próxima década, una catástrofe económica y social. Estos dos mundos se hallan en oposición y no pueden coexistir. Al final, la sociedad posindustrial borrará del mapa a la otra.»

Uno no puede dejar de preguntarse cómo es posible que una persona como Vickers pueda haber estado tan cercana de la presidencia de los Estados Unidos. La única respuesta es que alguien puso en la Casa Blanca a un «obediente» Reagan con la expectativa de que siguiese sus órdenes.

Anthony Wedgewood Benn, miembro del Parlamento británico y del Comité de los 300, le dijo a los participantes en la Internacional Socialista de Washington, el 8 de diciembre de 1980: «Podéis prosperar con el desplome del sistema de préstamos de Volcker (director de la Reserva Federal) si informáis (traducción: "laváis el cerebro") a Reagan sobre el tema.» Como anécdota, Ronald Reagan prometió destituir a Volcker si era reelegido. Después, lo obligaron a comerse sus palabras, para sorpresa de los conservadores. Bilderberg impuso, una vez más, a su hombre. En su libro, *Conspirators' Hierarchy: The Story of the Committee of 300*, el doctor John Coleman escribe que «los consejos de Vickers aplicados a la administración Reagan fueron los responsables del derrumbe de las industrias bancaria y emprestitaria». Coleman añade que Milton Friedman, un economista americano defensor del *laissez-faire* capitalista, sinónimo de la economía de mercado más estricta, revisó los planes del Club para desindustrializar Norteamérica, «usando la presidencia de Reagan para acelerar la caída de la industria del acero y después, la de la construcción y el automóvil».

Así pues, los cacareados principios de Reagan pertenecen a los que le pagan. Cuando en 1966 consiguió, por primera vez, la nominación republicana como candidato a gobernador de California, Ronald Reagan, el más conservador entre los conservadores, se distanció del ala dura y puso a la gente de Rockefeller como sus consejeros.

Es totalmente aterrador pensar que los miembros del Club Bilderberg son una fuerza omnipotente ya que no tienen oposición. Después de ser destronada, lady Thatcher le confesó a Jim Tucker, de la revista *The Spotlight*, que ella consideraba que ser denunciada por el Club era todo un «tributo», porque ni Gran Bretaña ni ningún otro país deberían entregar su soberanía. Sin embargo, se puede decir que lady Thatcher tiene suerte de seguir con vida. No se puede decir lo mismo del destino de Aldo Moro, primer ministro italiano, o de Ali Bhutto, presidente de Pakistán, como veremos a continuación.

El asesinato de Aldo Moro

En 1982, John Coleman, un ex funcionario de Inteligencia con acceso a las más altas esferas del poder, demostró que el primer ministro italiano Aldo Moro, «un miembro leal del Partido Democristiano que se oponía al crecimiento cero y a las reducciones de población planeadas para su país», fue asesinado por órdenes del Grupo Masón P2, con el objetivo de alinear Italia al Club de Roma y al Bilderberg. El país transalpino debía ser desindustrializado y ver reducida su población. Coleman afirma en su libro que los globalizadores querían usar Italia para desestabilizar Oriente Medio, su principal objetivo: «Los planes de Moro para estabilizar Italia a través del pleno empleo y la paz industrial y política habrían reforzado la oposición católica al comunismo y hecho mucho más difícil la desestabilización de Oriente Medio.»

Coleman describe en su libro, con mucho detalle, aquella secuencia de eventos que paralizaron a la nación italiana; cómo Moro fue secuestrado por las Brigadas Rojas en la primavera de 1978 a plena luz del día para después ser brutalmente tiroteado junto a sus guardaespaldas. El 10 de noviembre de 1982, Corrado Guerzoni, un buen amigo del primer ministro asesinado, declaró en el juicio que Moro había sido «amenazado por un agente del Royal Institute for International Affairs (RIIA)», miembro también del Club, «mientras esa persona todavía era secretario de Estado de Estados Unidos».

Coleman explica también cómo en el juicio a los miembros de las Brigadas Rojas, «varios de ellos declararon que sabían que importantes personalidades de Estados Unidos se hallaban implicadas en el complot para matar a Moro».

En junio y julio de 1982, «la viuda de Aldo Moro declaró que el asesinato de su marido se produjo tras unas amenazas llevadas a cabo por "una figura de la política americana de alto rango". Cuando el juez le preguntó en qué consistía la amenaza, la señora Eleanora Moro repitió la misma frase que Guerzoni atribuye a Kissinger en su testimonio: "O abandonas tu línea política o lo pagarás con tu vida." En una de las páginas más escalofriantes de su libro, Coleman escribe lo siguiente: "El juez le preguntó a Guerzoni si podía identificar a la persona de la que hablaba la señora Moro. Guerzoni contestó que se trataba de Henry Kissinger, como ya había declarado"».

¿Por qué querría un diplomático estadounidense de alto rango amenazar a un político de una nación independiente europea? La respuesta es que, obviamente, Kissinger no estaba representando los intereses de Estados Unidos, sino que «actuaba siguiendo instrucciones» recibidas por parte del Grupo Bilderberg.

El testimonio de Guerzoni, potencialmente dañino para las relaciones entre Estados Unidos e Italia, fue instantáneamente emitido en toda Europa Occidental el mismo 10 de noviembre de 1982. Katherine Graham, directora del *Washington Post* y C. L. Sulzberger, del *New York Times*, recibieron instrucciones de la Fundación Rockefeller para suprimir esa información en todo Estados Unidos. Ninguna televisión estimó que la noticia mereciera la atención del público, aun cuando Kissinger era acusado de unos crímenes gravísimos. Como veremos en el capítulo 2 sobre el CFR, todo esto no debe sorprendernos. Las noticias que los estadounidenses obtienen de la televisión, los periódicos y la radio están controladas por el entramado Bilderberg/CFR.

El 17 de diciembre de 1981, el general del ejército de Estados Unidos, James L. Dozier, el oficial de más alto rango del cuartel general de la OTAN en Verona, Italia, fue secuestrado por terroristas de las Brigadas Rojas. El 28 de enero de 1982 fue liberado por un equipo de carabineros de élite de una «prisión popular» de Padua. Dozier tiene órdenes de no revelar lo que sucedió. Si se decidiese a hablar, sin duda sufriría el mismo destino que el primer ministro.

Asesinato de Ali Bhutto (Pakistán)

Aldo Moro no fue el único líder que sufrió en sus carnes la ira de los bilderbergers. Según John Coleman, Kissinger también amenazó a Ali Bhutto, presidente de Pakistán. Por lo que respecta al Orden Mundial, el «crimen» de Bhutto era mucho más serio que el de Moro. Bhutto quería desarrollar armas nucleares como arma disuasoria contra «las continuas agresiones israelíes en Oriente Medio». «Bhutto fue asesinado judicialmente en 1979 —escribe Coleman— por el representante del CFR en el país, el general Zia ul Haq.» Bhutto fue condenado por jueces de un Alto Tribunal formado mayoritariamente por punjabis abiertamente hostiles a él, especialmente el responsable de Justicia, Maulvi Mushtaq. Bhutto fue condenado a la horca aun cuando el veredicto de la Corte Suprema fue de cuatro a favor de la horca y tres a favor de la absolución inmediata. Más aún, fue la primera vez que se hacía efectiva una sentencia de muerte con un veredicto dividido y, menos aún, uno como éste, que ganó por una justísima mayoría. Mohammad Asghar Khan, antiguo comandante en jefe de las Fuerzas del Aire de Pakistán, escribió el 4 de abril de 2002 en un periódico paquistaní llamado *Dawn*: «Fue improcedente que a pesar de las apelaciones de la práctica totalidad de los jefes de Estado de los países islámicos, fuese ejecutado. A quien debería haberse colgado es al presidente actual de la Conferencia Islámica. Sin duda, debió de haber alguna compulsión irrefrenable que lo llevó a dar ese paso sin precedentes. Me pregunto cuál fue esa compulsión.»

La investigación del doctor Coleman mostró años más tarde que «Ul Haq pagó con su vida por intervenir en la guerra con Afganistán. Su Hércules C-130 fue golpeado por ondas eléctricas de baja frecuencia (ELF) poco después de despegar, lo que produjo su colisión mortal».

El Servicio Secreto turco advirtió al general Ul Haq que no viajase en avión. El general invitó a un grupo de funcionarios americanos entre los que se encontraba el general brigadier Herber Wassom para que le acompañasen como «seguro de vida».

En el libro de Coleman *Terror in the skies* (1989) se explica gráficamente lo que ocurrió en los fatales segundos que precedieron al accidente. «Poco antes de que el C-130 de Ul Haq despegara de una base militar de Pakistán, se vio a un sospechoso camión en las inmediaciones del hangar del C-130. La torre de control advirtió a la base, pero ya era tarde: el avión ya estaba en el aire y el camión había desaparecido.»

«Unos minutos más tarde, el avión hizo un rizo hasta que dio en el suelo, para explotar acto seguido en una inmensa bola de fuego. No se explica que le pueda suceder algo así a un avión de esas características. La investigación conjunta llevada a cabo por Pakistán y Estados Unidos reveló que no había habido ningún error mecánico o de estructura, ni tampoco fallo humano. "Rizar el rizo" es una maniobra común en los casos de ataque por ELF.»

Bhutto fue asesinado porque si su programa de energía nuclear hubiera tenido éxito, Pakistán se habría convertido en pocos años en un estado industrializado moderno. Las ambiciones nacionalistas de Bhutto eran una amenaza directa a la política de crecimiento cero propugnada por el Bilderberg.

El sha de Irán

Otro caso que necesita un análisis en perspectiva es la caída del sha de Irán, el advenimiento del ayatolá Jomeini y sus estudiantes del Islam y el secuestro de los ciudadanos estadounidenses en la embajada de EE. UU. en Teherán. La realidad es muy diferente de la ficción que nos contó la prensa estadounidense controlada por el CFR/Bilderberg. De hecho, Jomeini fue una creación de la VI División de Inteligencia Militar británica, popularmente conocida como MI6.

Las fuentes de Coleman fueron de inestimable ayuda para desvelar la secuencia de acontecimientos que condujeron a que el sha fuera primero depuesto y después eliminado por el gobierno de

Estados Unidos. Cuando finalizó la investigación, la respuesta fue la más predecible: todo había sido por causa de las drogas. El sha había restringido el lucrativo comercio británico de opio iraní. Según Coleman, «cuando el sha se hizo con el poder en Irán, la cifra de adictos al opio/heroína en el país era de un millón».

En el curso de su investigación, Coleman descubrió que, después de que Jomeini ocupara la embajada americana en Teherán, «el presidente Reagan no interrumpió la venta de armas a Irán, aun cuando los rehenes estadounidenses se consumían en cautividad». ¿Por qué? La respuesta es del todo lógica: por el comercio de drogas, más concretamente, de opio. «Si Estados Unidos hubiese cerrado el grifo de las armas, Jomeini hubiese acabado con el monopolio británico del comercio de opio en su país.» Según las estadísticas de las Naciones Unidas y la Organización Mundial de la Salud, la producción de opio de Irán en 1984 excedía de 650 toneladas al año; como resultado de la ambivalente actitud de Jomeini, la producción y el consumo de opio se elevó de manera exponencial hasta llegar a los dos millones de adictos.

En su libro, *What Really Happened in Iran* (Lo que sucedió realmente en Irán), Coleman detalla cómo «el comercio de armas con Irán fue acordado por Cyrus Vance, empleado del Club Bilderberg, y el doctor Hashemi, estrechamente vinculado al Servicio Secreto de los Estados Unidos. La fuerza aérea estadounidense empezó un inmediato suministro de armas que no cesó ni siquiera durante la parte álgida de la crisis de los rehenes. El ejército americano enviaba la mercancía desde sus almacenes en Alemania, aunque también hubo envíos desde Estados Unidos, que repostaban en las Azores».

Éste es un buen ejemplo del poder del Gobierno en la sombra. Una entidad que trasciende fronteras, regiones, culturas y leyes. La única ley es la del Nuevo Orden Mundial. El presidente Carter, demócrata, y el presidente Reagan, conservador, siguieron los dictámenes del poderoso Club Bilderberg. Si hubiesen desobedecido, habrían sufrido, como veremos a continuación, consecuencias similares a las que se cernieron sobre dos presidentes: Kennedy, demócrata, y Nixon, conservador.

En lo que respecta a la política y las finanzas, el periodista Jim Tucker es categórico sobre el hecho de que «Bilderberg se halla en lo más alto de la pirámide. Es el ojo que todo lo ve, encargado de construir un Nuevo Orden Mundial». Este sistema de gobierno único, que se mueve en las sombras, emplea un lenguaje florido que habla de «la aldea global», pero sólo pretende poner en manos de unos pocos todo el poder político y económico del mundo.

¿Debe sorprendernos entonces que el Nuevo Orden Mundial intente con tanto ahínco eliminar todas y cada una de las constituciones existentes sobre la Tierra?

El Nuevo Orden Mundial y el Watergate

Como veremos a continuación, en el caso Watergate hay una tremenda confusión de identidades y la justicia brilla por su ausencia. La verdad detrás del asunto nunca ha sido revelada porque los culpables son los mismos que causaron la caída del sha, la guerra de las Malvinas, la muerte de Aldo Moro y la de Ali Bhutto. Nixon no hizo un uso ilegítimo de sus poderes como presidente. Al contrario de lo que siempre ha afirmado el *Washington Post*, no hubo ninguna «evidencia» de que Nixon abusase de su poder. Si cometió algún crimen fue no defender la Constitución de los Estados Unidos de América, tal y como juró en la ceremonia de posesión de su cargo. Para ello hubiese tenido que proceder contra Katherine Meyer Graham, directora del *Washington Post,* y contra Ben Bradley, editor jefe, por conspiración e insurrección. En su libro, *Conspirators' Hierarchy: The Story of the Committee of 300*, John Coleman, funcionario de inteligencia con acceso a los documentos más confidenciales del mundo, como ya he dicho, afirma que Katherine Graham asesinó a su marido Philip L. Graham, un suceso clasificado oficialmente como «suicidio» por el FBI. El hecho de que una acusación tan grave como ésa no fuese jamás contestada en los tribunales, especialmente en un país tan litigante como Estados Unidos, es prueba suficiente de que

Katherine Graham (miembro del Club Bilderberg, del CFR y de la Comisión Trilateral, además de multimillonaria), era consciente de que no hubiese podido convencer nunca a un jurado, compuesto por «la sucia masa» que tanto desprecian los globalizadores, de que John Coleman la había difamado.

Según fuentes presentes en las reuniones de Bilderberg durante la década de 1970, el papel del *Washington Post* era mantener la atención sobre Nixon con una «revelación» después de otra, y engendrar un clima de desconfianza pública hacia el presidente, aun cuando «no hubiese ni un ápice de evidencia que apoyase tales acusaciones».

El caso Watergate muestra el inmenso poder que tiene la prensa o los que controlan los medios de comunicación estadounidenses, es decir, el CFR, del que hablaremos ampliamente en el capítulo 2. La fabricada crisis del Watergate hirió de muerte a la Oficina de la Presidencia y asaltó las instituciones sobre las que se levanta la República de los Estados Unidos. Todo ello, debidamente planificado por los miembros del Club y el Nuevo Orden Mundial. Una Norteamérica fuerte e independiente, con un jefe de Estado incorruptible, hubiese hecho irrealizables los planes del Nuevo Orden Mundial de conquistarlo todo. Otros traidores fueron Morton H. Halperin, miembro senior del CFR, Brookings Institution y director del Consejo de Planificación Política para la Seguridad Nacional, institución a favor del Orden Mundial; Daniel Ellsberg, autor de los papeles del Pentágono (véase más adelante para más detalles), y David Young, jefe de los famosos «fontaneros» del Gobierno, agentes que trabajaban para la Unidad de Investigaciones Especiales de la Casa Blanca, creada por Nixon, esto es, por Kissinger con dinero de Pennzoil y otros socios de George Bush. Después de hacerse público el escándalo, Nixon fue obligado a dimitir por causa de unas grabaciones en las que hablaba de frustrar las investigaciones del Watergate. Fue David Young, que trabajó para los Rockefeller y fue designado por Kissinger, quien hizo las grabaciones que fueron reveladas por Butterworth, el vínculo de la Casa Blanca con el servicio secreto dirigido por Kissinger. Así mismo hay que incluir a

James McCord, ex agente de la CIA y del FBI, director de Seguridad del Comité para la Reelección del presidente Nixon, responsable de dejar, accidentalmente, la tristemente famosa cinta magnetofónica en una puerta del edificio Watergate que alertó a un guardia de seguridad. McCord fue detenido la noche del robo junto con otros cuatro hombres. Fue condenado por seis cargos. Más tarde, escribiría una carta a John J. Sirica, el juez del caso Watergate, afirmando que se había cometido perjurio. Las alegaciones de McCord de que la Casa Blanca sabía del allanamiento y que intentó esconderlo fueron cruciales para que las investigaciones siguiesen adelante. También Joseph Califano, consejero legal de la Convención Nacional Demócrata y uno de los lacayos de la reina de Inglaterra de mayor poder en Estados Unidos, así como también el célebre profesor Noam Chomsky del IPS, Instituto de Estudios Políticos, pues uno de los principales objetivos del IPS, diseñado por el Instituto Tavistock, era extender los «ideales» del socialismo nihilista de izquierdas como movimiento base en EE. UU. a fin de crear caos y malestar; y los funcionarios de la CIA que fueron a la vivienda de McCord, espía del Watergate, para quemar todos sus documentos.

El Watergate demuestra, una vez más, que el Club Bilderberg ejerce un control total sobre Estados Unidos.

Los dos nombres que faltan de la lista son los más viles traidores de Estados Unidos, culpables de la más alta sedición. Uno de ellos es el general Alexander Haig. Este militar, arribista y trepador, que no ha dirigido a un solo soldado en el campo de batalla, ha tenido «la carrera más meteórica de toda la historia militar de Estados Unidos», dejando atrás a más de 400 generales de diferentes países de la OTAN y Estados Unidos. Todo gracias a los servicios prestados a un gobierno paralelo e invisible que lo ha convertido en general de cuatro estrellas.

Haig es el producto de la Mesa Redonda, un grupo paralelo al de Bilderberg. En su *Tavistock Institute: Sinister and Deadly*, el primer libro en hablar sobre los siniestros planes del principal instituto de lavado de cerebro del mundo, John Coleman desvela los acuerdos secretos entre el gobierno invisible, los políticos estadounidenses y la prensa sometida. Coleman escribe: «Haig fue encontrado por el miembro de la Mesa Redonda, Joseph Califano, uno de los estadounidenses en quien más confía su majestad (la reina de Inglaterra). Califano, consejero legal de la Convención Nacional Demócrata, había entrevistado en realidad a Alfred Baldwin, uno de los espías del Watergate un mes antes de que el allanamiento de las oficinas demócratas en el hotel Watergate tuviese lugar. Califano fue lo suficientemente estúpido para escribir un memorándum sobre su entrevista con Baldwin, en la que proporcionaba información sobre McCord, otro de los espías, y por qué éste había seleccionado a Baldwin para entrar en el "equipo".»

«Aún más dañino, el memorándum de Califano contenía todos los detalles sobre las transcripciones de las grabaciones entre Nixon y el comité de reelección, todo ello antes de que ocurriese el allanamiento.» Coleman concluye que «Califano debería haber sido acusado por crímenes federales pero, en vez de ello, salió ileso de toda su actividad criminal».

En 1983 le llegaron a Coleman unos manuales secretos del Instituto Tavistock en los que se detallaba la metodología usada para destruir al presidente Richard Nixon. De ahí salió el libro *The Tavistock Institute: Britain's Control of U.S. Policy*.

Coleman explica que «la manera en la que el presidente Nixon fue primero aislado, rodeado de traidores y después, confundido, seguía al pie de la letra el método Tavistock de obtener el control de una persona desarrollado por el doctor Kurt Lewin, el principal teórico del Instituto». La caída del presidente Richard Nixon es un *caso de manual* de la metodología de Lewin. La descripción de ese proceso que Coleman encontró en estos manuales secretos decía: «Una de las principales técnicas para romper la moral a través de una estrategia de terror consiste en mantener a la persona confusa acerca de lo que quiere y lo que puede esperar de las circunstancias. Además, si se le aplican medidas disciplinarias severas y promesas de buen trato al mismo tiempo, junto con noticias contradictorias, la estructura cognitiva de la situación se vuelve todavía más confusa. El sujeto ya no sabe qué plan lo lleva hacia su objetivo o lo aleja de él. Bajo estas condiciones incluso las personas con unos objetivos muy definidos y dispuestas a correr riesgos se paralizan por los conflictos internos que sufren acerca de lo que se debe hacer.»

Así de exitosas eran las tácticas de terror y el lavado de cerebro del Tavistock y así se pudo eliminar a todo un presidente de Estados Unidos. Además, los estadounidenses empezaron a creer todas las mentiras, distorsiones y pruebas falsas de los conspiradores cuando, de hecho, «el Watergate fue una mentira diabólica de principio a fin».

Nixon y sus dos ayudantes más cercanos, Haldeman y Ehrlichman, ignoraban absolutamente lo que estaba sucediendo. No eran rivales a la altura de la fuerza combinada del Club Bilderberg, el RIIA y el Instituto Tavistock, bajo la dirección de la Inteligencia británica, el MI6 y, por lo tanto, la familia real británica (el MI6 es el aparato de Inteligencia que protege a la Corona británica. Su presupuesto anual es secreto y se mueve alrededor de los 350-500 millones de dólares. Es significativo que el Parlamento británico no tenga jurisdicción sobre el MI6). Haldeman y Ehrlichman estaban completamente superados. Por ejemplo, ni siquiera sabían que «David Young, graduado en Oxford y empleado de Kissinger a través de organizaciones como el Milbank Tweed, estaba trabajando en los sótanos de la Casa Blanca, supervisando "filtraciones"».

La «confesión» de James McCord al juez John Sirica debería haber advertido a Nixon de que lo estaban golpeando desde dentro. Pero un confundido y paralizado Nixon respondió perfectamente al plan trazado por el Instituto Tavistock para romper la moral de una persona siguiendo una estrategia de terror.

El general Haig, al que se le dio un curso rápido en el Tavistock, «jugó un papel fundamental en la estrategia de confusión y lavado de cerebro del presidente Nixon, y, en efecto, fue Kissinger quien dirigió la Casa Blanca durante ese período». El «valiente» reportaje del *Washington Post* no fue más que una completa mentira preparada por las fuerzas del Nuevo Orden Mundial. La legendaria fuente «Garganta Profunda» no era sino el mismo Haig.* Al equipo de periodistas, Woodward y Bernstein, ambos miembros del CFR, les fueron dando toda la información que publicaban. No hubo ninguna investigación ni ningún encuentro secreto. El *Washington Post*, un importante miembro del comité director del Club Bilderberg, el propio Club y el Comité de los 300, presionaron a Nixon siguiendo a pies juntillas el manual del Instituto Tavistock.

Coleman escribe que «por la insistencia del RIIA, Haig se hizo con el control del gobierno de Estados Unidos, la Casa Blanca, después del golpe de estado de abril de 1973». Haig colocó en los cien puestos más importantes de Washington a hombres del Instituto Brookings, del Institute of Policy Studies y del CFR, quienes, «como él mismo, estaban a las órdenes de un poder extranjero», es decir, a las órdenes de aquellos que habían impuesto los intereses del orden mundial global sobre los de los Estados Unidos de América.

«La humillación de Nixon fue una lección y una advertencia para el futuro presidente de Estados Unidos», para que se le quitase de la cabeza que podía desafiar al Gobierno Mundial en la sombra. Kennedy fue brutalmente asesinado «por la misma razón, a la vista de todo el pueblo americano».

Pero John Coleman y Lyndon LaRouche (este último candidato demócrata a la presidencia en el pasado y editor de la excelente *Executive Intelligence Review* [EIR]) llevaron a cabo su propia investigación sobre el Watergate y los Papeles del Pentágono y llegaron a la misma conclusión; el propósito de la humillación quedó mucho más claro en el episodio de los Papeles del Pentágono y la subsiguiente «designación de Schlesinger (en la comisión de la energía atómica) dentro de la Administración Nixon, cuyo objetivo era detener el desarrollo de la energía atómica». El lector ya habrá deducido que todo ello eran factores claves para la desindustrialización de Estados

---

* En junio de 2005, el antiguo funcionario del FBI Mark Felt, de 91 años y mentor del periodista Bob Woodward, ha revelado ser el verdadero «Garganta Profunda». Se trata, sin embargo, de un montaje.

Unidos, tal y como planeaban el Club Bilderberg, el Club de Roma y el Comité de los 300. John Coleman añade en *Conspirators' Hierarchy: The Story of the Committee of 300* que «en este punto se halla el inicio generador de la recesión/depresión de 1991 que [...] le ha costado el empleo a treinta millones de estadounidenses».

Según las fuentes de Inteligencia de Coleman, en la primavera de 1970, William McDermott, del FBI, fue a ver al principal encargado de la seguridad de Rand (el instituto del lavado de cerebro de Estados Unidos), Richard Best, para advertirle que Daniel Ellsberg había aparentemente «sacado de Rand estudios sobre Vietnam que esta institución había llevado a cabo». En posteriores encuentros con el doctor Henry Rowan, director de *Rand* —y mejor amigo de Ellsberg, cosa que no sabía el FBI—, éste les dijo a Best y McDermott que estaba en marcha una investigación del Departamento de Defensa y que «por ello recomendaba que el FBI dejase de investigar a Ellsberg». De hecho, Coleman había descubierto que «no había ninguna investigación en marcha. Ellsberg siguió manteniendo su capacidad operativa en Rand y continuó copiando documentos sobre la guerra de Vietnam hasta que estalló todo el asunto de los Papeles del Pentágono, lo cual golpeó duramente los cimientos de la Administración Nixon».

El segundo traidor era, como los lectores más astutos habrán imaginado ya, el propio consejero de Seguridad Nacional de Nixon, Henry Kissinger. A mediados de la década de 1970, el Club había colocado a Kissinger en la dirección de un pequeño grupo compuesto por James Schlesinger, Alexander Haig y Daniel Ellsberg. «Cooperaba con este grupo el Instituto de Estudios Políticos (IPS), con Noam Chomsky como principal teórico.» Los objetivos del IPS vienen dictados por la Mesa Redonda británica y el Instituto Tavistock. Coleman explica en su libro *IPS Revisited* que la principal agenda era «crear la Nueva Izquierda, un movimiento de base para engendrar conflictos y extender el caos, expandir los "ideales" del socialismo nihilista... y convertirse en el gran "azote" del orden gubernamental y político de Estados Unidos», como factores claves en la desindustrialización de ese país a través de la estrategia de crecimiento cero postindustrial. Cuando Kissinger fue colocado como consejero de Seguridad Nacional, «Ellsberg, Haig y Kissinger pusieron en marcha el plan del RIIA del Watergate para derrocar al presidente Nixon, pues había desobedecido instrucciones directas», lo que quiere decir que Nixon había declarado públicamente que no aprobaba el GATT o Acuerdo General sobre Aranceles y Comercio, una afirmación que había enfurecido a David Rockefeller. El GATT se mostraría más tarde como una auténtica erosión de la soberanía nacional de Estados Unidos y se halla en el proceso de crear una destrucción total social, económica y cultural, tal y como el Senado de Estados Unidos había advertido en 1994 a través del millonario y miembro del Parlamento Europeo, sir James Goldsmith (que murió repentinamente —y no sabemos si por casualidad— después de testificar ante el Comité del Senado de Estados Unidos).

De hecho, por órdenes de Andrew Schoeberg, presidente de la RIIA, la sociedad secreta que controla la política exterior británica, Kissinger y su personal recibían «toda la información de inteligencia del interior y exterior del país antes que el propio presidente; incluso la información de la Quinta División del FBI, la más secreta». No hay duda de que los dos hombres a los que Nixon confiaba su vida, Haldeman y Ehrlichman, no entendían lo que estaba pasando a su alrededor: el MI6 (el Instituto de Inteligencia británico), tenía el control sobre toda la información que podía llegar al presidente Nixon.

Coleman concluye que «con estos métodos, Kissinger se impuso a la presidencia de Nixon, y después de que Nixon fuese deshonrado y defenestrado por el grupo de Kissinger, éste emergió con poderes enormes, como nunca se había visto antes o después del Watergate».

Con la dimisión de Nixon, el Club Bilderberg consiguió por fin tener a su «presidente» en el cargo. Gerald Ford (perteneciente al Bilderberg y al CFR), sería la nueva marioneta del Nuevo Orden Mundial movida por Henry Kissinger, agente de David Rockefeller, que a su vez estaba al servicio del Club y del Comité de los 300.

Poco después de la caída de Nixon, el nuevo presidente Gerald Ford puso su sello de aprobación a la política exterior de Kissinger. Gary Allen, en su libro *El expediente Rockefeller* escribe: «El presidente Ford dio su aprobación a la política exterior que había diseñado el secretario de Estado Henry Kissinger. Su objetivo era establecer una suerte de Gobierno mundial antes del final de la década de 1970. Mediante la demanda de una estrategia global sobre los alimentos y el petróleo dentro de la estructura de las Naciones Unidas, el presidente firmó su aceptación del "nuevo orden internacional" que había estado persiguiendo Kissinger.»

La creación de Bill Clinton

Como anécdota final, cabe decir que el presidente Bill Clinton fue «ungido» como candidato a la presidencia en la conferencia de Bilderberg de 1991 en Baden-Baden, a la que asistió. Lo que es completamente desconocido para la mayor parte de los Estados Unidos y los medios de comunicación del mundo es que Clinton hizo un inesperado viaje a Moscú directamente desde el encuentro Bilderberg.

El martes 9 de junio se entrevistó durante una hora y media con el ministro del Interior soviético, Vadim Bakatin. El señor Bakatin, ministro en el condenado gabinete del presidente Mijaíl Gorbachov, se hallaba inmerso en la campaña de la enconada elección presidencial que tendría lugar sólo seis días después. Pero, aun así, dedicó una hora y media de su apretada agenda al desconocido gobernador de Arkansas. ¿Por qué?

La carrera posterior del señor Bakatin puede darnos una pista. Aunque Gorbachov perdió las elecciones, Bakatin, considerado un «reformador», fue recompensado por el presidente Yeltsin con un cargo preferente en la KGB. Podría ser que el presidente Clinton fuese enviado directamente a Moscú por el Club Bilderberg para conseguir que «enterrasen» los informes del KGB sobre la juventud del propio Clinton y sus actividades en contra de la guerra del Vietnam dos meses y medio antes de anunciar su candidatura a la presidencia.

Uno de los pocos periódicos estadounidenses que cubrió esta historia fue el *Arkansas Democrat*, que la tituló «Clinton tiene un poderoso amigo en la URSS: el nuevo jefe del KGB». No sorprenderá, por lo tanto, que, según fuentes de la Inteligencia, el presidente Clinton, arropado por los bilderbergers, prometiera al presidente Yeltsin que, después de haber ganado las elecciones de los Estados Unidos, los barcos de guerra rusos obtendrían combustible y otros privilegios portuarios en todas las zonas navales estadounidenses.

Según Rick Lacey, «los planes de los bilderbergers no se limitan al establecimiento de un Nuevo Orden Mundial y el control semisecreto, entre bastidores, de toda la humanidad. Sus planes incluyen el dominio total del planeta, incluida su atmósfera, océanos, continentes y todas las criaturas, sean grandes o pequeñas y ya existentes o por crear».

Samuel Berger, ex consejero de Seguridad Nacional de Bill Clinton, dijo recientemente en el Instituto Brookings que «la globalización económica, cultural, tecnológica y política, no es una elección. Es un hecho que ya está sucediendo. Es una realidad que avanzará inexorablemente, con o sin nuestra aprobación. Es un hecho que a veces ignoramos con el consiguiente peligro para nosotros».

Eso es cierto. Como me dijo una vez Jim Tucker, «Dios puede haber creado el universo pero, en lo que respecta al planeta Tierra, el mensaje del Club Bilderberg a Dios es sencillamente éste: "Gracias, pero a partir de ahora nos encargaremos nosotros"».

El Club Bilderberg, desenmascarado

Por otra parte, Thomas Jefferson, uno de los padres fundadores de la democracia de Estados Unidos, lo definía de la siguiente manera: «Ciertos actos de tiranía pueden adscribirse a la opinión accidental de un día; pero toda una serie de opresiones que empezaron en un período concreto y que se mantuvieron inalterables con todos los ministros [presidentes] existentes, demuestran demasiado claramente que existe un plan sistemático y deliberado para reducirnos a la esclavitud.»

Esta estrategia corporativa en su forma global es, en palabras que pronunció David Rockefeller en el encuentro Bilderberg de junio de 1991 en Baden-Baden, Alemania «La soberanía supranacional de una élite intelectual y banquera es absolutamente preferible a la autodeterminación nacional practicada durante los siglos pasados.»[26]

«Tal estructura funciona mediante los mismos mecanismos financieros y comunicativos que pusieron a Tony Blair y George Bush Jr. en el poder dándoles la mayoría de votos. Las corporaciones transnacionales han llevado a cabo una publicidad muy potente y han financiado a estos líderes políticos, para asegurarse la cautividad de los Estados. Los Gobiernos ya no pueden gobernar para el interés común sin infringir las nuevas leyes de comercio e inversión que sólo benefician a las corporaciones trasnacionales», como se lee en *Why is there a war in Afghanistan?*, de John McMurtry, en el Forum sobre cómo debería responder Canadá al terrorismo y a la guerra, 9 de diciembre de 2001.

Lo que me sorprende más es ¿por qué los demás no ven este peligro? ¿Se debe a que el conocimiento conlleva una responsabilidad y clama por una respuesta decisiva? Si somos conscientes de que, de hecho, existe un poder mucho más potente que la presidencia elegida democráticamente, una autoridad «moral» más poderosa que el Papa, más omnipotente que Dios, un poder invisible que controla el aparato militar mundial y el sistema de inteligencia, que controla el sistema bancario internacional, que controla el sistema propagandístico más eficiente de la historia, debemos concluir forzosamente que la democracia es, en el mejor de los casos, una ilusión, y, en el peor, el preludio de una dictadura que se conocerá como Nuevo Orden Mundial que nos conducirá a una esclavitud total.

Michael Thomas, un banquero de inversiones de Wall Street, que alcanzó fama mundial como escritor y como el analista más incisivo de la etapa Reagan-Bush dijo en una ocasión: «Si los bilderbergs parecen ahora más discretos que nunca es, entre otras razones, porque sus propuestas, llevadas a cabo por sus serviles agencias, como el Fondo Monetario Internacional y el Banco Mundial, han causado más devastación en los últimos años que todos los desastres de la Segunda Guerra Mundial juntos.»

«El funesto resultado —escribe el ex periodista de la BBC, Tony Gosling— es una visión de la democracia occidental subvertida, en la que las personas que toman las decisiones se ponen de acuerdo no para cosas que son importantes para la gente ordinaria —justicia social, interés común y calidad de vida— sino para reforzar la austeridad económica y conseguir aún mayores ganancias para la élite empresarial y política.»

Con toda la evidencia en sus manos, la mayoría aún cree que «tiene demasiados problemas personales para molestarse con teorías conspirativas». Eso es exactamente lo que el Tavistock perseguía. Acorralados por el caos, reaccionamos como lo hizo Nixon cuando fue aislado, confundido y después destruido por los planificadores de la globalización. Desmoralizados y confusos, con poca autoestima, con un futuro incierto, la gente es mucho más proclive a aceptar la aparición repentina de un «mesías», un Nuevo Orden que promete la eliminación de las drogas, la pornografía, la prostitución infantil, el crimen, las guerras, el hambre y el sufrimiento, y que garantiza una sociedad bien ordenada en la que la gente vive en armonía.

El problema es que esa nueva «armonía» devorará nuestras libertades, los derechos humanos, nuestro pensamiento independiente y su mera existencia. «Armonía» significará una sociedad del bienestar que nos convertirá en números dentro del enorme sistema burocrático del Nuevo Orden Mundial. Los no conformistas, como yo mismo, seremos barridos con la simple pulsación de una tecla de ordenador, internados en uno de los más de 600 campos de concentración que ya están en pleno funcionamiento en la actualidad en los Estados Unidos, a no ser que la gente del mundo libre (o lo que queda de él), la «resistencia leal», se levante para defender los ideales nacionales, en vez de dejarlos en manos de los gobiernos, los representantes de la Comisión Europea, las Naciones Unidas y la realeza, que ya nos han traicionado.

Esos elegantes y siempre correctos miembros de las familias reales europeas, sus educadas damas y gallardos caballeros que han trocado sus reales vestiduras por trajes de tres piezas son, en realidad, completamente despiadados. Usarán el sufrimiento de las naciones y su riqueza para proteger su privilegiada forma de vida. Estas fortunas de la aristocracia están «inextricablemente relacionadas y entretejidas con el tráfico de drogas, oro, diamantes y armas, con los bancos, el comercio y la industria, con el petróleo, los medios de comunicación y la industria del entretenimiento».

¿Cómo podemos verificar estos hechos? Es virtualmente imposible penetrar en el Club Bilderberg. Algunas de las pruebas no están a nuestro alcance porque la información sale directamente de los archivos de inteligencia y sólo una minoría privilegiada puede verlos. No espere nunca que los medios de comunicación mencionen la conspiración en los telediarios de la noche. La prensa está totalmente bajo el control de las hermosas damas y caballeros que dedican la mayor parte de su tiempo a empresas filantrópicas. La mayoría de la gente cree que, como no puede ver una motivación detrás de las cosas que he descrito, como todo esto no aparece en las noticias, debe de tratarse de una más de las muchas teorías de la conspiración a la que despreciar, frecuentemente ridiculizar y finalmente rechazar. La gente quiere pruebas definitivas y eso es lo más difícil de conseguir. Eso es lo que el Instituto Tavistock ha hecho con la raza humana. El Nuevo Orden Mundial ha neutralizado la única amenaza real que las «sucias masas», es decir, nosotros, hemos podido oponer a sus planes. Este libro puede ser una excepción. Su objetivo es quitarle la máscara al Nuevo Orden Mundial para mostrarlo como realmente es. En este libro hay muchos documentos y fuentes que pueden verificar, al menos, parte de los hechos y que dejarán al lector inteligente preguntándose si ahí detrás hay más de lo que se ve a simple vista.

La siguiente información es fruto de muchos años de investigación, de miles de documentos y fuentes consultadas. Algunas personas increíblemente valientes han arriesgado su vida (y otros han muerto intentándolo) para tener acceso a parte del material en el que se detalla el terrible futuro que nos espera.

CAPÍTULO 2

El Council on Foreign Relations (CFR)

> La Comisión Trilateral no dirige secreta-
> mente el mundo. Eso lo hace el CFR.
>
> Sir WINSTON LORD,
> presidente del CFR (1978)
> y asistente del secretario de Estado
> de los Estados Unidos

Durante mucho tiempo, el Club y yo hemos estado jugando al escondite. Habitualmente, realizo mis investigaciones sobre este grupo de manera absolutamente discreta. Sin embargo, una vez al año, salgo de mi escondite y penetró en la boca del lobo. La reunión internacional de los amos del mundo, en la que los únicos periodistas invitados son los adeptos, es demasiado tentadora para mí. Así que Stresa, Italia, era mi próximo destino.

Para acceder a este tranquilo pueblo turístico, que vive de jubilados alemanes de pieles quemadas por el sol y británicos e irlandeses incapaces de hablar otra cosa que no sea su idioma, se debe volar hasta el Aeropuerto Internacional de Malpensa, en Milán.

Me gusta Milán. Puedo imaginar en el hueco de la vocal que separa a la M de la L, una réplica en miniatura de su famosa catedral, la humedad de sus puestas de sol en primavera, los ecos de las pisadas marcando un ritmo *staccato* en sus plazas adoquinadas.

Así que me sentía feliz de volver a esa ciudad, de caminar en dirección opuesta a las hordas de turistas que ya regresaban a sus hogares. Turistas incapaces de apreciar la elegancia de la ciudad y su esplendor oculto.

Mientras recorría la terminal del aeropuerto, mi mente deambuló soñolienta sobre algo que había leído en la revista del avión, un sencillo artículo sobre Novodevichy o «el Convento de las Nuevas Doncellas», el cementerio más reverenciado de Moscú. El artículo se veía forzado a compartir el espacio de la página con una mujer fatal con un escotado vestido rojo, que se llevaba una botella de licor celestial a sus húmedos y carnosos labios, y una útil lista de visitas imprescindibles elaborada por el Departamento ruso de Turismo. Entre lo más destacable, el mausoleo de Lenin, el cuartel general del KGB en Lublianka y el GUM, «el centro comercial más grande del mundo».

¡Novodevichy! Algunos de los escritores y poetas rusos más venerados están enterrados allí. Chejov fue uno de los primeros en residir en el lugar, en 1904, y los restos de Gógol fueron trasladados allí desde el monasterio de Danilov poco después. Los escritores del siglo XX, Mayakovsky y Bulgakov, están sepultaos en él, así como los reconocidos directores y fundadores del Teatro del Arte de Moscú, Nemírovich-Danchenko y Stanislavsky.

Pensé en la ulterior imprevisibilidad del futuro. El pasado era para mí no una rígida sucesión de hechos, sino algo así como un almacén de imágenes recordadas y pautas ocultas que contienen la clave del misterioso diseño de nues tra vida.

Visité en mi imaginación la tumba de Gógol, simbólicamente vinculada a la de otro famoso escritor, Bulgakov, autor de *El maestro y Margarita*. La tumba de Gógol fue, en un momento dado, trasladada dentro del mismo cementerio de Novodevichy. En el traslado se renovó parte de la piedra original, quedando una gran losa almacenada durante años, hasta que la esposa de Bulgakov la vio y la incorporó a la última morada de su esposo. Más tarde se descubrió que aquella piedra había pertenecido a la sepultura de Gógol.

Belleza y luminosidad, por un lado; meditación filosófica, por otro...

—*Buona sera*. ¿Sería tan amable de acompañarnos, por favor?

Una voz aguda y penetrante dispersó mis pensamientos

que fluían, plácidamente y sin propósito, por los confines de mi imaginación.

Alcé la vista.

Un tipo, embutido en una gabardina se dirigía hacia mí. Me sorprendió su atuendo considerando que el cielo era de un azul muy intenso. Entre los pliegues de su gabardina pude ver el brillo de una arma automática.

Como la estrella invitada de un espectáculo de feria, rodeado de jorobados, enanos y mujeres barbudas, este insignificante hombre, comparsa perfecta en cualquier carnaval, invadió mi espacio personal, chasqueó los talones y se llevó dos dedos a la frente presentándose a sí mismo.

—Soy el detective fulanito de tal —dijo en un perfecto tetrámetro iámbico—. Haga el favor de acompañarnos, si no le importa.

Una intensa sensación de tragedia anunciada o, más exactamente, una sombra pesada, se cernió sobre mi mente recordándome el peligro que envolvía a mi forma de ganarme la vida.

El detective y yo, flanqueados por dos guardias locales y un agente de narcóticos con un doberman, entramos en una diminuta sala de detención donde agentes de aduanas y guardias de seguridad solían zarandear a pequeños y grandes delincuentes esperando la recompensa de sus rivales del hampa. La sala albergaba un escritorio, absurdamente ancho, y cerca de él una mesa baja con una lámpara.

Todo parecía asombrosamente tranquilo. Se podía oír el viento contra el cristal, el sonido ametrallante de una serie de sollozos seguida de rítmicos gemidos y pesados pasos recorriendo el pasillo.

—Puede quitarse el abrigo —dijo uno de los guardias moviendo la cabeza en dirección a una percha clavada a la pared.

Me desabroché mecánicamente el anorak que llevaba.

En retrospectiva, me avergüenzo de cómo me dejé arrinconar e intimidar, de la ansiedad que sentí.

Me estiré para colgar el paravientos en la percha pero, como estaba mal puesta, se cayó tirando dos chaquetas y una americana al suelo. Los cuatro objetos se desplomaron haciendo un ruido embarazoso.

—*Lei come si chiama?* (¿Cómo se llama?)

Respondí con mi nombre.

—¿Cuál es su nacionalidad?

Se la dije.

—*Di che parte di Canada è lei?* (¿De qué parte de Canadá es usted?) *Lei dove abita?* (¿Dónde vive?) *Qual è il suo numero di telefono?* (¿Cuál es su número de teléfono?) (¿Desde dónde vuela?) *È la prima volta che viene in Italia?* (¿Es la primera vez que visita Italia?)

Durante todos estos años que he estado cubriendo las reuniones del Club Bilderberg he aprendido a evitar el innecesario enfrentamiento con los intimidantes guardias de fronteras y policías. He conocido a varios periodistas que han sido devueltos a casa sólo por irritar a la autoridad.

—Nos gustaría examinar su equipaje. Tenemos razones para creer que puede estar transportando drogas —dijo el detective.

—Si tiene drogas, es mejor que nos lo diga antes de que abramos la maleta —se sumó el agente de narcóticos.

No estaba preocupado por las drogas, porque simplemente no tomo drogas, no las fumo y mucho menos las transporto a otro país en una maleta.

Sin embargo, estaba cubriendo el encuentro anual del Club Bilderberg y mi nombre era conocido por todas las divisiones del servicio secreto, desde el Mossad al KGB, del MI6 a la CIA. Todos los periodistas que cubren estos encuentros secretos anuales son fotografiados, se registran sus datos personales y toda esa información pasa de la Interpol, controlada por los Rockefeller, a todas las agencias de protección internacional.

No sería la primera vez que alguien intentaba comprometer mi seguridad. En Toronto, en 1996, un agente encubierto intentó venderme un arma robada. En Sintra, en 1999, me enviaron a la habitación del hotel a una mujer que había sido programada mediante técnicas de hipnosis y lavado de cerebro, con el mandato de desnudarse y tirarse inmediatamente por la ventana, después de recibir una cierta llamada telefónica. Su intención era acusarme de asesinato (es una técnica más habitual de lo que pensamos en las luchas de poder de los grandes). Por suerte para todos, rechacé sus insinuaciones. No me pregunten por qué. Una de las habilidades que he desarrollado siguiendo a los bilderbergs por todo el mundo es el sexto sentido. Sonidos extraños en el coche, ruidos repetitivos, caras que me suenan familiares, amigos repentinos que se ofrecen para ayudar... uno aprende a ir con cuidado. Había algo fuera de lo normal en la conducta de esa mujer. Demasiado voluntariosa, demasiado forzada. Su lenguaje corporal no coincidía con su lenguaje verbal. Pensé, ¡eso es! Lo que me llamó la atención fue su aparente falta de coordinación entre su cuerpo y su discurso. Cuando oí los golpes en la puerta, pensé que era el servicio de habitaciones, con el pollo con almendras y la tarta de manzanas que había pedido para cenar. En vez de eso, al abrir la puerta me encontré con una mujer escultural, con el pelo largo, negro y rizado y unos ojos verdes que parecían embotellar rayos de luna.

—*Daniel*, por fin te encuentro —me dijo mientras se deslizaba dentro de la habitación—, confía en mí... necesitaba verte... estoy obsesionada contigo... —Y apoyándose ligeramente sobre la mesa de madera que estaba ahora enfrente de mí, fue deslizando suavemente las manos por sus curvilíneas caderas, mientras hacía subir y bajar la seda de su vestido rojo para dejarme ver sus muslos envueltos en encaje negro—. Siento que sin ti no hay nada... te deseo... quiero que dejes tus huellas en mi piel... te necesito... soy tuya y tú eres mío....

Subía las manos para acariciarse los pechos y se iba desabrochando los botones del escote, dejándome entrever unos pezones pequeños y oscuros.

—Me muero de deseo... fóllame como no has follado a nadie... —dijo avanzando hacia mí despacio. Su mirada era muy extraña. Cuando no me miraba a mí, dejaba los ojos fijos, absortos en el recuerdo; podría haberse puesto delante de ella el mismo Satanás y no hubiera advertido su presencia. No sé cómo, vino a mi mente en ese momento la mujer fatal de la botella de líquido celestial. Marketing, publicidad, mentira, manipulación.

Volviendo a Milán, a aquella habitación de la comisaría del aeropuerto y a las miradas de los policías sobre mí, me pregunté, ¿es posible que me hayan metido drogas en la maleta?

Cubriendo los bilderbergs, siempre tomo todas las precauciones. Nunca embarco el equipaje. Sólo llevo una maleta de mano, que nunca pierdo de vista. Volviendo de Escocia en 1998 (que constituyó una de mis investigaciones sobre el Club Bilderberg más provechosa, pues Jim Tucker, de *American Free Press*, y yo descubrimos los planes de guerra del Club Bilderberg en Kosovo. Primero, iban a despertar las hostilidades entre Grecia y Turquía por Chipre, para después extenderla a los Balcanes) tuve la sensación de que alguien había estado revolviendo en mi equipaje: lo dejé en el aeropuerto con toda mi ropa y documentos de la conferencia de Turnberry...

Así que, moviéndome hacia un lado de la sala, me encontré en la parte sombría del ancho escritorio.

El detective que estaba sentado en el borde del banco observaba atento todos mis movimientos, las manos apoyadas en el cañón de su arma. De repente, se puso de pie y con la punta de su bota dobló una esquina del grueso felpudo que arrugaba el doberman.

Uno de los guardias desapareció dentro de mi maleta. Todo lo que podía ver eran los agudos ángulos de sus codos moviéndose arriba y abajo.

Noté un peso en mi corazón. Buscaba algo positivo en mi mente, pero no pude encontrar una brizna de alegría. Lo mejor que me podía pasar era que me metieran en un avión de vuelta a casa.

De repente, el guardia me miró, dio un grito mezcla de curiosidad e incertidumbre y sacó de la maleta un delgado y usado volumen en ruso de Fet, gran escritor ruso del siglo XIX.

Todo el mundo empezó a hablar a la vez.

Un joven guardia con gafas cogió el libro diciendo que había estado en Rusia y sabía hablar un poco el idioma. Por ejemplo, sabía decir *borsch* (sopa de remolacha), *raduga* (arco-iris) y *privet* (hola). Al menos, la actitud de ese guardia hacia mí cambió completamente.

Registrando los más profundos rincones de su memoria, intentó en vano unir aquellos retazos idiomáticos en una frase coherente. Me resultó imposible entender lo que decía. Escuché con atención y la boca medio abierta: su conocimiento de ruso me recordaba la vasta estepa, una palabra, una casa, esa isla de esperanza entre la enormidad del vacío. El paradójico proceso de intentar entender mi dócil lenguaje me causaba dolor.

El detective, que se había aproximado al guardia, se sentó a mi lado. Yo estaba todavía de pie, apoyado contra la pared, y sentí su desagradable calidez. Se puso un caramelo de menta en la boca y le arrebató el libro al guardia.

Pasó los dedos por el lomo del libro, lo abrió y empezó a husmear entre las páginas. Como todo aquel que lee poco, bisbiseaba siguiendo con los labios la lectura.

Aprovechando la calma de la conversación, hice un estudio detallado del hombre: corpulento, moreno, no muy joven, nariz afilada, bien peinado, párpados prominentes y uñas mordidas.

En la habitación de al lado, alguien reía sonoramente. Una silla atravesó violentamente la estancia en la sala de enfrente. El hombre con el doberman llevaba unos pantalones estrechos y apretados que cubrían unas piernas larguiruchas. Le murmuró algo al guardia, aunque las palabras se perdieron en el conjunto de las voces.

La puerta, cuya existencia había pasado por alto, se abrió de repente con fuerza. Un hombre vestido de paisano entró de repente con un arma. El guardia lo vio primero, soltó un grito y levantó las manos con sus diez dedos danzando en el aire. Él y el detective, que ya se había a cansado de hojear mi libro, pues no llevaba fotos, se saludaron efusivamente, con palmadas y apretones de manos fervorosos.

Empezó una breve conversación. En ese momento, el detective, el hombre de paisano, los dos guardias y el manifiestamente pasivo agente de narcóticos formaban una piña. El doberman dormía sobre el felpudo.

La conversación transcurría en un tono discreto, lo que suponía una monumental hazaña para cualquier italiano, y de ella pude captar fragmentos aislados de frases: «*Cosa vuol dire...?* (¿Qué quiere decir...?)», «*Non capisco nulla* (¡No entiendo nada!)» «*Chi cerca* (¿A quién busca?)».

Después de un breve intercambio, todo el mundo se puso cómodo. El detective se sentó frente a mí, los guardias recuperaron su puesto en la puerta y el policía de narcóticos se sentó sobre el escritorio. El hombre de paisano se apoyaba contra la pared.

—Déjeme ver de dónde le conozco —empezó.

La voz aterciopelada del detective añadía una sensación dramática a esa obra teatral cuyos mal dibujados protagonistas no acertaban a animarse.

—*Dove siete alloggiati?* (¿Dónde se aloja?)

Me pidió los billetes de avión y la reserva del hotel. Se los entregué rebuscando entre el habitual desorden de mi equipaje.

—¿Qué razón podría usted tener para venir a Stresa en esta época del año?

Sopesaba todas y cada una de las palabras que decía para darles todo el sentido común que podía. Yo no respondí. En ese momento, mis nervios estaban inusualmente receptivos después de una inacabable hora de interrogatorio.

Mecánicamente, alcancé mi Fet, mi única fuente de calidez y seguridad. Inmediatamente, el detective me pidió que dejase el libro y prestase atención.

El detective sacó una fotografía de la carpeta roja que sostenía con la mano derecha. Apenas podía creerlo. Enfrente, tenía una copia en blanco y negro de la fotografía de mi carnet de identidad español.

—¿Qué ha venido a hacer a Stresa? —repitió en un perfecto inglés.

Me habían descubierto. No había otra posibilidad. Alguien del Ministerio del Interior español les había facilitado mi fotografía a las fuerzas de seguridad italianas. Los italianos sabían de mi venida y me estaban esperando. Y lo que era peor, el Ministerio del Interior español estaba colaborando con el Club Bilderberg para detener mi investigación. ¿Quién podía haber sido? ¿Cómo sabían dónde esperarme? ¿Fue la compañía aérea quien les había facilitado mis datos (que eran confidenciales) a los italianos? ¿Quién los había pedido? ¿Qué habían obtenido a cambio?

Miré intensamente un pedazo de papel de aluminio que había en el suelo.

De repente, entendí algo que había estado intuyendo sin ser consciente: la razón de que me hubiesen detenido, de que me estuviesen interrogando, de que me hiciesen perder el tiempo. No me podían retener porque no había hecho nada. Tampoco me podían dejar ir, porque tenían órdenes de dejarme en la estacada. Los guardias de fronteras, sin saberlo, formaban parte de la invisible maquinaria del Club Bilderberg.

Me levanté.

—Señores —dije—, tienen dos opciones. O me detienen y me imputan algún cargo o me dejan ir. Se ha acabado esta mascarada. Ustedes saben perfectamente por qué estoy aquí y yo sé que ustedes saben que conozco su juego.

Me fijé en la sombra que proyectaba el trozo de papel de aluminio del suelo. Hastiado de todo aquello, enfadado de mí, del mundo, de que la gente no supiese nada, de que no quisiese saber nada, de que no les importase nada. Intenté fundir aquel objeto insignificante en la ordenada existencia del momento.

De nuevo, discutieron entre todos el próximo movimiento. Sin embargo, ahora, ya sabía que en unos minutos un coche me estaría llevando a las orillas del lago Maggiore, a Stresa y a la conferencia anual del Club Bilderberg; allí me encontraría con un grupo de investigadores indomables, mis amigos. Personas que, contra todo pronóstico, se las habían arreglado para llegar a esa perdida ciudad. Pocos sabían las adversidades que habían tenido que superar para conocer el plan maestro para el Gobierno Mundial del Club Bilderberg.

—Queda usted libre para irse, señor Estulin —dijo el detective—. Pero recuerde, sabemos dónde encontrarlo. Ahora está en Italia. Si se mete en algún problema, irá a parar a la cárcel. Eso, se lo prometo.

Recogí mi maleta, metí mi libro en uno de los bolsillos laterales y dije «*Da svidania, daragoy*» (Adiós, amigo). La cara del guardia se iluminó momentáneamente y miró con recelo al detective. Sin detenerme a mirar, seguí mi camino. Por fin, libre.

Mientras caminaba por la terminal del aeropuerto, pensé en la veleidad de la fortuna y en las exigencias de la amistad. Una y otra vez, el peligro y la muerte llamaban a mi puerta, aunque mi misión seguía inalterada.

Un joven de cabello rubio con ropas orientales y la nariz vendada entró en un café. Cerca, un camarero limpiaba las mesas con un paño húmedo.

En el escaparate de una tienda de recuerdos, un desgastado cartel anunciaba la visita de un circo. Una de las esquinas del papel estaba suelta. Había una mosca muerta en el alféizar de la ventana.

Salí a la calle. No había viento, aunque el aire era cálido y olía ligeramente a gasolina.

Un hombre, blandiendo el periódico local, se sentó en un banco frente a mí. Por alguna inexplicable razón, se quitó los zapatos y los calcetines.

—*Qual é il prezzo a Stresa?* (¿Cuánto cuesta ir a Stresa?) *Possono portarmi il bagaglio?* (¿Puede usted llevar mi maleta?) El taxista, que poseía una enorme nariz, accedió a llevarme y cargó mis pertenencias en su Mercedes Benz.

Me encanta el proceso de viajar y los medios de transporte: el cómodo asiento de piel, la anticipación de nuevos descubrimientos, el lento desfilar de las luces del aeropuerto.

El taxista, que tenía una pequeña y pálida cara y, por la forma de su nariz, se diría que era aficionado a la bebida, empezó una conversación. Me explicó que su yerno trabajaba en una próspera aseguradora de Roma. En el salpicadero se podía ver una gastada fotografía de una mujer mayor y corpulenta, de nariz roja y ojos cerrados. La mujer del taxista. El hombre se quejaba de ser pobre, tener que trabajar demasiadas horas y no ver lo suficiente a su familia.

Ésa era la historia de su vida, una vida con poco sentido, la precaria e insulsa existencia de la tercera generación de inmigrantes napolitanos.

En algún recóndito compartimento de mi mente podía oír el intrincado sonido de su parloteo; sin embargo el resto de mi consciencia había pasado a otro mundo, mi tan preciado universo privado…

Alguien dijo una vez que escribir no es estar ausente, sino adquirir la ausencia; ser alguien para después irse, dejando sólo trazas.

(C., mi amor y mi vida. Tú eres mi cielo y mi infierno. Sólo podrías ser ambos. Tú eres mi felicidad, mi vida entera, aunque también el encuentro violento entre dos lenguajes. Porque el lenguaje, incluso la más brillante lengua, es una especie de sinrazón, el gemido al que aspira la más perfecta felicidad. No porque nuestra felicidad esté condenada, o porque el destino sea injusto, sino porque la felicidad es inteligible sólo bajo la amenaza; tan inteligible como su propia amenaza.)

Intenté concentrarme en lo que me estaba esperando en Stresa. Días de veintidós horas de trabajo, llamadas para comprobar fuentes, ser continuamente seguido por el Servicio Secreto, amenazas, registros no autorizados, reuniones y más reuniones con aquellos pocos valientes que amenazaban revelar los preciosos secretos del Club Bilderberg y su diabólico plan. Pero, simplemente, no podía concentrarme. Me venían a la mente incoherentes imágenes del más intenso horror moral. Esclavitud Total. Hambrunas provocadas por el ser humano que se llevaban millones de vidas a la tumba. Sufrimiento, más sufrimiento. Un sacrificio inhumano indescriptible. ¿Por qué? ¿Es posible que alguien pueda infligir tanto mal sólo por su propio beneficio? Luchaba para no derramar lágrimas mientras recordaba que la búsqueda de la verdad es una reivindicación de la decencia a expensas de la crueldad.

Pensé en un final feliz para un cuento, aún por escribir, sobre el paraíso perdido: nuestro afligido mundo. ¿Cómo sería que se disipase la felicidad para siempre? El paraíso y su pérdida se complementan. No sólo es cierto que los paraísos son siempre paraísos malogrados, sino que también es indudable que no hay edén sin su pérdida. Si no puedes perderlo, no se trata de un paraíso.

Bilderberg es una metáfora del miedo, la imagen misma de la locura. Más allá de todo, está la comprensión, por supuesto, de que el tiempo y el espacio, como el amor y la muerte, nos alteran y nos afirman, se nos pegan y nos exploran, implican lo irrevocable y nos convierten en lo que somos.

Qué es el tiempo sino un pasaje brutal, una decadencia y una forma de consciencia. El nacimiento de la consciencia que se sabe temporal. Y menos aún entiendo cuál es el propósito de un destino que se empeña en unir mi vida a la del Club Bilderberg.

* * *

No debería sorprendernos el hecho de que exista a nivel internacional una organización equivalente al Club Bilderberg. Este grupo se llama a sí mismo CFR, es decir, Council on Foreign Relations (Consejo de Relaciones Exteriores). El CFR forma parte de un grupo internacional ya citado y que se llama Round Table o Mesa Redonda. Otras de sus sucursales son el Royal Institute of International Affairs del Reino Unido y los Institute of International Affairs de Canadá, Australia, Sudáfrica, India y Holanda, y los Institute of Pacific Relations de China, Rusia y Japón.

El CFR tiene su cuartel general en la ciudad de Nueva York, en el edificio Harold Pratt House, una mansión de cuatro pisos en la esquina de Park Avenue y la calle 68, que fue donada por la viuda del señor Pratt, heredera de la fortuna de la Standard Oil Rockefeller. El CFR se compone de aproximadamente 3.000 miembros de la élite de poder estadounidense. Aunque el CFR tiene mucha influencia en el Gobierno, son muy pocos los americanos medios que conocen su existencia, en realidad menos de uno de cada diez mil, y muchos menos aún son conscientes de su propósito real.

Durante sus primeros cincuenta años de existencia, el CFR prácticamente no apareció en los medios de comunicación. Y si tenemos en cuenta que entre los miembros del CFR figuran los más importantes ejecutivos del *New York Times*, el *Washington Post*, *Los Angeles Times*, el *Wall Street Journal*, la NBC, la CBS, la ABC, la FOX, *Time, Fortune, Business Week, US News & World Report*, y muchos otros, no hay duda de que tal anonimato no es accidental; es deliberado.

Para valorar las dimensiones del poder que manejan las organizaciones secretas más importantes del mundo, es decir, el Club Bilderberg, el CFR y la CT, basta con recordar que controlan a todos los candidatos a la presidencia de ambos partidos, a la mayor parte de los senadores y congresistas de EE. UU., la mayoría de los puestos relevantes para la política del país (especialmente en el campo de los Asuntos Exteriores), a la mayor parte de la prensa, a todos los componentes de la CIA, el FBI y el IRS (Hacienda Pública), y a la mayoría del resto de organizaciones gubernamentales de Washington. Casi todos los puestos de trabajo del gabinete de la Casa Blanca están ocupados por miembros del CFR. Todos estos datos provienen de un informe de 1987 publicado por el propio CFR, disponible para el público en su sitio web. Obviamente uno se pregunta, ante la actual proliferación de libros sobre sociedades secretas, cómo es posible que una organización secreta tan poderosa, que controla la política exterior de EE. UU., publique abiertamente sus informes. Pero el lector debe ser consciente de que esa información es la que ellos quieren que usted vea para quitarle importancia al asunto. Las decisiones realmente diabólicas se toman en esferas internas de la organización, como veremos a lo largo de este capítulo, en que podemos imaginar la inmensidad de la filtración del CFR en la sociedad. Según se dice en ese informe, 262 de sus miembros son «periodistas, corresponsales y directivos de empresas de comunicación».

Pregunte a cualquiera de estas personas qué sucedió en el último encuentro social del CFR y probablemente se encuentre con que su preocupación por la libertad de prensa se ha evaporado. Katherine Graham, la legendaria editora del *Washington Post*, por ejemplo, afirmó en un encuentro de la CIA, una organización que ha estado bajo el control virtual del CFR desde su creación: «Hay algunas cosas sobre nosotros que el público no necesita ni debería saber.»

Todos los directores de la CIA han sido miembros del CFR, a excepción de James R. Schlesinger, que ocupó brevemente el cargo en 1973. Schlesinger, sin embargo, era un protegido de Daniel Ellsberg, miembro del CFR, famoso por haber hecho públicos los «Papeles del Pentágono» sobre el Vietnam. Por lo tanto, su nombramiento también estaba manipulado por el hombre clave del CFR, Henry Kissinger.

Cada cuatro años, los estadounidenses tienen el privilegio de escoger a su presidente. En 1952 y 1956, Adlai Stevenson (miembro del CFR) se enfrentó a Eisenhower (también miembro del CFR). En 1960, la batalla la libraron Nixon (miembro del CFR) y Kennedy (también miembro del CFR). En 1964, el ala conservadora del Partido Republicano «dejó aturdida al estamento del poder» nominando como candidato a Barry Goldwater por delante de Nelson Rockefeller. Rockefeller y el ala CFR de su partido pintaron a «Barry Goldwater como un peligroso radical que quería abolir la seguridad social, tirar bombas atómicas sobre Hanoi y convertirse en una reencarnación de Mussolini» (Gary Allen, *El expediente Rockefeller*). En las siguientes elecciones, Lyndon Johnson consiguió una victoria aplastante sobre un humillado Goldwater. En 1968 se enfrentaron una vez más dos miembros del CFR, Nixon frente al demócrata Hubert Humphrey. En 1972, el presidente Nixon se impuso sobre el candidato demócrata George McGovern (también miembro del CFR). En 1976, el presidente republicano, Gerald Ford, del CFR, se enfrentó a Carter (miembro del CFR y la CT) y salió derrotado. En 1980, el presidente Carter fue derrotado por Ronald Reagan que, aunque no era miembro del CFR, tenía a George Bush como vicepresidente, que sí lo era. Lo primero que hizo Reagan al estrenar el cargo fue nombrar rápidamente en su gabinete a 313 miembros del CFR. El tercer candidato independiente en las elecciones de 1980 fue John Anderson, también miembro del CFR. En 1984, el presidente Reagan derrotó al candidato demócrata del CFR, Walter

Mondale. En 1988, el contendiente republicano George Bush, ex jefe de la CIA y miembro del CFR ganó a Michael Dukakis, gobernador poco conocido de Massachussetts y, por supuesto, miembro del CFR. En 1992, el presidente Bush tuvo como competidor a un oscuro gobernador de un estado poco importante, Arkansas, de nombre Bill Clinton, miembro del Club Bilderberg y del CFR. En 1996, Clinton tuvo a un duro competidor en Robert Dole, veterano republicano y miembro del CFR. En 2000, el demócrata Al Gore (también miembro del CFR) se enfrentó al gobernador de Texas, el republicano George W. Bush. Bush hijo no es miembro del CFR pero, como ha sido siempre el caso, está bien representado por el estamento del poder. Todo el equipo de Bush, Condoleezza Rice, Dick Cheney, Richard Perle, Paul Wolfowitz, Lewis Libby, Colin Powell y Robert Zoellick, son miembros del CFR. En 2004, como ya mencioné anteriormente, el presidente en ejercicio Bush derrotó al demócrata John Kerry, miembro del CFR y el Club Bilderberg.

De hecho, desde 1928 a 1972, siempre ha ganado las elecciones presidenciales un miembro del CFR (excepto en el caso de Lyndon Johnson que compensó con creces al estamento del poder colocando en puestos clave del Gobierno a miembros del CFR).

El engaño público es completo porque aunque cambian las administraciones, que pasan sucesivamente de republicanos a demócratas, los puestos los ocupan siempre miembros del CFR. Como escribió, en julio de 1958, el conocido periodista Joseph Kraft en la revista *Harper*: «El Council desempeña un papel fundamental en el acercamiento de los dos grandes partidos, aportando, de forma extraoficial, un elemento de continuidad cada vez que se da un cambio de guardia en Washington.» No es nada sorprendente.

El presidente Clinton, también miembro del CFR, el Club Bilderberg y la Comisión Trilateral, empleó a casi cien miembros del CFR en su administración.

George Bush padre tenía a 387 miembros del CFR y la CT en su administración. Ronald Reagan, 313. Nixon, al inicio de su administración, colocó a 115 miembros del CFR en las posiciones claves de su equipo ejecutivo. De los 82 primeros nombres que formaron parte del gabinete del presidente Kennedy, 63 pertenecían al CFR, según un informe del 1 de septiembre de 1961 de Arnold Beichman para Christian Science Monitor, titulado simplemente «CFR». El CFR ha sido una auténtica agencia de empleo para los gobiernos demócratas y republicanos. Como verá el lector una y otra vez a lo largo de este capítulo, la mayor parte de los puestos en la administración americana, sea bajo presidente republicano o demócrata, están ocupados por miembros del CFR. El equipo de Clinton y Gore fue financiado y apoyado también por el CFR.

El presidente del CFR es David Rockefeller. Los presidentes de los gobiernos van y vienen, pero el poder del CFR, y sus objetivos, permanecen. George Wallace, candidato presidencial demócrata en cuatro ocasiones en la década de 1960-1970, hizo famoso el eslogan de que no hay un gramo de diferencia entre los partidos demócrata y republicano. ¿No se ha preguntado nunca por qué no cambian las políticas gubernamentales a pesar de que se hayan producido cambios en la «filosofía» de gobierno? Independientemente de que se trate de un demócrata, un republicano, un conservador o un liberal el que esté en el poder, la diferente retórica que emplean los candidatos parece tener muy poca influencia en quién gana realmente las elecciones, que es siempre la misma gente que mueve los hilos de las marionetas. La razón de esto, afirma Gary Allen en su brillante y agotado éxito de ventas *El expediente Rockefeller*, es «que mientras demócratas y republicanos de base generalmente tienen diferentes visiones sobre economía, actividades federales y demás acciones políticas, a medida que se sube la pirámide política, los dos partidos se parecen más y más».

¿Qué están intentando conseguir los Rockefeller con su CFR? De hecho, como veremos a continuación, el objetivo del círculo de poder del CFR no ha cambiado desde su fundación en 1921 en el Hotel Majestic de París.

En el número de celebración del 50 aniversario de *Foreign Affairs*, la publicación trimestral oficial del CFR, Kingman

Brewster Jr., embajador estadounidense en el Reino Unido y presidente de la Universidad de Yale, escribió el artículo principal titulado «Reflexiones sobre nuestro propósito nacional». Y no se contuvo a la hora de definir ese propósito: «Nuestro propósito nacional debería ser abolir la nacionalidad americana y, al mismo tiempo, arriesgarnos invitando a otros países a compartir su soberanía con nosotros...» Dichos «riesgos» incluyen el desarme hasta el punto de que Estados Unidos no podría hacer nada contra la «Fuerza de Paz» del Gobierno Global de la ONU. Estados Unidos debería entregar felizmente su soberanía al Gobierno Mundial en interés de lo que él llama la «Comunidad Mundial», sinónimo de lo que a los medios de comunicación les gusta denominar ahora «la Comunidad Internacional». Estas propuestas secretas reflejan el trabajo de docenas de diferentes agencias y comisiones, que describiremos detalladamente más adelante en este capítulo, aunque ahora podemos encontrar un avance de todo ello en el informe *Nuestro Vecindario Global* de la Comisión del Gobierno Global, *un proyecto que dibuja el futuro papel de la ONU como Supergobierno Global* (la cursiva es mía).

Richard N. Gardner, ex asistente del secretario de Estado, escribió en abril de 1974, en la revista *Foreign Affairs*, que «en breve, "la Casa del Orden Mundial" tendrá que construirse de abajo a arriba y no al revés... una erosión paulatina de la soberanía nacional dará muchos más frutos que el típico asalto a la antigua». James Warburg, hijo del fundador del CFR Paul Warburg y miembro del Equipo de Pensadores de Franklin D. Roosevelt (formado por personas externas al Gobierno, entre los que se incluían profesores, abogados y otros, que iban a Washington a aconsejarlo sobre cuestiones económicas), declaró ante el Comité de Asuntos Exteriores del Senado, el 17 de febrero de 1950, que «tendremos un Gobierno Mundial queramos o no, con nuestro consentimiento o sin él». Y todavía lo dice más claramente el mismo Henry Kissinger, en un discurso pronunciado en la reunión del Club Bilderberg de Evian, Francia, el 21 de mayo de 1992, transcrito de una grabación llevada a cabo por uno de los delegados suizos cuyo nombre no puede ser revelado por las terribles represalias que se tomarían contra él: «Los estadounidenses de hoy se indignarían si tropas de la ONU entraran en Los Ángeles para restaurar el orden, ¡pero qué duda cabe que al día siguiente esas mismas personas nos lo agradecerían!, y más aún si se les dijese que hay una amenaza externa en algún lugar, real o inventada, que pone en peligro la existencia de todos. La gente suplicaría entonces la intervención de los líderes mundiales para librarlos de tal amenaza. Todo ser humano teme a lo desconocido. Si les presentamos ese escenario, estarán más que dispuestos a cedernos sus derechos individuales para que un Gobierno Mundial les garantice el bienestar.»[1]

En su libro, *The Future of Federalism*, Nelson Rockefeller proclamó: «Ninguna nación puede defender hoy su libertad o satisfacer las necesidades y aspiraciones de su propio pueblo desde dentro de sus propias fronteras o a través de sus únicos recursos... Y así, la nación-estado, sola, amenazada de tantas formas, nos parece tan anacrónica ahora como las ciudades-estado griegas en los tiempos antiguos.»

De hecho, el CFR ha estado planificando el Nuevo Orden Mundial desde antes de 1942. Un editorial publicado en la página 2 del *Baltimore News-Post* del 7 de diciembre de 1941, el día del ataque a Pearl Harbour, muestra cómo los pensamientos del CFR se insinúan en las mentes de las masas, a veces, mucho antes de que se hable explícitamente de los temas en cuestión.

Según el número del 7 de diciembre de este periódico, Wright cree que la nueva liga mundial formulará una «declaración básica de los derechos humanos» y, efectivamente, esa declaración fue más tarde adoptada por las Naciones Unidas. Así es como trabaja la insinuación. Wright explica en el artículo, escrito en 1941, que «para proteger esos derechos, el sistema se reservará el poder de castigar a las personas en determinados casos». Hasta ahora, la ley internacional trataba casos relativos a naciones, dejando la regulación de las personas individuales a las autoridades nacionales. Ahora, la ONU tiene el derecho de secuestrar a determinados individuos y llevarlos a juicio ante el Tribunal de La Haya. Ante tal travestismo de la justicia, no hay protestas internacionales, eso sí, hasta que uno de los miembros de nuestra familia es secuestrado y asesinado por comentar algo que el Nuevo Orden Mundial encuentra ofensivo a sus intereses más remotos.

El doctor Quincy Wright, profesor de Derecho Internacional en la Universidad de Chicago, hizo la más clara y temprana declaración sobre el Nuevo Orden Mundial cuando en 1941 describió el Nuevo Orden Mundial como lo contrario al Nuevo Orden de Hitler. Wright dejó claro que la soberanía nacional y la independencia de las naciones individuales estarían limitadas por un Gobierno Mundial. Terry Boardman, en su charla sobre el Nuevo Orden Mundial en la Rudolf Steiner House de Londres, el 25 de octubre de 1998, explicó a un auditorio de 1.500 personas que el doctor Wright se refería en su tiempo a los tres sistemas continentales, unos «Estados Unidos de Europa», un Sistema Asiático y una Unión Panamericana. Wright también predijo que cada sistema continental tendría una fuerza militar común y que los ejércitos nacionales serían drásticamente reducidos o directamente prohibidos.

La escritora estadounidense J. Miriam Reback (1900-1985), que escribió bajo los seudónimos Taylor Caldwell, Marcus Holland y Max Reiner, fue una combativa patriota que luchó vigorosamente por la libertad y la justicia, por lo tanto, en contra del Club Bilderberg y el CFR. Esta autora escribió durante muchos años en la única publicación norteamericana libre e independiente, *Liberty Lobby* (antiguos propietarios de la ahora difunta revista *Spotlight*, que renació de sus cenizas para asumir un nombre incluso mejor, *American Free Press*, donde trabaja mi amigo James Tucker Jr., auténtico sabueso del Club Bilderberg). En uno de sus últimos artículos en *The Review of the News* (predecesor de *The New American*), el 29 de mayo de 1974, poco antes de sufrir la embolia que la dejó sorda e incapaz de hablar en 1980, dijo: «Muchos de nosotros todavía nos atrevemos a protestar y continuaremos haciéndolo mientras Dios nos dé aliento. Para ser eficaces, sabemos que debemos dirigir nuestros ataques a los auténticos criminales, a los ricos y poderosos, a esa élite secreta que conspira día y noche para esclavizarnos. Incluso nuestro propio Gobierno es ahora su víctima, ya que son ellos quienes escogen a nuestros gobernantes, los nominan y los defenestran mediante el asesinato o la calumnia. He luchado contra esos enemigos de la libertad en todos los libros que he escrito. Pero pocos son los que me han escuchado a mí o a quienes han hablado de esta conspiración. Y ya empieza a ser tarde. Los estadounidenses deben escuchar y actuar o asumir la oscura noche de esclavitud que nos acecha y que será peor que la muerte.»

El plan, según dijo la escritora, es gradual y astuto: «Los conspiradores del CFR saben bien que los estadounidenses aman la libertad y que nunca aceptarán voluntariamente el yugo de la esclavitud de un Superestado Mundial. Ésa es la razón de que hayan desarrollado un plan tan taimado y enrevesado durante todos estos años. La libertad no es gratuita. Cuesta tiempo, dinero y esfuerzo. La esclavitud sí lo es.»

De todas formas, con el advenimiento de un Gobierno Mundial, un Ejército Mundial, una Religión Universal y Moneda Única, ¿por qué querría la familia Rockefeller someter una soberanía, un poder gubernativo y una riqueza estadounidense que ya controla en aras de un Gobierno Mundial? ¿Ese Gobierno Mundial no amenazaría su poder financiero? ¿No es esa posibilidad, por lo tanto, la última cosa que desearían? ¡A no ser, por supuesto, que los Rockefeller, el Club Bilderberg y el CFR esperen controlar también el Gobierno Mundial! ¿Podría ser que el último objetivo del Gobierno Mundial fuese crear un solo Mercado Globalizado, controlado por un Gobierno Mundial, que controlase a su vez los tribunales, las escuelas, los hábitos de lectura y los pensamientos de las personas, vigilado por un Ejército Mundial, regulado financieramente por un Banco Mundial a través de una sola moneda global y poblado por una población conectada a un Ordenador Global a través de microchips? ¿Podría ser que Taylor Caldwell estuviese en lo cierto cuando afirmaba que solamente la esclavitud es gratis?[2]

Es importante entender que las conferencias y encuentros del CFR, el Consejo de las Américas, el RIIA, el Instituto de Relaciones Pacíficas, la Comisión Trilateral, la Fundación Gorbachov, la Fundación Bill Gates, etcétera, no son los lugares donde se toman las decisiones más importantes o se definen las nuevas estrategias. Esos encuentros sociales capitalizan el trabajo de los grupos de discusión y estudio del CFR. Según el capítulo «How The Power Elite Make Foreign Policy» del libro *The Higuer Circles* (1970), de G. William Domhoff, un escritor e investigador de los métodos usados por las organizaciones elitistas para conseguir el consenso, el CFR ha operado históricamente de la siguiente manera: «Pequeños grupos de unos 25 líderes procedentes de las seis categorías confabuladas (industriales, financieros, ideólogos, militares, especialistas profesionales (abogados, médicos, sindicatos...) se reúnen para hablar de diferentes temas de asuntos exteriores. Estos grupos de debate exploran los temas de una manera general, intentando definir problemas y alternativas. Tales grupos frecuentemente conducen a la ulterior creación de un grupo de estudio. Los grupos de estudio trabajan bajo los auspicios de una Beca del Council (financiada por Carnegie, Ford y Rockefeller) o un miembro del personal.»

G. William Domhoff cita al politólogo Lester Milbrath en su libro, según el cual el CFR, financiado por la Fundación Ford, ha funcionado históricamente de la siguiente forma: «El CFR, aunque no esté financiado por el Gobierno, trabaja tan estrechamente con él que es difícil distinguir lo que hace autónomamente de lo que hace estimulado por el Gobierno... La fuente de ingresos del CFR la constituyen las empresas y fundaciones más importantes del país.» En cuanto a las fundaciones, la mayor financiación ha procedido de la Fundación Rockefeller, la Corporación Carnegie y la Fundación Ford.

G. William Domhoff concluye diciendo que «todas las fundaciones que apoyan al CFR están, a su vez, dirigidas por hombres de la Bechtel Construction, del Chase Manhattan, de Kimberly-Clark, de Monsanto Chemical y docenas de otras empresas. Y, más aún, para completar el círculo, la mayor parte de los directores de esas fundaciones son miembros del CFR. A principios de la década de 1960, Dan Smoot halló que doce de los veinte miembros del Consejo de la Fundación Rockefeller, diez de los quince miembros de la Fundación Ford y diez de los catorce miembros de la Corporación Carnegie eran miembros del CFR».[3]

En 1968, el ex directivo de la Fundación Ford y ex agente de la CIA, Bissell, le dijo al grupo de discusión del CFR lo siguiente: «Para que la agencia sea eficaz, tendrá que hacer un uso creciente de instituciones privadas, aunque las relaciones ya muy deterioradas no puedan resucitarse. Necesitamos trabajar con un mayor nivel de secretismo y prestar más atención al uso de intermediarios. La cara exterior de la CIA, su contacto con el mundo exterior, necesita ser protegida. Si los diferentes grupos no hubiesen conocido la fuente de sus ingresos, el perjuicio subsiguiente de las revelaciones hubiera sido mucho menor. Por lo tanto, debe mejorarse el punto de contacto entre la CIA y los grupos privados, incluidas asociaciones de estudiantes y empresarios.» La CIA se relaciona con varios grupos privados, como explica Richard Cummings en su libro *The Pied Piper* sobre «Allard K. Lowenstein y el sueño liberal», un congresista de los EE. UU. que destacó en las décadas de 1960 y 1970 por reclutar a blancos en el Movimiento de los Derechos Civiles y por liderar al grupo opositor a la reelección del presidente Johnson.

Esclavitud global

La siguiente parte trata del compromiso secreto del Gobierno de los EE. UU., apadrinado por el CFR, para ceder irrevocablemente los medios de protección de su soberanía nacional a las Naciones Unidas y, en última instancia, confiscar todas las armas, propiedad de sus propios ciudadanos, como parte de un programa de futuro desarme global. ¡El problema es que el «futuro», en lo que respecta a este programa en particular, parece estar muy cerca!

Aunque oficialmente elaborados en septiembre de 1961, es extremadamente difícil seguirles la pista a estos documentos debido a su delicada naturaleza o a sus amplias implicaciones.

Por ejemplo, tomemos la Publicación 72-77 del Departamento de Estado, publicada en su versión íntegra, de 35 páginas, con el título «Programa para la carrera hacia la paz» por la Agencia para el Control de las Armas y el Desarme (Publicación Núm. 4, Serie General Núm. 3, mayo de 1962). Desde su publicación en 1962 el documento ha estado «no disponible», según numerosas investigaciones que he llevado a cabo en la CIA, la Marina, el Ejército de los EE. UU., etcétera. Finalmente, el capitán de una división de Contrainteligencia de los EE. UU. me los enseñó arriesgando su empleo y su vida en ello.

Su título completo: «Liberarse de la guerra: programa de los Estados Unidos para el desarme general y completo en un mundo de paz, publicación 72-77 del Departamento de Estado», elaborado en septiembre de 1961:

INTRODUCCIÓN

Este nuevo programa plantea la reducción progresiva de la capacidad de las naciones para entablar guerras y el desarrollo simultáneo de las instituciones internacionales para dirimir disputas y mantener la paz. Se basa en tres principios considerados esenciales para la consecución de un progreso práctico en el terreno del desarmamento:

Primero. Debe producirse una inmediata acción de desarme.

Debe llevarse a cabo un esfuerzo ininterrumpido y tenaz hacia el objetivo del desarme general y completo; al mismo tiempo, es importante poner en marcha medidas específicas tan pronto como sea posible.

Segundo. Todo compromiso de desarme debe estar sujeto a controles internacionales eficaces.

La organización de control tiene que disponer de los medios humanos y materiales necesarios para asegurar las reducciones o limitaciones que se acuerden.

Tercero. Debe establecerse una adecuada maquinaria para el mantenimiento de la paz.

Existe una relación inseparable entre la reducción progresiva del armamento de las naciones y el desarrollo de unos mecanismos internacionales para el mantenimiento de la paz. Probablemente, las naciones no cederán sus medios de autoprotección si faltan vías alternativas de salvaguarda de sus legítimos intereses. Ello sólo se logrará a través del progresivo desarrollo de instituciones internacionales bajo el mando de la ONU y mediante la creación de una fuerza de paz de las Naciones Unidas que asegure la paz a medida que se desarrolla el proceso de desarme.

Objetivos generales y específicos del desarme

El objetivo global de los Estados Unidos es crear un mundo libre, seguro y pacífico de estados independientes con criterios comunes sobre justicia y conducta internacional, sujetos al mandato de la ley; un mundo que haya conseguido un desarme completo y general bajo un efectivo control internacional; y un mundo en el que la adaptación al cambio se lleve a cabo de acuerdo a los principios de las Naciones Unidas.

Para hacer posible tal objetivo general, el programa establece los siguientes objetivos específicos hacia los que las naciones deberían dirigir sus esfuerzos:

• La disolución de todas las fuerzas armadas nacionales y la prohibición de su restablecimiento en cualquier forma, a excepción de lo necesario para garantizar el orden interno del país y contribuir a la fuerza de paz de las Naciones Unidas.

• La eliminación de los arsenales nacionales de todo tipo de armamento, incluidos las armas de destrucción masiva y los medios para su distribución, a excepción de las requeridas por la fuerza de paz de las Naciones Unidas y para el mantenimiento del orden interno del país.

• La institución de medios efectivos para asegurar el cumplimiento de los acuerdos internacionales, la resolución de disputas internacionales y la defensa de los principios de las Naciones Unidas.

• El establecimiento y funcionamiento efectivo de un Departamento de Desarme Internacional dentro del marco de las Naciones Unidas para asegurar el cumplimiento, en todo momento, del compromiso de desarme.

Principios de actuación

A medida que los estados renuncien a sus armas, las Naciones Unidas deben reforzarse progresivamente para mejorar su capacidad y asegurar la seguridad internacional y la resolución pacífica de disputas.

Fases del desarme

El programa establece unas medidas progresivas de desarme que tendrán lugar en tres fases, lo cual permitirá el desarrollo simultáneo de las instituciones internacionales.

Primera fase

La primera fase contempla medidas que reducirán significativamente la capacidad de las naciones para entablar guerras agresivas.

• Se reducirán los ejércitos: las fuerzas armadas de los Estados Unidos y la Unión Soviética estarán limitadas a 2,1 millones de hombres cada una (con niveles apropiados, que no excedan de esa cantidad, para otros estados importantes a nivel militar; los niveles de armamento serán reducidos en correspondencia, y su producción limitada).

• Se reforzará el poder de la Fuerza de Paz de las Naciones Unidas: se tomarán medidas para aumentar la capacidad de las Naciones Unidas para el arbitrio, para el desarrollo de una ley internacional y para el establecimiento de la segunda fase de una fuerza de paz permanente de la ONU.

• Se establecerá una organización internacional para el desarme y la verificación efectiva del programa de desarme: se ampliarán progresivamente sus funciones a medida que avance el desarme. Se certificará a todos los estados que las reducciones acordadas están teniendo lugar y que los ejércitos y fuerzas remanentes no excederán los límites permitidos.

• Se determinará la transición de una fase a otra

• Se llevarán a cabo reducciones ulteriores de las fuerzas armadas, armamento y medios militares de los estados, incluidos los vehículos para las armas estratégicas nucleares y las armas de contraataque.

• Se prohibirá la fabricación de armas a excepción de los tipos y cantidades que necesite la Fuerza de Paz de la ONU y las necesarias para el mantenimiento del orden interno de los países. El resto de armamento será destruido o reconvertido para propósitos pacíficos.

• La capacidad de las Naciones Unidas para mantener la paz será lo bastante fuerte y los compromisos de todos los estados suficientemente ambiciosos como para asegurar la paz y la resolución justa de diferencias en un mundo desarmado.

Resumen de los objetivos de un programa de desarme completo y general en un mundo pacífico:

a) La disolución de todas las fuerzas armadas nacionales y la prohibición de su restablecimiento en cualquier forma, a excepción de lo necesario para garantizar el orden interno del país y contribuir a la Fuerza de Paz de las Naciones Unidas.

b) A medida que los Estados renuncien a sus armas, las Naciones Unidas deben reforzarse progresivamente para mejorar su capacidad y asegurar la seguridad internacional y la resolución pacífica de las disputas, así como para facilitar el desarrollo de la cooperación internacional en tareas comunes para el beneficio de la humanidad.

Trama de la Operación Jardín

Plan antidisturbios civiles de los Estados Unidos 55-2

Aunque fue descatalogado bajo la Ley de la Libertad de Información del 30 de marzo de 1990, tardé más de tres años en obtener una copia completa de la Trama de la Operación Jardín del Gobierno de los Estados Unidos. La publicación original es del 1 de junio de 1984. Todos los materiales presentados aquí han sido desclasificados y, según el Plan de «Guía para la Clasificación» de las Fuerzas Aéreas, este documento de unas 200 páginas «no se entrega bajo la normativa de protección de información de la Seguridad Nacional pues reemplaza al Operations Plan 355-10 del 16 de julio de 1973». La información es facilitada por las Fuerzas Aéreas de EE. UU. (USAF) bajo la supervisión del general Alexander K. Davidson, director del Departamento de Operaciones. Según las Fuerzas Aéreas de EE. UU., «aunque el documento está desclasificado, está destinado solamente a uso oficial según la normativa AFR 12-30. Este plan contiene información para uso interno del Departamento de Defensa y su distribución pública facilitaría la violación de la ley».

Apéndice 5 del Anexo E del Plan 55-2 Anexo Z Antidisturbios civiles.

Otras referencias: 10 United States Codes 331, 332, 333, 8500, 1385, MARC 105-1, MARC 105-18, AR 115-10, AFR 105-3, PDD-25.

Este documento desclasificado, pero extremadamente difícil de conseguir, cuyo fin es «controlar los disturbios civiles», es el plan principal por el cual la Guardia Nacional de cada Estado de los Estados Unidos elaborará su propio plan operacional para enfrentarse a los disturbios de gran envergadura y llevar a cabo detenciones en masa.

En este documento firmado por la Secretaría del Ejército, se asigna como agente ejecutivo del Departamento de Defensa (DOD) para el control de operaciones de los disturbios civiles. Bajo el Plan 55-2 puede usar apoyo logístico y aéreo para asistir a los comandantes militares de los cincuenta estados, del distrito de Columbia, del país asociado de Puerto Rico y de las posesiones y territorios estadounidenses o cualquier subdivisión política posterior.

El nombre oficial de este proyecto es Trama de la Operación Jardín

El Anexo A, Sección B, de la Trama de la Operación Jardín define a los grupos de milicianos, los cultos religiosos, los manifestantes por la reducción de impuestos y, en general, cualquiera que disienta con el Gobierno como de «elementos perturbadores». Ello conduce al uso de la fuerza contra cualquier extremista o disidente que perpetre cualquier forma de desorden civil.

Bajo la Sección D, una Orden Ejecutiva Presidencial autorizará e indicará al secretario de Defensa que use las Fuerzas Armadas para restaurar el orden en los Estados Unidos.

Apéndice 1 al Anexo USAF del Plan 55-2 Antidisturbios Civiles por SGH, JCS Pub 6, Vol 5, AFR 160-5, por el cual se proporciona un programa para la colaboración entre el Ejército de Estados Unidos y la Guardia Nacional junto con las Naciones Unidas en dichas operaciones. Esto vincula a las unidades seleccionadas de la Guardia Nacional con los ministerios de Defensa de la «Asociación para la Paz». Este programa es un esfuerzo por proporcionar apoyo militar a las autoridades civiles en respuesta a emergencias civiles.

Bajo la Directiva Presidencial Número 25, este programa sirve para cimentar la relación entre los ciudadanos de los Estados Unidos y el Ejército Global de las Naciones Unidas de las democracias emergentes de los países de Europa Central y del Este. Esto pone a todas las fuerzas armadas bajo jurisdicción de las Naciones Unidas.

Planes secretos

¿Qué relación real existe entre los cierres precipitados de las bases militares estadounidenses y canadienses (y reducciones de las fuerzas armadas) y el Nuevo Orden Mundial y esta Nueva Policía Mundial? ¿Por qué algunas de estas bases estadounidenses, destinadas al cierre, están siendo sometidas ahora a caras reformas y ampliaciones? ¿Por qué, de repente, el control armamentístico es una prioridad política, acelerada y generalizada a nivel legislativo?

La respuesta está en una copia del Volumen 9 de la edición de 1982 (no la edición actual reemplazada) del Código de EE. UU. (el conjunto de leyes de ese país). Huelga decir que, sin los contactos apropiados dentro del mundo del espionaje sería absolutamente imposible descifrar los cambios e implicaciones de las omisiones. Para descifrar esos datos conté con la ayuda de un conocido de mi abuelo (ambos fueron coroneles de la KGB). Váyase a la página 554, donde se encontrará el inicio de la Ley Pública número 87-297 (1961). Esta información adicional me ha sido confirmada independientemente por el director de la excelente página web sobre Inteligencia con base en Toronto, New World Order Intelligence Update. Desafortunadamente, esta persona sufrió un atentado y ahora permanece escondida. Esta ley fue firmada por el presidente Kennedy en 1962. Ha sido sometida a 18 enmiendas posteriores y, desde entonces, todos los presidentes han ido aplicando gradualmente sus disposiciones. La ley hace un llamamiento a la eliminación de las fuerzas nacionales de EE. UU. y declara que «nadie puede poseer un arma de fuego o letal a excepción de la policía o el personal militar».

Los pasos progresivos de su aplicación son:
• La reducción de las Fuerzas Armadas de Estados Unidos a 2,1 millones de efectivos.
• La irrevocable fusión con las fuerzas chinas y rusas, en dos fases, para formar el Ejército Mundial (el 50 % de la fuer-

za total de EE. UU. se unirá en la primera fase; el 50 % restante en la segunda).

• La irrevocable rendición de la autoridad de esas fuerzas en favor del secretario general de las Naciones Unidas (que ya tiene una plantilla de 80 generales trabajando en cuestiones de planificación).

• La confiscación de todas las armas de fuego que están en manos privadas.

Esta ley se enseña y se explica en la National War College y las distintas academias militares de las Fuerzas Armadas de EE. UU. El Nuevo Orden Internacional requerirá de un ejército y seguramente, nosotros, la gente del mundo, nos veremos sujetos a la autoridad de tropas extranjeras bajo la bandera de la ONU, que adicionalmente tendrán el derecho de detenernos si no cumplimos con las normas del Nuevo Orden Mundial. Lector, le recuerdo nuevamente el artículo del doctor Wright de 1941 donde dice que «... el sistema se reservará el poder de castigar a las personas en determinados casos». Según los acuerdos, ¡el comandante de este ejército debe ser siempre ruso! Véase más abajo la documentación que demuestra este hecho insólito. Recuerde, el Nuevo Orden Mundial ama el socialismo, no porque Rockefeller y compañía sean socialistas, sino porque será bajo un monopolio socialista que lo controlarán a usted y a todo el mundo. Ahora, debe darse cuenta de que los Rockefeller no planean compartir sus bienes con usted, ¡sino más bien que usted comparta sus bienes con ellos!, como verá en el próximo capítulo sobre los Rockefeller y la Comisión Trilateral. El juego consiste en unir en un Gobierno Mundial Único el capitalismo americano y el socialismo ruso.

John Whitley, director de New World Order Intelligence Update, que ahora se ve obligado a ocultar su paradero, me ha dirigido la atención a las páginas y secciones más relevantes: la página 554; la página 555 (en la parte derecha de la misma define «desarme» como eliminación de las fuerzas de los Estados Unidos y hace un llamamiento a la restricción absoluta de las «armas mortales» en manos privadas); la página 557, secciones (a) y (d), donde de nuevo se requiere que los Estados Unidos eliminen sus Fuerzas Armadas; la página 558 trata de la «formulación de las medidas políticas» (por ejemplo, del cumplimiento de esos objetivos). George Bush dijo que el traspaso de autoridad al secretario general de la ONU estaba «en transición»; la Corte Suprema dictaminó que la constitución de EE. UU. y sus disposiciones estuviesen bajo el fuero de la ONU y las resoluciones de las Naciones Unidas. Y las Fuerzas Armadas de EE. UU. están actuando, en el ínterin, como «Policía Mundial».

Las disposiciones de esta ley se hallan explicadas con más detalle en la Publicación 72-77 del Departamento de Estado, también especificadas de forma completa en el documento de 35 páginas que lleva por título «Programa para la carrera hacia la paz» de la Agencia para el Control de las Armas y el Desarmamento (Publicación Núm. 4, Serie General Núm. 3, mayo de 1962). Puede parecer todo increíble, pero allí está, ¡en negro sobre blanco! Las implicaciones son impresionantes, y el continuo cierre de bases militares por todo EE. UU. adquiere una nueva perspectiva cuando se ve la agenda a seguir ¡que dicta la ley al gobierno de EE.UU.! (una ley canadiense de 1995 requiere que en Canadá se registren los 7 millones de rifles y demás armas antes de 2004). Según el último informe público de la Comisión de Armas de Fuego de Canadá, esto es, el de 2003, se han registrado ya 6.818.073 armas de fuego restringidas, no restringidas y prohibidas, de acuerdo con la Ley de Armas de Fuego. La persona que no cumpla con esta obligación habrá cometido un grave delito. Muchos canadienses y estadounidenses ven, acertadamente, este hecho como el preludio a la confiscación de armas al por mayor.

Desde su creación, el North American Free Trade Agreement (Tratado de Libre Comercio, TLC o NAFTA en sus siglas en inglés) entre EE. UU., México y Canadá, por el cual las tres naciones constituyen una unión aduanera a imagen y semejanza de lo que fue la Comunidad Económica Europea durante sus tres primeras décadas de existencia, ha sido una pequeña pero vital parte de algo mucho más grande, ¡primero de la Unión Continental y después del Federalismo Mundial! (véanse los apéndices sobre las reuniones del Club Bilderberg).

John Whitley me ha advertido que no me deje confundir por el término Formulación de Políticas de la página 558 del volumen 9 del Código de EE. UU. de 1982. Según Whitley y varias fuentes independientes dentro de la CIA, «fue reescrito en 1963 para pacificar a los objetores y prohíbe la retirada de armas de fuego a la población o la reducción de la fuerza armada nacional "a no ser que se lleve a cabo en conformidad de un tratado al que llegue el presidente o sea autorizado por el Congreso!"». Los fueros de la ONU son considerados como un tratado vinculante, así que todo lo que se requiere es una resolución de la ONU o una ley del Congreso que prohíba el armamento de los «ciudadanos». El padre de George Bush, Preston, ayudó a que el Congreso aprobase esta ley (87-297).

Cuando Alger Hiss —que en 1945 acudió a la Conferencia de Yalta, donde trabajó en la negociación de lo que iban a ser las Naciones Unidas y ejerció como secretario general temporal de las Naciones Unidas y como presidente de la Fundación Carnegie para la Paz Internacional, una organización que ha estado presente en todos los encuentros Bilderberg—, tras pasar 44 meses en prisión condenado por actividades de espionaje soviético, fue puesto en libertad en noviembre de 1954, montó las Naciones Unidas con sus colegas del Departamento de Estado de los EE. UU. y creó el Departamento de Asuntos sobre Seguridad y Política de la ONU, que tendría jurisdicción sobre todas las operaciones militares futuras de la ONU, lo cual puede verse escrito en la letra pequeña de las leyes y regulaciones (véase http://www.un.org/Depts/dhl/landmark/pdf/a-pv35.pdf) que gobiernan la ONU. Durante los últimos 45 años, una intensa propaganda a favor de la ONU ha convencido a muchos estadounidenses (y a muchas otras personas) de que las palabras «Paz» y «Naciones Unidas» son virtualmente intercambiables. Lo paradójico es que en ella se halla la norma de que el jefe de este departamento de la ONU será siempre un ciudadano soviético, militar o persona designada por los soviets. Y así ha sido durante los primeros 53 años. Desde 1946, cuando en el 35 Encuentro Plenario que tuvo lugar el jueves 24 de octubre de 1946, fuera escogido Arkady Sobolev, los siguientes 14 comunistas han presidido este puesto vital en la ONU, esto es, el de vicesecretario general del Departamento de Asuntos de Política y Seguridad:

1944-1949	Arkady Sobolev
1949-1953	Konstantin Zinchenko
1953-1954	Ilya Tchernychev
1954-1957	Dragoslav Protitch
1960-1962	Georgy Arkadev
1962-1963	E. D. Kiselyv
1963-1965	V. P. Suslov
1965-1968	Alexei E. Nesterenko
1968-1973	Leonid N. Kutakov
1973-1978	Arkady N. Shevchenko
1978-1981	Mikhail D. Sytenko
1981-1986	Viacheslav A. Ustinov
1987-1992	Vasilly S. Safronchuk
1992-1997	Vladimir Petrovsky
1997-	Kieran Prendergast (Reino Unido)

Todos eran ciudadanos soviéticos, excepto Kieran Prendergast, miembro del Club Bilderberg (Turnberry, Escocia, 1998). «Y si piensas que el ejército de la ONU será benigno —me advirtió John Whitley— ¡cambiarás rápidamente de opinión cuando las tropas de la ONU bajo, en última instancia, una dirección rusa se planten en tu vecindario para suprimir cualquier oposición al sistema, detener a los disidentes o "restaurar el orden" bajo el Nuevo Orden Mundial!»

¡Y eso no es todo, sin embargo! Según un informe de la Environmental Conservation Organization de enero/febrero de 1996, «la Comisión sobre el Gobierno Global cree que los eventos mundiales, desde la creación de las Naciones Unidas en 1945, junto con los avances de la tecnología, la revolución de la era de la información y la nueva conciencia medioambiental global, crearán un clima en el que la gente de todo el mundo reconocerá la necesidad y los beneficios de un Gobierno Global. El Gobierno Global sigue un procedimiento concreto y tiene unos objetivos concretos para los que emplea toda una variedad de métodos, ninguno de los cuales le ofrecen al gobernado la oportunidad de votar "sí" o "no" a lo que se decide. Las decisiones las toman los cuerpos administrativos o los cuerpos de delegados "asignados" o las organizaciones civiles secretas "acreditadas" y, de hecho, ya están aplicando muchas de las recomendaciones publicadas por la Comisión. El Gobierno Global se basa en la creencia de que el mundo está preparado para aceptar "una ética civil global" basada en "un conjunto de valores fundamentales que pueden unir a las gentes de todas las procedencias culturales, políticas, religiosas o filosóficas"». Para una lectura impresionante sobre el tema véase *Our Global Neighborhood* (Nuestro vecindario global), Oxford University Press, 1995, 410 págs.

«Se darán algunas afirmaciones particulares de la identidad nacional que serán, en parte, una reacción contra la globalización, la homogeneización, la modernización y la secularización. Sean cuales fuesen las causas, el sello común que las caracteriza es la intolerancia.» La responsabilidad personal y el logro individual se enfrentan al valor del «respeto mutuo», según sugiere *The Robert Muller School World Core Curriculum Manual*, escrito por Robert Muller, rector de la Universidad de la ONU y ex vicesecretario general de tres secretarías generales de la ONU. Muller dice: «La idea de crear esta escuela surge del deseo de proporcionar a los estudiantes experiencias que les permitan convertirse en ciudadanos auténticamente planetarios a través de una educación de enfoque global.» El primer principio del currículo es: «Promover el crecimiento de las ideas grupales, de tal manera que el bienestar, la buena voluntad, el entendimiento y la interrelación grupal reemplacen a todos los objetivos limitados y centrados a las personas, para llegar a una consciencia grupal.» Lo que significa que en ese futuro global no habrá sitio para aquellos que no se adhieran a las ideas grupales; ¡esto es lo mismo que decir que sólo habrá esclavos, borregos y ninguna persona libre!

Pero todavía se pone peor la cosa; en la Conferencia Global de 1998 sobre Gobierno Global, la Comisión hizo públicas unas propuestas que tenían que aplicarse hacia el año 2000 (con un plazo ampliado hasta el 2007). Entre esas recomendaciones se cuentan propuestas específicas para ampliar la autoridad de las Naciones Unidas sobre:

- impuestos globales;
- un Ejército de la ONU (conseguido: Kosovo, Nigeria, misiones en África Occidental, etcétera);
- un Consejo de Seguridad Económica;
- una Autoridad sobre Asuntos Globales comunes;
- la anulación del derecho de veto por parte de los miembros permanentes del Consejo de Seguridad;
- un nuevo Cuerpo Parlamentario de representantes de la llamada «sociedad civil» (ONG), aprobado en un informe provisional sobre «Nuevas Disposiciones Institucionales», tema del Fórum del Milenio de ONG de diciembre de 1999, William Pace, World Federalist Movement;[4]
- un nuevo Consejo de Demandas, cuyo papel será reforzar la participación de las ONG;
- un nuevo Tribunal de Justicia Criminal (un cuerpo que dirima las disputas entre naciones, conseguido en julio de 1998 en Roma);
- el establecimiento de un Tribunal Criminal Internacional, un tribunal permanente que persiga a aquellos que cometan genocidios, delitos contra la humanidad y crímenes de guerra (conseguido en 2002);
- acatamiento de los veredictos vinculantes del Tribunal Internacional de Justicia;
- ampliar la autoridad del secretario general.

Estas propuestas reflejan el trabajo de muchos años de docenas de diferentes agencias y comisiones, pero es ahora cuando la Comisión para el Gobierno Global está avanzando más en ellas, como se aprecia en su informe, *Nuestro vecindario global*,[5] acerca del futuro papel de la ONU como Supergobierno Global.

Nuestro vecindario global presenta eufemísticamente este revolucionario principio: «La soberanía y la inviolabilidad territorial de los Estados-naciones han sido firmes premisas del Sistema Mundial. Los Estados las han tenido por fundamentales para la protección de su independencia y su legitimidad. Los estados pequeños y menos poderosos, en particular, han visto en estos principios su principal defensa contra países más poderosos y depredadores y han pedido a la comunidad mundial que preserve estas normas.

»En un mundo cada vez más interdependiente en el que las viejas nociones de territorialidad, independencia e intervención han perdido parte de su significado, estos principios tradicionales necesitan adaptarse. Las naciones se ven forzadas a aceptar que en ciertos campos la soberanía tiene que ser ejercida colectivamente, especialmente en relación a asuntos comunes. El principio de soberanía debe ser adaptado de manera que armonice los derechos de los estados con los derechos de la gente y los intereses de las naciones con los intereses de la Comunidad Global.»

¿Empieza a ver cuál es la pauta aquí? Los gobiernos ya no ejercerán el control de nada significativo, a no ser que la ONU les permita compartir la gobernanza. Antes, si alguien te invadía, podías esperar que la Comunidad Mundial viniese en tu rescate; pero, ahora, si intentas salirte del nuevo Sistema Globalizador o defiendes posturas diferentes, será la misma comunidad mundial la que llevará a cabo la invasión. ¡Eso es lo que significa soberanía ejercida colectivamente! ¿Por qué? Porque usted forma parte de un Estado Global que sólo responde a un poder, el de las Naciones Unidas. Y, los estados, debilitados hasta el punto de la no resistencia, estarán ocupados explicando a sus ciudadanos que la gente es más importante que los estados, calificándose a sí mismos de meras «naciones». Oh, ¡bienvenida sea la Comunidad Global!

Junto con sus recomendaciones de desarme global —excepto para la ONU, que mantendrá una impresionante, leal y fuertemente armada Fuerza de Reacción Rápida, léase Nuevo Ejército Mundial, que dejará a los estados militarmente indefensos frente a las agresiones internacionales que se perpetren bajo el disfraz de «Policía del Mundo»—, encontramos en *Nuestro vecindario global* la siguiente tranquilizadora recomendación: «Debemos luchar por asegurar que la Comunidad Global del futuro se caracterice por la ley y no por la carencia de leyes; por leyes que todos debemos respetar... que nadie, ni siquiera el más poderoso, esté por encima de la ley. La ausencia de un Tribunal Criminal Internacional desacredita la ley... nos gustaría que se instituyese con la máxima prioridad un Tribunal Criminal Internacional. También deben reforzarse los poderes de seguridad del Sistema Legal Internacional. En los últimos años se ha hecho evidente la necesidad de un seguimiento eficiente del cumplimiento de la ley. Un paso adelante es hacer que la ley internacional pueda aplicarse en tribunales locales. En nuestro Vecindario Global todos debemos vivir según una nueva ética apuntalada en la cultura de la ley. Si, por alguna razón, se incumple la ley, el Consejo de Seguridad de la Corte Mundial aplicará las medidas legales internacionales correspondientes.»

Y, lector, no habrá posibilidad de salirse del sistema, porque: «En un mundo ideal, la aceptación de la jurisdicción obligatoria de la Corte Mundial será un requisito para ser miembro de la ONU.»

Y si usted es un disidente, un rebelde, un «fuera de la ley» en nuestra nueva Comunidad Global, recuerde que, «podrá correr, pero no se podrá esconder. ¡En el próximo IV Reich, se dedicarán todos los esfuerzos necesarios para la comprobación y obtención de la conformidad en todo lugar!».

Y, ¿quién pagará por todo ello? Por supuesto, usted. Nada es gratis en esta hermosa nueva comunidad, a excepción de muchas nuevas responsabilidades impuestas a la fuerza, a cambio de un escaso puñado de derechos que, de hecho, ya disfrutábamos antes de que el Gobierno Mundial nos los arrebatase, como se dice explícitamente en *Nuestro vecindario global*: «Debemos empezar a cambiar el funcionamiento del financiamiento global para propósitos globales, entre los que se incluyen el uso de recursos globales como las rutas de vuelo, las marítimas, las zonas de pesca y la recaudación de impuestos globales. Todo bajo acuerdos globales, que se aplicarán por medio de tratados. Debemos estudiar la posibilidad de un impuesto internacional sobre las transacciones de moneda extranjera y la creación de un impuesto internacional para empresas multinacionales. Es hora de que desarrollemos un consenso sobre los impuestos globales para satisfacer las necesidades de la Comunidad Global.»

Justo cuando pensábamos que ya habíamos visto suficiente, aparece otra sorpresa en la aldea global definida por los estatutos de *Nuestro vecindario global*. La idea de propiedad privada es excesiva para el Nuevo Orden Mundial. La riqueza debe compartirse con el resto del planeta. ¿Exactamente qué riqueza cree usted que los Rockefeller y compañía van a compartir? Ciertamente, no la suya. ¡Lo que es suyo es suyo y lo que es de usted es de todo el mundo! *Nuestro vecindario global* es ahora la autoridad absoluta en temas globales, otro paso significativo en la creación de una nueva forma de gobierno. De acuerdo con el informe de la Environmental Conservation Organization de enero/febrero de 1996, «The Commission on Global Governance» vemos que un «miembro de la sociedad civil debidamente cualificado» significa un representante de una ONG acreditada. El estatus de ONG es elevado incluso más allá, según recomienda la Comisión. Como se verá a continuación, el objetivo último es suprimir la democracia. Entre las actividades de las ONG se incluye la agitación a nivel local, la agrupación por intereses a nivel nacional, la elaboración de estudios para justificar los impuestos globales a través de ciertas organizaciones de la ONU como Global Plan. La estrategia es avanzar hacia el objetivo del Gobierno Global con programas para desacreditar a individuos y organizaciones que provoquen «presión política interna» o «acciones populistas», que no apoyen a la nueva ética global.

«Aquí, sin embargo, por primera vez, se les da a los activistas medioambientales, elegidos a dedo, una posición de autoridad gubernamental en la agencia que controla el uso de la atmósfera, el espacio exterior, los océanos y, en general, la biodiversidad. Esta invitación de participación de la "Sociedad Civil" en el Gobierno Global se describe como una ampliación de la democracia.»

En el número de enero/febrero de 1996 de la revista *Ecologic* se explica que «el programa medioambiental de las Naciones Unidas, junto con todos los tratados medioambientales bajo su jurisdicción, serán, en último extremo, gobernados por un cuerpo especial de activistas medioambientales, escogidos sólo entre ciertas ONG acreditadas. Estas ONG serán seleccionadas por delegados de la Asamblea General que, a su vez, serán elegidos por el presidente de los Estados Unidos». La Comisión dice: «El paso más importante que debe tomarse es conceptual. Ha llegado la hora de que nos demos cuenta de que la seguridad del planeta es una necesidad universal que debe atender el sistema de las Naciones Unidas.»

Para asegurarse de que la participación de las ONG se convierte en una ventaja, la Comisión recomienda la creación de «un nuevo "Derecho de Petición" disponible por la sociedad civil internacional». Esta recomendación sugiere la creación de un Consejo de Peticiones, que se define como «un grupo de alto nivel de cinco a siete personas, independientes de gobiernos y seleccionados por su capacidad personal. Serán nombrados por la Secretaría General con la aprobación de la Asamblea General. Debe tratarse de un Consejo que mantenga en fideicomiso la "seguridad de la gente" y hará recomendaciones a la Secretaría General, al Consejo de Seguridad y la Asamblea General». Un informe de enero/febrero de 1996 de la Organización para la Conservación del Medio Ambiente afirma que «este nuevo mecanismo proporciona una vía directa de comunicación entre los afiliados de base de las ONG nacionales e internacionales y los niveles más altos del Gobierno Global». Y concluye con este ejemplo: «La Greater Yellowstone Coalition, un grupo de ONG afiliadas, hizo recientemente la petición al Comité del Patrimonio de la Humanidad de la Unesco de intervenir en los planes de una empresa privada para explotar una mina de oro en terrenos privados cerca del parque de Yellowstone. El comité de la Unesco intervino e inmediatamente calificó al parque de Yellowstone de "Patrimonio Mundial en Peligro". Bajo los términos de la convención del Patrimonio Mundial, los Estados Unidos tienen que proteger el parque, incluso más allá de los límites del mismo, sobre terrenos privados si es necesario.» Esta información fue confirmada independientemente por tres fuentes que no se conocían mutuamente; una trabaja para Human Rights Watch, otra había trabajado en la administración Clinton y la tercera, un periodista con contactos en las Naciones Unidas.

Sólo se permitirá participar en la adopción de estrategias a las ONG «acreditadas» y a sus afiliados. Y, más importante aún, sólo lo serán los delegados nombrados por el presidente de los Estados Unidos, controlado por la Asociación Rockefeller-CFR-Bilderberg.

Las conclusiones del informe de la Environmental Conservation Organization de enero/febrero de 1996 son escalofriantes: «La maquinaria de Gobernancia Global de las ONG ya está en funcionamiento en Estados Unidos. Su actividad incluye la agitación a nivel local, la agrupación por intereses a nivel nacional, la elaboración de estudios para justificar los impuestos globales y el pago de anuncios de televisión que elevan la imagen de la ONU.» La estrategia para acelerar el Gobierno Global incluye programas para desacreditar a individuos y organizaciones que provoquen una «presión política interna» o «acciones populistas», que no apoyan la nueva ética global. Los medios de comunicación nacional, controlados por CFR/Bilderberg, han estado pintando sistemáticamente a las voces críticas como extremistas de extrema derecha y fanáticos de las milicias. «Las voces que hablan ahora en representación de todos los estadounidenses ante las Naciones Unidas apoyan a las fuerzas que quieren acabar con la soberanía nacional y hacer de la libertad individual y los derechos de propiedad privada reliquias del pasado. Si las voces que, en estos momentos, están representando a los Estados Unidos continúan trabajando con éxito por el Gobierno Global, el mundo estará abocado sin remedio a una transformación social más radical que la Revolución Bolchevique en Rusia.»

El párrafo final del artículo pone los pelos de punta a cualquier amante de la libertad: «Las recomendaciones de la comisión sobre Gobernancia Global, si se aplican, llevarán a todos los pueblos del mundo a una Comunidad Global dirigida por una burocracia de amplitud universal, bajo la autoridad directa de un puñado de sujetos nombrados a dedo, con un brazo ejecutor formado por miles de individuos pagados por unas ONG acreditadas, que apoyen determinado sistema de creencias, por muy increíble e inaceptable que resulte para mucha gente.» El objetivo último de todo ello es suprimir la democracia.

¿Cómo se siente ahora que conoce los planes futuros de la asociación Rockefeller-CFR-Bilderberg-ONU? Y, por cierto, no se olvide de que el agua y el aire son «Recursos Globales», como lo es el espacio vital; en estos momentos los obtiene de forma gratuita, o prácticamente gratuita. Pero prepárese para el día en que tenga que pagar un impuesto por cultivar tomates en su propio jardín: ese suelo es un «Recurso Global»; ¡le pertenece al planeta, no a usted! La naturaleza de los impuestos es crecer y crecer, aunque su efecto sea el de empobrecernos a todos. Si piensa que su nivel de vida ya ha bajado, espere a que esos nuevos impuestos golpeen su bolsillo. Muy pronto estará pagando un alquiler, a través de una plétora de impuestos globales, sólo por vivir sobre la Tierra.

«Pero —debe estar pensando—, si las cosas se ponen realmente mal, habrá una revolución. Y antes de que llegue a la conclusión de que cualquier programa como ése sería vehementemente rechazado por un electorado estadounidense muy enfadado, recuerde que, en el momento en que se aplique el programa, la ONU tendrá un ejército preparado para saquear Estados Unidos.»

«La importancia de la seguridad de la gente requiere que el mundo estudie el tema de la cultura de la violencia en la vida cotidiana, lo cual es una importante fuente de inseguridad para las personas de todo el planeta. La cultura de la violencia, tan patente en la vida cotidiana, especialmente contra mujeres y niños, o en las pantallas de la televisión, es una auténtica infección tanto en los países industriales como en los que están en vías de desarrollo, ya sean ricos o pobres, aunque se lleve a cabo de diferente manera. Debemos realizar un importante esfuerzo, a nivel local e internacional, para invertir esta tendencia y cultivar las semillas de una cultura de la no violencia. Por lo tanto, recomendamos fervientemente que se lleven a cabo iniciativas para proteger la vida individual, animando al desarme de los civiles, creando una atmósfera de seguridad en todos los vecindarios.» Gary Allen, en *El expediente Rockefeller*, explicaba así lo que sucedió hace más de cuarenta años: «El mismo mes que salió a la luz la Publicación 72-77 del Departamento de Estado, el Congreso creó la Agencia para el Desarme y el Control de Armas. En 48 horas, la nueva agencia presentó su Plan de Desarme a las Naciones Unidas. Naturalmente, era una copia a carbón de la propuesta soviética-CFR presentada un año antes a la ONU por los comunistas. Mientras la televisión y los periódicos habían estado cacareando incesantemente sobre el desarme, no se dijo ni una palabra sobre la otra cara de la moneda: ¡todas estas propuestas iban dirigidas a la creación de un Ejército de las Naciones Unidas!»

En octubre de 1968, la Agencia para el Desarme publicó una revisión de la propuesta titulada: «Control armamentístico y seguridad nacional», que declaraba: «Desde 1959, el objetivo final de las negociaciones ha sido el desarme general y completo, por ejemplo, la eliminación total de todos los ejércitos y armamento, a excepción de lo necesario para mantener el orden interno dentro de los estados y dotar a las Naciones Unidas de una Fuerza de Paz [...] mientras se lleve a cabo la reducción de armas, se establecerá y desarrollará una Fuerza de Paz de la ONU que, en el momento en que se complete el plan, será tan poderosa que ninguna nación podrá amenazarla.» Fíjese en que el documento dice «desde 1959». La Agencia para el Desarme y el Control de Armas no fue creada hasta septiembre de 1961. Pero fue el 25 de noviembre de 1959 cuando se elaboró el Estudio No. 7 del CFR, «que describe los verdaderos objetivos de la organización transmitiendo su contenido a los soviets». Esto es lo que decía: «... construir un Nuevo Orden Internacional [que] dé respuesta a las aspiraciones mundiales de paz [y] cambio social y económico [...] un orden internacional [...] que incluya a los estados que se llaman a sí mismos socialistas».

¿Por qué? Porque el objetivo del CFR, desde su creación, ha sido debilitar la capacidad defensiva de Estados Unidos permitiendo que los soviéticos los «alcanzasen». Esto creará las condiciones favorables para un monopolio, propiedad del combinado Bilderberg-CFR-Rockefeller, con sus liderazgos entrelazados y sus beneficios acumulativos.

Según una persona que ha sido miembro del CFR durante 15 años, el contraalmirante Chester Ward, antiguo juez de la Marina y abogado de 1956 a 1960 y autor del libro de 1975 *Kissinger on the Couch*, los objetivos globales de Bilderberg-CFR son: «Las camarillas más poderosas de esos grupos elitistas tienen un objetivo en común: quieren acabar con la soberanía y la independencia nacional de los Estados Unidos [...]. La mayor parte de los miembros del CFR son ideólogos del Gobierno Mundial Único cuyos objetivos a largo plazo fueron resumidos en el Documento 72-77 del Departamento de Estado de septiembre de 1961: [...] la eliminación total de todos los ejércitos y armamento, a excepción de lo necesario para mantener el orden interno dentro de los estados y dotar a las Naciones Unidas de una Fuerza de Paz [...] en el momento en que se complete el plan, [el Gobierno Global de la ONU] será tan poderoso que ninguna nación podrá amenazarlo. Ese objetivo de conseguir el desarme y la pérdida de soberanía e independencia nacional de EE. UU., para establecer un gobierno mundial todopoderoso, es el único objetivo revelado al 95 % de los 1.551 miembros del CFR [en 1975]. Existen otros dos propósitos ulteriores del CFR, pero es improbable que lo sepan más de 75 miembros o que esos propósitos hayan sido nunca puestos por escrito.»

Secretarios de defensa del CFR

La Ley de Seguridad Nacional de 1947 estableció la oficina del Secretario de Defensa. Desde 1947 ha habido 14 secretarios de defensa pertenecientes al CFR y/o la Comisión Trilateral.

Desde 1940, todos los secretarios de Estado de EE. UU. (excepto el gobernador James Byrnes de Carolina del Sur) han sido miembros del CFR y/o su hermano menor, la Comisión Trilateral. También desde 1940, todos los secretarios de Guerra o de Defensa han sido miembros del CFR. Prácticamente, desde hace ochenta años, todos los consejeros clave de Seguridad Nacional y Asuntos Exteriores de EE. UU. han sido miembros del CFR.[6]

Entre otros, fueron o son miembros del CFR:

Candidatos presidenciales: John W. Davis (1924), Herbert Hoover (1928, 1932), Wendell Wilkie (1940), Thomas Dewey (1944, 1948), Adlai Stevenson (1952, 1956), Dwight Eisenhower (1952, 1956), John F. Kennedy (1960), Richard Nixon (1960, 1968, 1972), Hubert Humphrey (1968), George McGovern (1972), Gerald Ford (1976), Jimmy Carter (1976, 1980), John Anderson (1980), George Bush (1980, 1988, 1992), Howard Baker (1980), Reuben Askew (1984), John Glenn (1984), Alan Cranston (1984), Walter Mondale (1984), Michael Dukakis (1988), Bill Clinton (1992, 1996).

Directores de la CIA (miembros del CFR): Richard Helms (1966-1973, Johnson), James R. Schlesinger (1973, Nixon), William E. Colby (1973-1976, Nixon), George Bush (1976-1977, Ford), Stansfield Turner (1977-1981, Carter), William J. Casey (1981-1987, Reagan), William H. Webster (1987-1991, Reagan), Robert M. Gates (1991-1993, Bush), R. James Woolsey (1993-1995, Clinton), John Deutch (1995-1996, Clinton), George Tenet (1997-2004, G. W. Bush).

Secretarios de Defensa (CFR): 1957-1959, McElroy; 1959-1961, Gates; 1961-1968, McNamara; 1969-1973, Laird; 1973, Richardson; 1973-1977, Rumsfield; 1977, Brown; 1981-1987, Casper Weinberger; 1987-1989; Richard Cheney; 1989-1991, 1993-1994, Les Aspin; 1994-1997, William J. Perry; 1997-2001, William Cohen; 2001, Donald Rumsfeld.

Lista secreta de miembros del CFR en el Ejército:

[Nota: las implicaciones de la siguiente lista son asombrosas. ¿Se da usted cuenta de que casi todos los generales, almirantes, vicealmirantes, coroneles y capitanes de la Junta General de Mandos del Ejército, el grupo de veteranos de guerra con cuyo consejo el presidente decide todas las iniciativas militares, está en manos y bajo control de la organización asociada al Club Bilderberg, el CFR?]. El general David Jones, el vicealmirante Thor Hanson, el lugarteniente general Paul Gorman, el mayor general R. C. Bowman, el brigadier general F. Brown, el lugarteniente coronel W. Clark, el capitán Ralph Crosby, el almirante Crowe, el coronel P. Dawkins, el coronel W. Hauser, el coronel B. Hosmer, el mayor R. Kimmitt, el capitán F. Klotz, el general W. Knowlton, el vicealmirante J. Lee, el capitán T. Lupter, el coronel D. Mead, el mayor general Jack Merritt, el general E. Meyer, el coronel E. Odom, el coronel L. Olvey, el coronel K. Osborn, el mayor general J. Pustuay, el capitán P. A. Putignano, el lugarteniente general E. L. Rowny, el capitán Gary Sick, el mayor general J. Siegal, el mayor general Dewitt Smith, el brigadier general Perry Smith, el coronel W. Taylor, el mayor general J. N. Thompson, el vicealmirante C. A. H. Trost, el almirante S. Turner, el mayor general J. Welch.

El secretario del Tesoro es el principal consejero económico y financiero del gobierno y es nombrado por el presidente de los Estados Unidos.

Los siguientes secretarios del Tesoro son miembros del CFR: Robert B. Anderson (Eisenhower), Douglas C. Dillion (Kennedy/Johnson), Henry Hamill Fowler (Johnson), David M. Kennedy y George P. Schultz (Nixon), William Edward Simon (Nixon/Ford), W. Michael Blumenthal (Carter), G. William Miller (Carter), James A. Baker III (Reagan), Nicholas F. Brady (Reagan/Bush), Lloyd M. Bentsen (Clinton), Robert E. Rubin (Clinton), Paul H. O'Neill (G. W. Bush), John W. Snow (G. W. Bush).

El secretario del Tesoro confía en gran medida en la información clasificada que recibe del Consejo de Seguridad

Nacional. Dicha información clasificada le permite al Departamento del Tesoro contribuir «a la consecución de los objetivos de la Seguridad Nacional y a generar el clima de opinión que Estados Unidos pretende conseguir en el mundo», explica el doctor Richard J. Boylan, científico conductista, profesor asociado (emérito) e investigador en el número de verano de 2001 de *True Democracy*.

El difunto Gary Allen, uno de los mejores periodistas de investigación estadounidenses, escribió en *El expediente Rockefeller*: «Los Rockefeller han hecho del Departamento del Tesoro una auténtica sucursal del Chase Manhattan Bank.»

Todos los miembros de la Corte Suprema han sido o nombrados por presidentes miembros del CFR o presidentes cuyas decisiones estaban influidas por cien o más miembros del CFR de su gabinete que trabajaban juntos (en lo que se ha llamado «El Grupo Especial» o «El Equipo Secreto»). Cuando se retira un juez del Tribunal Supremo, el presidente designa a una persona para reemplazarlo. Como regla general, el designado refleja las creencias políticas y religiosas del presidente que lo nombra. Seguramente sorprenda, una vez más, al público en general que aunque aparentemente sea un presidente republicano o demócrata quien escoja al juez, con la aprobación del Congreso de los Estados Unidos, la realidad es muy distinta. ¿Y si le dijesen que el presidente no escoge en realidad al juez, sino que le indican claramente a quién poner en el cargo, se fiaría usted del sistema judicial estadounidense? ¿Qué opinión le merecería una institución como la Corte Suprema, el último garante de sus derechos individuales, si supiese que sus miembros trabajan para los intereses del CFR? A través de los jueces escogidos por el Ejecutivo del Gobierno de los Estados Unidos, controlado por el CFR, la Corte Suprema promociona las decisiones que van a favor del CFR y la opinión general que quieren imponer en el mundo. El decisivo caso de Roe contra Wade que permitió el derecho al aborto de las mujeres fue decidido por nueve jueces escogidos por presidentes pertenecientes al CFR.[7]

El CFR y las operaciones psicopolíticas

Según el Volante número 525-7-1 del Departamento de Defensa, «el arte y la ciencia de las operaciones psicológicas», el «secretario de Defensa es el principal asistente del presidente en todas las materias relacionadas con el Departamento de Defensa y ejerce la dirección, la autoridad y el control del Departamento. El secretario de Defensa es miembro del Consejo Nacional de Seguridad. Entre los asistentes militares y consejeros civiles del secretario, se encuentra su asistente para Asuntos de Seguridad Internacional, que tiene responsabilidades sobre las operaciones psicológicas (PSYOP)». (Headquarters Department of the Army, DA Pam 525-7-2, Volante número 725-7-2, The Art and Science of Psychological Operations: Case Studies of Military Application, Washington, DC 1 de abril de 1976, preparado por el American Institutes for Research (AIR), 3301 New Mexico Avenue N.W., Washington, DC, 20016, bajo el Department of the Army Contracts, Project Director Daniel C. Pollock, Vol. 1, pág. 99.)

Hadley Cantril, un exitoso sociólogo e investigador de la década de 1940 explicó en su libro de 1967, *The Human Dimension: Experiences in Policy Research*, publicado por la Rutgers University Press, lo siguiente: «Las operaciones psicopolíticas son campañas de propaganda que usa el CFR y el Club Bilderberg y que están diseñadas para crear tensiones perpetuas y manipular a los diferentes grupos de personas para aceptar el particular clima de opinión que quieren imprimir en el mundo.»

«Lo que la mayoría de los estadounidenses creen que es la "opinión pública" es, en realidad, una propaganda cuidadosamente elaborada y orquestada para provocar determinada respuesta conductual en el público», explica Ken Adachi, editor de la excelente página web www.educate-yourself.org; esto es, conseguir que la gente se comporte de la manera que a uno le interesa convenciéndola de que todo ello es en su interés. Las encuestas de opinión pública son estudios cualitativos que investigan en profundidad las motivaciones, los sentimientos, las reacciones de determinados grupos sociales con respecto a su aceptación de los programas planificados por el CFR. La aplicación de la propaganda y la manipulación de la opinión pública (con técnicas de control mental) es ejecutada en los Estados Unidos por más de 200 *think tanks* (grupos de generación de ideas políticas) como la Corporación RAND, la Corporación de Investigación para la Planificación, el Instituto Hudson, el Instituto Internacional para las Ciencias del Comportamiento Aplicadas, la Fundación Heritage y el Instituto Brookings, «supervisados y dirigidos por la principal organización de control mental del Nuevo Orden Mundial en Estados Unidos, el Instituto de Investigación Stanford (SRI) de Menlo Park, California», explica Ken Adachi, hecho que confirma independientemente el doctor John Coleman, un ex agente secreto del MI6 con acceso a material secreto y autor de *Conspirators' Hierarchy: The story of the Committee of 300*.

Esto es lo que el doctor John Coleman escribe: «El Instituto Tavistock opera en la actualidad a través de una red de fundaciones en EE. UU. que maneja 6 mil millones de dólares al año. Todo ese dinero procede de los impuestos de los contribuyentes estadounidenses. Existen diez instituciones bajo su control directo, con 400 sucursales y 3.000 grupos de estudio y *think tanks*, que dan lugar a muchos tipos de programas para incrementar el control del Orden Mundial sobre el pueblo estadounidense. El Instituto de Investigación Stanford, junto con el Instituto Hoover, es una institución de 3.300 empleados y un presupuesto de 150 millones de dólares al año. Lleva a cabo programas de vigilancia para Bechtel, Kaiser y otras 400 empresas e importantes operaciones de inteligencia para la CIA. Es la institución más grande de la Costa Oeste en el campo del control mental y las ciencias de la conducta.»

El Instituto RAND, fundado por Rockefeller, y el Instituto Tavistock (en Inglaterra: 30 Tabernacle Street, London EC2A 4DD), financiado por Rockefeller, investigan la «dinámica de la evolución», esto es, la lógica detrás del porqué la gente de diferentes procedencias culturales, intereses, lealtades y niveles informativos mantienen cierta opinión. Los elitistas del poder lo llaman «la Ingeniería del Consentimiento». Como dice claramente el doctor John Coleman en su libro citado: «Todas las técnicas de las fundaciones estadounidenses y el Tavistock tienen un único objetivo: acabar con la fuerza psicológica del individuo y hacerlo incapaz de oponerse a los dictadores del Orden Mundial.»

En 1991, B. K. Eakman publicó *Educando para el Nuevo Orden Mundial,* de Halcyon House, un libro sorprendentemente revelador que desenmascara a las fuerzas que moldean la educación estadounidense para llevarnos a todos, en última instancia, a un futuro orwelliano. En el libro, Eakman escribe: «Las diversas políticas específicas de RAND que han llegado a ser operativas incluyen medidas sobre asuntos nucleares, análisis de empresas, cientos de proyectos militares y programas para alterar la mente mediante drogas como el peyote y el LSD» (la encubierta operación MK-ULTRA, creación de Richard Helms, que más tarde sería director de la CIA, es el nombre codificado del programa de investigación de control mental de la CIA desde la década de 1950 a la década de 1970. Los «médicos», comandados por el psiquiatra Ewen Cameron y ex científicos nazis, usaron algunas de las técnicas investigadas por los «doctores» nazis, como el electrochoque, la privación del sueño, la implantación de recuerdos, la extirpación de recuerdos, la modificación sensorial y los experimentos con drogas psicoactivas. Lo más irónico del caso es que el doctor Cameron fue miembro del tribunal de Nuremberg contra los médicos nazis, que duró 20 años).

El doctor Byron T. Weeks, coronel retirado de la Fuerza Aérea estadounidense, en una investigación excepcional, meticulosamente documentada, para www.educate-yourself.org, explica que: «La ideología de las fundaciones estadounidenses fue creada por el Instituto Tavistock de Relaciones Humanas de Londres. En 1921, el duque de Bedford, marqués de Tavistock, cedió un edificio al Instituto para estudiar el efecto de los bombardeos en los soldados británicos durante la Primera Guerra Mundial. Su propósito era establecer el punto de ruptura de los hombres bajo el estrés, bajo la dirección del British Army Bureau of Psychological Warfare, comandado por sir John Rawlings-Reese.»[8]

En *Conspirators' Hierarchy: The Story of the Committee of 300,* el doctor John Coleman explica que «una red de grupos secretos, la Sociedad Mont Pelerin, la Comisión Trilateral, la Fundación Ditchley y el Club de Roma siguen las instrucciones de la red Tavistock».

En la edición de febrero de 1971 de una revista rusa con base en Moscú, *International Affair,* se publicó un artículo titulado «Ways and Means of US Ideological Expansion» (Medios y maneras de expansión ideológica estadounidense), donde se explicaba el significado de esas operaciones: «Las operaciones psicopolíticas se subdividen en operaciones estratégicas psicopolíticas, que enfocan la propaganda en pequeños grupos de personas, como académicos o expertos capaces de influir en la opinión pública, y operaciones tácticas psicopolíticas, que elaboran propaganda para las masas a través de los medios de comunicación (por ejemplo, periódicos, radio, televisión, libros de texto, material educacional, arte, entretenimiento, etcétera).»[9] «Ambas formas de propaganda son utilizadas para manipular a la opinión pública y obtener objetivos de política exterior en un período dado», escribe un grupo de expertos en un panfleto titulado «El arte y la ciencia de las operaciones psicológicas: casos prácticos de aplicación militar, volumen I»*, publicado en 1976 por el Headquarters Department del Ejército Estadounidense.[10]

Thomas R. Dye, uno de los autores americanos más prolíficos sobre los entresijos del EE. UU. moderno escribe en «Who's Running America? Institutional Leadership in the United States» que «esta opinión es formulada por los miembros dominantes del CFR que pertenecen a un círculo más estrecho llamado "Grupo Especial" que planea y coordina las operaciones psicopolíticas utilizadas para manipular la opinión

---

* Título original: «The Art and Science of Psychological Operations: Case Studies of Military Application Volume One.»

pública estadounidense. Utilizan una infraestructura oculta intragubernamental llamada "Equipo Secreto" que incluye a funcionarios legislativos, ejecutivos y judiciales de la secretaría del Estado, la secretaría de Defensa, la secretaría del Tesoro y la dirección de la CIA; a las personas que controlan la televisión, la radio y los periódicos; a los presidentes de los grandes gabinetes de abogados; a los directores de las universidades y *think tanks* más prestigiosos; a los presidentes de las fundaciones privadas y las empresas públicas más importantes».[11]

El «Equipo Secreto» del CFR sigue las mismas pautas organizativas que todas las sociedades secretas. El organigrama de la organización se estructura en círculos dentro de círculos y la capa exterior (el «Equipo Secreto») siempre protege a los miembros del círculo dominante (el «Grupo Especial») que coordina las operaciones psicopolíticas. Los objetivos, las identidades y los roles desempeñados por los miembros de un «Equipo Secreto» permanecen ocultos, incluso entre ellos, y así el «Grupo Especial» del CFR se protege a sí mismo de hipotéticas acusaciones simplemente negando su participación en la operación. Para mayor seguridad, el CFR no revela a todos los miembros del Consejo qué operaciones psicopolíticas tiene preparadas o cuál es su papel exacto en cada operación. El Club Bilderberg, más exclusivo, opera bajo los mismos criterios.

El [CFR] está convencido de que «... es inminente el control absoluto de la conducta [...] sin que el género humano se dé cuenta de que hay una crisis al caer».[12] La Asociación para la Supervisión del Desarrollo, del currículo de la Asociación Liberal de Educación Nacional, alaba la eficiencia de la sofisticada versión actual del antiguo proceso dialéctico hegeliano, el tuétano del sistema de lavado de cerebro soviético. Existen tres grandes reglas en la práctica de la influencia sobre la conducta: primero, el engaño cuidadosamente elaborado debe contener algo de verdad; segundo, debe ser lo suficientemente enrevesado como para hacer imposible hallar pruebas y hechos tangibles. Esto se puede conseguir ocultándole información clave al público. «La parte que se ha decidido obviar oculta información clave que podría hacer que la opinión pública se opusiese a los planes del Consejo. En la operación psicopolítica del Plan Marshall, Kennan apoyaba el plan y Lippmann estaba en contra. La parte de Kennan ganó, pero años después, en sus memorias, éste diría que, en retrospectiva, Lippmann estaba en lo cierto», escribe Dale Keiger, un escritor de la revista *Johns Hopkins Magazine* que cubre temas de humanidades, política internacional; y tercero, el uso del engaño no debería desacreditar una fuente que puede tener un valor potencial en el futuro, lo que significa que los medios, en gran medida propiedad de empresas controladas por el CFR, deben jugar la carta de la credibilidad. Con la ayuda de los medios de comunicación, por ejemplo, el CFR ha persuadido ya a gentes de todo el mundo de que «el resurgir del nacionalismo, el crecimiento de los fundamentalismos y la intolerancia religiosa» es una amenaza global.[13]

El CFR crea y pone en marcha operaciones psicopolíticas manipulando la realidad de la gente a través de la «táctica del engaño», y colocando a miembros del Consejo en ambas partes de una discusión. El engaño es completo cuando el público llega a creer que se trabaja por sus intereses cuando, de hecho, lo que se lleva a cabo es simplemente la política del CFR.

Puesto que el CFR controla los sistemas legales, legislativos y judiciales, no tiene nada que temer de ninguna «investigación oficial». Por lo tanto, no tiene ningún problema para hacer creer al público general, incapaz de percibir la magnitud del engaño, que se cumple la ley. Los funcionarios de justicia y los legisladores elegidos, apoyados y protegidos por el Consejo, están cometiendo descaradas ilegalidades para que los objetivos del CFR lleguen a buen puerto o para ocultar sus incorrecciones. Saben perfectamente que, si tales manejos saliesen a la luz pública, la gente de a pie podría ponerse en contra de los deseos del CFR.

Según el Resumen Ejecutivo de la Investigación sobre el caso Irán-Contra del gobierno de los Estados Unidos, disponible en el US National Archives & Records Administration para los años 1986-1993: «En octubre y noviembre de 1986, el Gobierno de EE. UU. llevó a cabo dos operaciones secretas con actividades ilegales que implicaban a funcionarios de la Administración Reagan: la asistencia militar a las operaciones de la Contra nicaragüense durante el período de octubre de 1984 a octubre de 1986, cuando estaba específicamente prohibida dicha ayuda y la venta de armas estadounidenses a Irán, contraviniendo la política de EE. UU. sobre la materia de exportación de armamento. Esas operaciones recibieron el nombre del asunto Irán-Contra.» La Operación Irán consistió en la venta, en 1985 y 1986, de armas estadounidenses a Irán, a pesar del embargo sobre tales ventas, para obtener la liberación de rehenes estadounidenses retenidos en Oriente Medio. Las operaciones de la Contra, desde 1984 y la mayor parte de 1986, consistieron en el apoyo secreto a las actividades militares y paramilitares de la Contra en Nicaragua, a pesar de la prohibición expresa del Congreso. Las operaciones en Irán y en Nicaragua confluyen porque los fondos producidos por la venta de armas en Irán se dedicaron al apoyo a la Contra pero, aunque este «desvío de dinero sea la parte más espectacular del caso Irán/Contra, es importante destacar que ambas operaciones, separadamente, violaban la política y la ley de los Estados Unidos, esto es, la Ley de Control y Exportación de Armas». A finales de noviembre de 1986, funcionarios de la Administración Reagan anunciaron que «algunos de los beneficios de la venta de armas a Irán habían sido desviados a la Contra». Según la información del US National Archives & Records Administration para los años 1986-1993, disponible para el público, el informe del The Office of Independent Counsel, responsable de la investigación, dice que «es importante subrayar que las dos operaciones, Irán y Contra, separadamente, violaron las leyes y política de Estados Unidos».

El 26 de noviembre de 1986, el Fiscal General ordenó al FBI abrir una investigación sobre el episodio Irán/Contra. El 19 de diciembre de 1986, Lawrence Walsh fue elegido Consejero Independiente para llevar a cabo la investigación. Pero mi pregunta es: ¿Hizo Lawrence Walsh su labor como Consejero Independiente o él también formaba parte de una conspiración mucho más grande? En 1969, Walsh se integró en el equipo de Kissinger durante las conversaciones sobre Vietnam que tuvieron lugar en París. En 1981, Walsh trabajó para uno de los bufetes de abogados más antiguos de Oklahoma, Crowe y Dunlevy, fundado en 1902 para representar a compañías petrolíferas y aseguradoras dirigidas por miembros del CFR.

Los miembros del «Grupo Especial» del CFR, George H. W. Bush (vicepresidente), Donald T. Regan (jefe del Gabinete del presidente), Elliot Abrams (asistente del secretario de Estado para Asuntos Exteriores), John Poindexter (consejero de Seguridad Nacional de EE.UU.), Casper Weinberger (secretario de Defensa), Robert M. Gates (subdirector de la CIA), William J. Casey (director de la CIA), y Robert C. McFarlane (asistente del presidente para Asuntos de Seguridad Nacional) aconsejaron a Reagan seguir con el Plan Irán-Contra. El 24 de diciembre de 1992, según informa Associated Press, seis años después de que estallase el asunto Irán-Contra, aprovechando las Navidades y la consecuente falta de atención de los medios de comunicación, el presidente George H. W. Bush indultó a los miembros del CFR, Weinberger, McFarlane, Abrams, y a los tres jefes de la CIA, Fiers, George y Clarridge. ¿Nadie se da cuenta de que hay un conflicto de intereses en este perdón y de que los miembros del CFR que pertenecen al Departamento de Seguridad Nacional y a la Inteligencia han influido en la decisión del presidente de los Estados Unidos de América para desobedecer las leyes de un país con el objetivo de seguir los planes secretos del CFR a través de una enorme infraestructura oculta intragubernamental llamada «Equipo Secreto»? ¿Por qué la «prensa libre» no llevó este travestismo de la justicia a los hogares de América? La respuesta puede estar, como veremos, en que la prensa forma parte de la operación, parte del sistema del gobierno en la sombra.

Como nota aparte, después de siete años de investigación que costaron millones de dólares a los contribuyentes americanos, sólo una persona, un don nadie de segunda fila, fue inculpado y enviado a prisión... por no pagar sus impuestos.

Una tercera «táctica del engaño» que ha usado el CFR para conseguir sus propósitos es financiar y «supervisar» estudios legítimos, llevados a cabo por organizaciones respetadas, con el propósito expreso de manipular a la opinión pública mediante el uso inteligente del lenguaje.

El CFR usa fundaciones, libres de impuestos, como principal conducto para financiar sus procesos de manipulación. Gracias a Thomas R. Dye, sabemos que casi el 40 % de los activos destinados a fundaciones estaban controlados por las 10-11 fundaciones más importantes, las cuales, a su vez, estaban controladas por el CFR.[14] Y continúa: «Los directores o síndicos tienen una gran libertad a la hora de usar el dinero de la fundación, para financiar investigaciones sobre problemas sociales, crear *think tanks*, ayudar a museos, etcétera.»[15]

Una cuarta «táctica del engaño» es el uso orwelliano del doble discurso.

Rene Wormser escribió en *Foundations: Their Power and Influence* que «el Instituto RAND para la Investigación de la Defensa Nacional es un *think thank* del CFR patrocinado por la Oficina del Secretario de Defensa y dirigido por el miembro del CFR, Michael D. Rich. Entre sus clientes se incluye el Pentágono, AT&T, Chase Manhattan Bank, IBM, el Partido Republicano, las Fuerzas Aéreas Estadounidenses, el Departamento de Energía de EE.UU. y la NASA. Las relaciones entre los síndicos de *Rand* y las fundaciones Ford, Rockefeller y Carnegie es un ejemplo clásico del modus operandi de CFR/Bilderberg. La Fundación Ford donó un millón de dólares a *Rand* en 1952, en una época en la que el presidente de la Fundación Ford era simultáneamente el presidente de *Rand*».[16] Dos tercios de la investigación de RAND están relacionados con temas de seguridad nacional y son, consecuentemente, clasificados como secretos. El tercio restante de la investigación de la Corporación *Rand* está dedicada al estudio del control de poblaciones (demografía aplicada). Una de las áreas clave del trabajo de *Rand* está relacionada con cómo desinformar y manipular a grandes cantidades de personas.

En julio de 1992, influido por la incertidumbre de la disolución de la Unión Soviética y alarmado por los crecientes cambios en la Europa del Este, el Instituto RAND reunió a los mejores expertos mundiales para debatir sobre los problemas en el nuevo ambiente mundial. El documento resultante fue «revisado» para moldearlo a los objetivos de RAND y publicado en el informe de verano del instituto con el título «Peacekeeping and Peacemaking After the Cold War». Según el informe, el secretario general de la ONU «define la construcción de la Paz como una acción posterior a los conflictos... El secretario general ha vinculado la diplomacia preventiva al despliegue de fuerzas militares preventivas». RAND subraya que, «la Secretaría General, en su Agenda por la Paz [...] subraya la necesidad de que los gobiernos compartan información sobre situaciones políticas o militares y, al hacerlo así, está pidiendo una mayor comunicación entre los Servicios de Inteligencia...». Una vez más, debo señalar que una de las cualidades más importantes de RAND es su capacidad para desinformar y manipular a grandes grupos de personas.

En el artículo de la revista *Johns Hopkins Magazine*, «Una forma diferente de capitalismo», el escritor sobre temas internacionales y política pública, Dale Keiger, escribió: «En 1947, los miembros del CFR, George Kennan,[17] Paul Nitze[18] y Dean Acheson[19] participaron en una operación psicopolítica para que el público estadounidense aceptase el Plan Marshall. El PSYOP incluía una carta "anónima" dirigida a Mr. X, que apareció en la revista *Foreign Affairs* del CFR. La carta abrió la puerta para que la Administración Truman, controlada por el CFR, tomara serias medidas contra la amenaza de la expansión soviética. El público no llegó a saber que el autor de aquella carta era George Kennan. El Plan Marshall debería haber sido denominado el Plan del CFR. El llamado Plan Marshall y la subsiguiente OTAN, definieron el papel de los Estados Unidos en la política mundial para el resto del siglo.»

El CFR y el Plan Marshall

El Plan Marshall recibió su nombre en honor al discurso que dio el 5 de junio de 1947 el entonces secretario de Estado, general Marshall, en la Universidad de Harvard. Marshall propuso una solución a la desintegración económica y social a la que se enfrentaban los europeos en la posguerra de la segunda guerra mundial. Bajo su programa, los Estados Unidos proporcionarían ayuda para evitar el hambre en grandes zonas del continente, repararían la devastación en el menor tiempo posible e invitarían a los países europeos a integrarse en un plan cooperativo para su reconstrucción económica. Según el folleto disponible en la librería del Congreso de los Estados Unidos, «América también se benefició del plan desarrollando unos valiosos socios comerciales y unos aliados de confianza entre las naciones de Europa Occidental. Y más importantes fueron los muchos lazos de amistad individual y colectiva que se desarrollaron entre los Estados Unidos y Europa».

Lo que se desconoce del Plan son sus implicaciones económicas. Es decir, los requerimientos explícitos de que Estados Unidos se adhiriese a un liberalismo comercial y a un incremento de la productividad, «para asegurarse la americanización de Europa, ya que las élites políticas y económicas europeas quedaron ligadas a sus homólogos americanos, lo cual hacía imposible ningún desarrollo económico o político significativo sin la aprobación de EE. UU.», explica el periodista político británico Richard Greaves en su ensayo *Who really runs the world?*

La Foreign Assistance Act de 1948 puso en pie la Agencia para la Cooperación Económica (ECA) que administraría el Programa de Recuperación Europea (PRE). Entre los años 1948-1951, en los cuales funcionó el Plan, el Congreso asignó 13,3 mil millones de dólares en ayudas a 16 países de Europa Occidental.

El comentarista político Mike Peters, en un artículo de la revista *Lobster 32* titulado «The Bilderberg Group and the project of European Unification», escribe: «Este ejercicio de generosidad internacional sin precedentes (calificado por Churchill como "el más noble acto de la historia") beneficiaba directamente a los propósitos económicos de las empresas estadounidenses orientadas internacionalmente que lo promocionaron.

William Clayton (CFR), por ejemplo, el subsecretario de Economía, cuya gira por Europa y las cartas que enviaba a Washington desempeñaron un papel fundamental en la preparación del Plan, y quien lo defendió ante el Congreso, sacó un provecho personal de 700.000 dólares al año; y su propia compañía, Anderson, Clayton & Co., consiguió 10 millones en pedidos hasta el verano de 1949 (Schuman 1954; pág. 240). General Motors también obtuvo, de forma similar, 5,5 millones de dólares en pedidos entre julio de 1950 y 1951 (14,7 % del total) y la Ford Motor Company, 1 millón (4,2 % del total).»

Kai Bird, editor y columnista de la reconocida revista *La Nación*, describe en «*The Color of Truth: McGeorge Bundy and William Bundy: Brothers in arms*» los aspectos ocultos del Plan: [En 1949] «McGeorge Bundy, ex presidente de la Fundación Ford, inició un proyecto con el CFR en Nueva York para estudiar el Plan Marshall de ayuda a Europa [...] El grupo de estudio del consejo incluía a algunas de las autoridades en política internacional del *establishment*. Trabajando con Bundy en el proyecto estaban Allen Dulles, David Lilienthal, Dwight Eisenhower, Will Clayton, George Kennan, Richard M. Bissell y Franklin A. Lindsay [...] que en poco tiempo se convirtieron en funcionarios de alto rango de la nueva Agencia Central de Inteligencia [...] sus encuentros eran considerados tan delicados que la habitual transcripción *off the record* no se distribuía a los miembros del Consejo. Había una buena razón para ese secretismo. Ésos eran probablemente los únicos ciudadanos particulares que sabían que había una parte encubierta en el Plan Marshall. En concreto, la CIA [controlada por el CFR] se apropió de parte de los 200 millones de dólares anuales de los fondos en moneda local de los receptores del Plan Marshall. Ese dinero no justificado fue usado por la CIA para financiar actividades electorales anticomunistas en Francia e Italia y apoyar a los periodistas, líderes sindicales y políticos amigos.»

Orígenes del Plan Marshall

Los orígenes del Plan Marshall se encuentran en las redes de formación política instituidas por el CFR en 1939, antes de la segunda guerra mundial. Michio Kaku y Daniel Axelrod explican en «To win the Nuclear War. The Pentagon's Secret War Plans,» que «las actas de los encuentros secretos que mantuvieron el Departamento de Estado y el CFR, que empezaron en 1939, detallan explícitamente el papel de EE. UU. como fuerza invasora y una sustitución del Imperio Británico».[20]

Mike Peters, en uno de los pocos libros que mencionan en su título al terrorífico Club Bilderberg, *The Bilderberg Group and the project of European Unification*, escribió: «El plan que Marshall presentó en su discurso de Harvard había sido previamente trazado por un Grupo de Estudio del CFR de 1946 dirigido por el abogado Charles M. Spofford y David Rockefeller, que incluso elaboró un proyecto titulado "Reconstruction in Western Europe."»[21]

A través del Comité para el Plan Marshall, formado en 1947, explica G. William Domhoff en «The Powers that Be», publicado por Vintage Books en 1978, se llevó a cabo otro esfuerzo «para combatir a los aislacionistas americanos de derechas. Presidiendo el comité se hallaba Henry L. Stimson, ex secretario de Defensa y de Estado, miembro del CFR desde la década de 1920. Cinco de los siete miembros del comité ejecutivo estaban afiliados al CFR.

El movimiento para formar una Europa unida era parte de un plan más amplio para establecer un Gobierno Mundial. Carroll Quigley, profesor de Historia de la Foreign Service School de la Universidad de Georgetown en *Tragedy and Hope*, libro que explica la evolución del *establishment* (dícese del futuro Nuevo Orden Mundial en el siglo XX), afirmó que «la integración de Europa Occidental empezó en 1948 motivada precisamente por el Plan Marshall [...]. Estados Unidos había ofrecido la ayuda del Plan Marshall con la condición de que la recuperación europea se llevase a cabo bajo un esquema de colaboración.

Esto condujo a la Convención para la Cooperación Económica Europea [...] firmada en abril de 1948 y el Congreso de La Haya para la Unión Europea, que tuvo lugar al mes siguiente».

El Congreso de La Haya apostaba por una Unión Europea y elaboró siete resoluciones sobre diferentes aspectos de esa unión política. La séptima decía: «La creación de una unión europea debe ser entendida como un paso esencial hacia la creación de un Mundo Unido», según escribe Dennis Behreandt en el número del 6 de septiembre de 2004 de la revista *The New American*, en un artículo titulado «Abolishing Our Nation-Step By Step».

Behreandt sigue explicando que «el Plan Marshall, aparte de ayudar a levantar a Europa, condujo en 1950 al Plan Schuman cuando el ministro de Asuntos Exteriores francés, Robert Schuman, propuso que toda la producción de carbón y acero de Francia y Alemania fuese puesta bajo la autoridad de un cuerpo supranacional, que, a su vez, conduciría a la Comunidad Europea del Carbón y el Acero (CECA) y después al Euratom y el Mercado Común».

El profesor Quigley afirmaba que «se trataba de una organización auténticamente revolucionaria que tenía poderes soberanos, entre los que se incluía la autoridad para recaudar fondos fuera del poder del Estado, controlar precios, canalizar inversiones, asignar suministros de carbón y acero durante épocas de escasez y detener la producción en tiempos de abundancia». En resumen, «la CECA (Comunidad Europea del Carbón y Acero) era un gobierno rudimentario». Fundado en 1951, el acuerdo unió los recursos de esos materiales de seis naciones (Francia, Alemania Occidental, Italia, Bélgica, Luxemburgo y Holanda) bajo una única autoridad, levantando toda restricción sobre importaciones y exportaciones, creando un mercado laboral unificado, adoptando una política económica conjunta y armonizando los niveles de vida de los estados miembros, lo cual podría ayudar a prevenir otra guerra.

Oculto por el general Marshall y la gente del CFR estaba el hecho de que la CECA era el primer paso concreto hacia una unificación política, la primera piedra en la construcción de un Imperio, el Imperio del Gobierno Único Mundial. Con la firma del Tratado de Roma, que facilitaría el establecimiento de la Comunidad Económica Europea en 1957, se dio el siguiente paso hacia el futuro Gobierno Mundial. El tratado de Roma empezó a funcionar el 1 de enero de 1958.

De nuevo, en el artículo del 6 de septiembre de 2004 de Dennis Behreandt para la revista *The New American*, puede leerse: «Las organizaciones regionales intergubernamentales y los cuerpos reguladores mundiales son el producto de una planificación a largo plazo y el trabajo de un esforzado grupo de internacionalistas...» Lo cual coincide con los pensamientos de Ambrose Evans-Pritchard en su artículo de septiembre de 2000 del *Telegraph of London*: «... la Inteligencia de EE. UU. [Allen Dulles (CIA, al servicio de Rockefeller) y el general Walter Bedell Smith (CIA), ambos miembros influyentes del CFR] dirigieron una campaña durante la década de 1950 y 1960 para crear el ambiente propicio para la futura Unión Europea. De hecho, fundaron y dirigieron el movimiento federalista europeo.» Así pues, no sería aventurarse mucho el decir que el Gobierno europeo actual fue facilitado por el CFR a través del Comité Americano para una Europa Unida, dirigido por William Donovan, antiguo director de la OSS, precursora de la CIA.

¿Por qué el papel del CFR en la historia ha sido deliberadamente ocultado y gradualmente reemplazado por una versión completamente falsa de los hechos? ¿Por qué no hay universidades, los centros del liberalismo americano, que ofrezcan créditos para estudiar una de las organizaciones privadas más influyentes del país, que trabaja tan estrechamente con el Gobierno para moldear la política exterior en pos de sus objetivos privados? ¿Cómo es posible que periodistas de investigación, ganadores de Premios Pulitzer, profesores universitarios, historiadores, escritores, hombres de estado, políticos e investigadores no se hayan percatado de lo que sucede?

El fin

Una curiosidad concerniente al CFR tiene que ver con el hecho de que la gente encuentra difícil de creer que una organización secreta como el CFR ofrezca una copia de su informe anual que contiene una lista de todos sus miembros. ¿No estaré exagerando acerca del secretismo, la falta de piedad y los objetivos a largo plazo de esa organización?

El CFR le permitirá ver su informe anual, revisar la lista de sus miembros, leer su página web y suscribirse a su publicación *Foreign Affairs*. A diferencia del Club Bilderberg, tiene una secretaría que educadamente responde a la mayor parte de nuestras preguntas. Sin embargo, todo es un engaño. La traducción literal de sus auténticas intenciones puede encontrarse dentro de las páginas del mismo informe anual que tan cortésmente ofrecen al público. La traducción, como sucede con el Club Bilderberg es: «Será mejor que no diga nada a nadie sobre lo que hacemos o decimos aquí.»

En el Informe Anual del Council on Foreign Relations de 1992 se dice claramente, en 20 lugares diferentes y con distintas palabras, que los miembros no deben hablar de lo que sucede dentro.[22]

El Comité Asesor Internacional del CFR, según la propia página web del CFR, «está invitado a comentar los programas institucionales, las instrucciones estratégicas y las oportunidades prácticas de colaboración entre el CFR y las instituciones extranjeras», y consiste en 44 miembros escogidos de Europa, EE. UU., Sudamérica, África, Asia y Oriente Medio. El 90 % de los mismos, «sorprendentemente», pertenecen a la CT (controlada por Rockefeller), al CFR o al Club Bilderberg. ¿Si no se trata de una organización secreta, entonces por qué dar tanta importancia, citándola de veinte maneras diferentes, a la no-atribución (traducción: mejor no digas nada) en su propio informe anual?

El Título 50 del Artículo 783 sobre la Defensa Nacional de los Estados Unidos dice: «Irá contra la ley cualquier persona que conspire, acceda o se asocie con cualquier otra persona para llevar a cabo cualquier acto que contribuya sustancialmente al establecimiento dentro de los Estados Unidos de una dictadura totalitaria, cuya dirección y control sea ejercida por o bajo la dominación de un gobierno extranjero.»

El CFR, por manipular secretamente el proceso del electorado en Estados Unidos; planear la rendición de la soberanía de EE. UU. al Gobierno Mundial; usar grupos de debate y de estudio para hacer avanzar sus políticas diabólicas de conquista y esclavitud mundial; planificar el desarme de Estados Unidos contra el deseo expreso de los Padres Fundadores, a los cuales un comerciante globalizador como Bill Clinton llamó radicales; situar a sabiendas fuerzas militares bajo el mando de la ONU, lo cual va en contra de la constitución de EE. UU.; y usar operaciones subversivas psicopolíticas con el objetivo de crear tensiones perpetuas y manipular a diferentes grupos de personas para que acepten su visión del Orden Mundial, es culpable de todos los cargos.

CAPÍTULO 3

La conspiración de los Rockefeller y la Comisión Trilateral

> Independientemente de su precio, la Revolución China ha tenido un éxito evidente no sólo a la hora de crear una administración más eficaz y entregada, sino también a la hora de fomentar una moral alta y un propósito común [...] el experimento social llevado a cabo en China bajo el mandato del presidente Mao es uno de los éxitos más importantes de la historia de la humanidad.
>
> DAVID ROCKEFELLER (1973)

Toronto, hogar de más de cinco millones de personas, es el mayor centro financiero de Canadá y el cuarto mayor de América del Norte. Sólo Nueva York, Chicago y Los Ángeles son más importantes a nivel financiero. Es la sede de la Bolsa de Toronto, la tercera de América del Norte en valor negociado, la novena del mundo y la única de América del Norte con un sistema de cotización y comercio completamente computerizado. Las leyes de Toronto y Canadá se basan en la ley británica y en el sistema parlamentario inglés. A menos de una hora en coche de Toronto se encuentra la mayor concentración de industria y fabricantes automovilísticos de todo Canadá. Toronto cuenta además con el único castillo de verdad de toda América del Norte, una construcción magnífica erigida sobre una colina con vistas al centro de la ciudad, conocido como el castillo Casa Loma.

La Canada Trust Tower, en el centro del distrito financiero de Toronto, una versión reducida del famoso Wall Street de

Nueva York, es uno de los rascacielos más característicos de la ciudad, una estructura de cincuenta y tres pisos y doscientos sesenta y un metros de altura construida en 1990 por el famoso arquitecto español Santiago Calatrava.

Treinta y cinco kilómetros al noroeste del centro de Toronto está el CIBC Leadership Centre, en King City, la sede de la conferencia Bilderberg de 1996. El centro CIBC está, de hecho, fuera de King City, en King Township, una región de grandes y exclusivos criaderos de caballos en la que se acoge a los miembros de la familia real británica cuando visitan Canadá. Este maravilloso centro, propiedad de uno de los mayores bancos canadienses —el Canadian Imperial Bank of Commerce— se ubica sobre cinco kilómetros de senderos naturales que atraviesan bosques y colinas. No es sorprendente que los bilderbergers se decidieran por este selecto lugar.

Los medios y agencias de noticias de Toronto fueron puestos sobre aviso de esta reunión por una serie de faxes, llamadas y memorándums que mandamos Jim Tucker y yo mismo, especialmente después de que supiéramos por fuentes internas a la reunión que la conferencia de 1996 iba a utilizarse como escenario para tratar la inminente fractura de Canadá a través de una Declaración Unilateral de Independencia en Quebec a principios de 1997. El objetivo era fraccionar Canadá para facilitar una Unión Continental con Estados Unidos hacia el año 2000. Este objetivo hubo de posponerse hasta 2005 y luego hasta 2007. Como regla general, las reuniones Bilderberg jamás se mencionan en la prensa, pues la prensa generalista es propiedad de los bilderbergers. Este velo de secretismo fue rasgado el 30 de mayo de 1996, el primer día de la conferencia, por un artículo en la primera plana de uno de los periódicos de mayor circulación y prestigio de Canadá, el *Toronto Star*.

Bajo el titular «Black acoge a líderes mundiales», John Deverell, un periodista de la sección de negocios del periódico, subrayó que no sólo el editor canadiense lord Conrad Black había ofrecido doscientos noventa y cinco millones de dólares para hacerse con el control de la mayor cadena de periódicos canadienses sino que, además «... ahora es el anfitrión de una reunión de cuatro días fuertemente protegida por guardias a la que acuden líderes mundiales y monarcas al norte de Toronto». Deverell nombró a algunos de los 100 asistentes elegidos a dedo de todo el mundo, extraídos de la lista que Tucker y yo le suministramos.

Ésta fue la primera vez en la historia de las conferencias Bilderberg en que un periódico importante les dedicó su atención. Habitualmente las reuniones Bilderberg ni siquiera se mencionan en los grandes medios. Los bilderbergers no están acostumbrados a tener que dar explicaciones a nadie, especialmente dado que algunos de sus miembros controlan importantes periódicos, cadenas de periódicos y agencias de noticias.

Pero la conferencia de 1996 no fue una conferencia común ni Canadá es un país cualquiera. Cuando los principales medios comenzaron a confirmar la información a través de sus fuentes privadas y gubernamentales, les quedó inmediatamente claro que Canadá, uno de los estados más ricos y bellos del mundo, iba a ser despiadadamente troceado por los bilderbergers y el Nuevo Orden Mundial. Los bilderbergers deberían haber sabido que, cuando lo que está en juego es la propia libertad, la mera posesión de los medios no puede impedir que los editores, correctores, articulistas, asistentes y periodistas de investigación de la televisión, radio y de la prensa escritas difundan la verdad entre el público. Lo que los bilderbergers habían considerado meramente una fuga se convirtió rápidamente en una inundación y luego en una avalancha que se llevó a todo el mundo por delante. Sólo en la conferencia de 1999 en Sintra, Portugal, relajaron los bilderbergers las extremas medidas de seguridad que impusieron tras su mayor derrota: la conferencia de Toronto. A las 7:45 de la mañana del 30 de mayo de 1996, el legendario locutor de 680-NEWS Dick Smythe, el más seguido en el área metropolitana de Toronto, emitió el siguiente informe, que fue retransmitido a intervalos regulares como parte de sus noticias:

«Bien, esto parece el guión de una película de conspiraciones, en la que los importantes y poderosos del mundo se reúnen en secreto. Conrad Black celebra su conferencia Bilderberg anual. Doy paso a Karen Parons, reportera de 680... "Alrededor de cien notables, entre ellos los reyes de Holanda y España, Henry Kissinger, el secretario de Defensa de Estados Unidos William Perry y nuestro primer ministro se han reunido para la conferencia. También han venido los presidentes de la Ford, la Xerox, el Bank of Commerce y Reuters. Black dice que están prohibidos los periodistas para que los debates sean íntimos y sinceros. Dice que "las discusiones pueden ser bastante acaloradas." Se exige a los participantes que presten voto de silencio. La conferencia del año pasado se celebró en tres hoteles de lujo en las cumbres de las montañas suizas. Este año se celebra en un balneario de lujo de sesenta millones de dólares en King City.» La prensa canadiense también distribuyó un breve informe sobre el hasta entonces secreto encuentro, que ha sido publicado hoy, entre otros periódicos, por el *Toronto Sun*, que cuenta con más de trescientos cincuenta mil suscriptores. La libertad y su pérdida... a veces no pienso en ella durante los intervalos de nuestro destino. ¿Qué estoy haciendo persiguiendo a esa gente por todo el mundo? ¿Qué es lo que busco? Tiene que haber una forma más sencilla de ganarse la vida... pero se lo debo a mi padre.

El 19 de abril de 1975 fue la última vez que vi a mi padre vivo, un hombretón en bata y zapatillas. Desde la fotografía me miran mis ojos desesperados, los ojos de un niño de nueve años, asustado, incapaz de imaginar, de comprender, no lo suficientemente mayor para ponerme en el lugar de este hombre barbudo, que sólo unas horas antes me abrazaba pero que ahora se ha ido.

Los médicos dictaminaron la muerte clínica de mi padre diecisiete días después, el 6 de mayo de 1975. Fue un científico famoso, un hombre de gran dignidad y honor que pasó su vida entera luchando por el derecho de los hombres a decir lo que piensan. Quizá eso no parezca algo extraordinario en cualquier país en que la libertad de expresión forme parte fundamental del entramado básico de la sociedad, pero no era así en la vieja dictadura de la Unión Soviética. Mi padre sobrevivió diecisiete días de tortura brutal, diecinueve horas de dolor diarias cada uno de esos días. Trescientas veintitrés horas de sufrimiento inhumano provocadas por la Policía Secreta soviética. Le aplastaron los testículos, le rompieron la mano derecha por ocho sitios y sufrió una perforación en un pulmón como consecuencia de los golpes que le daban los cinco bestias que le apalizaron. Me gustaría decirles que se mantuvo firme, que no se le oyó ni un suspiro, que se rió de sus torturadores, que...

¿Puede que mi obsesión sea un eterno y futil esfuerzo de cambiar la dirección en que avanzo en el tiempo, de caminar hacia atrás al pasado atrincherado en lugar de hacia el cambiante futuro con la intención de liberar a aquel hombre de aquel sufrimiento injusto? Pero por mucho que lo intente, no conseguiré alcanzarle.

El 1 de junio, «Big» Jim Tucker y yo, junto con un pequeño grupo de activistas a tiempo parcial, celebramos lo que se estaba convirtiendo en un éxito extraordinario. Todos los grandes periódicos del país querían entrevistarnos, las cadenas de televisión buscaban constantemente nuevas noticias y las cadenas de radio nos seguían por toda la ciudad. Nos reuníamos en la Horseshoe Tavern de Queen Street.

Antes, ese mismo día recibí una llamada de una de mis fuentes que me pidió que nos viéramos urgentemente antes de las reuniones del día siguiente. Quedamos en la Galería de Calatrava, junto a la Trust Tower, uno de los lugares menos sospechosos de todo Toronto debido a su inmensidad y a las ingentes cantidades de turistas que pasan por allí fotografiando y grabando en vídeo la principal atracción arquitectónica de Toronto.

Llegué allí cruzando el Mercado de Kensington, equivalente a lo que sería en Madrid el Rastro. Al doblar la esquina vi a mi contacto hojeando los periódicos en un quiosco con una bolsa de plástico en la mano izquierda y una revista enrollada en la derecha.

Tras un breve cruce de miradas y sin que diéramos muestras de reconocer al otro, me moví silenciosamente hacia la entrada de la Torre, donde un amigo que trabajaba en el mercado inmobiliario me había conseguido una sala en uno de los últimos pisos del edificio, con unas vistas maravillosas a la ciudad. Me subí en un ascensor, mirando nerviosamente tras de mí. Mi contacto me siguió cinco minutos después. Habíamos conseguido mucho en los últimos días. Por una vez, le habíamos ganado claramente la mano a los bilderbergers. La cobertura mediática había sido tremenda y Kissinger estaba muy enfadado, lo que era buena señal. Los planes para la inminente disgregación de mi país de adopción fueron temporalmente aplazados. ¿Qué más se podría haber logrado en tan poco tiempo? Aun así, yo sabía que se trataba sólo de una victoria temporal. Aquella gente volvería y habría aprendido la lección. Querían aplastar toda resistencia, regir el mundo sin el consentimiento de éste, por la fuerza de las armas o del pan. A doscientos cuarenta metros sobre el suelo la ciudad estaba quieta. Las ventanas me aislaban de los sonidos de la urbe. En ese momento me sentí como si mirara hacia adentro desde afuera. ¿Serviría para algo todo aquello? ¿Comprendería la gente que nos enfrentábamos a un peligro inminente?

Un discreto golpe en la pesada puerta de madera interrumpió mis pensamientos.

—Pase —dije, apenas levantando la voz.

Mi fuente, que llevaba guantes de piel, cruzó lentamente el umbral que separaba el desnudo pasillo de la decoración artdeco de la suite. Se movió instintivamente hacia la ventana, contemplando momentáneamente la extraordinaria vista del área en que el centro de Toronto se encuentra con el lago.

—Esta vez les has parado —dijo la fuente, sopesando cada sílaba como si una pequeña alteración en el registro pudiera haber cambiado el significado—. La disgregación de Canadá sigue en marcha. Sólo es cuestión de tiempo.

—Quizá —dije—. Por ahora todo está bien y así seguirá hasta el próximo encuentro. Quizá para entonces unos cuantos de ellos hayan muerto de viejos o por accidentes o causas fortuitas.

—¿Fortuitas? ¿Fortuitas para quién? —contestó la fuente. De la revista que mantenía férreamente agarrada sacó una serie de notas manuscritas, garabatos que yo apenas habría sido capaz de descifrar solo.

—Creí que no se permitía tomar notas —dije, sonriéndole de oreja a oreja.

—Tomar notas no se recomienda, amigo —me corrigió.

Eché un vistazo a la página. Podría descifrarlo. Conocía muy bien esa letra: las «t» apenas trazadas y las «r» retorcidas, todo diligentemente escrito en los confines de un papel pautado. Reflexioné un instante sobre lo que aquel valiente arriesgaba al reunirse conmigo y entregarme esa valiosísima información. ¿Por qué no había más personas como él en el mundo? Quizá las haya, sólo que no sabemos de la lucha que mantienen calladamente a miles de kilómetros de nosotros.

—Debo irme —me dijo lentamente la fuente sin levantar la mirada.

Extendí mecánicamente mi mano abierta en dirección de la fuente. Justo cuando iba a encajar su mano en la mía, me abalancé sobre él y le di un abrazo de oso.

—No le haré perder el tiempo dándole las gracias porque ningún agradecimiento será suficiente para compensar lo que ha hecho por nosotros.

La fuente levantó la mirada.

—Debo irme.

—Nos iremos igual que hemos entrado —dije—, con un intervalo de cinco minutos. Yo me iré primero.

—No se preocupe. He dejado mi coche en el parking subterráneo. Podemos bajar juntos en el ascensor.

La fuente se ajustó sus guantes de piel y apretó el botón del ascensor. La luz azul brilló a través de su superficie transparente. Pude oír el sonido sibilante del ascensor hidráulico acelerando desde las entrañas del edificio a seis pisos por segundo.

—¿Cuándo volveré a verle?

Sonó la campanilla y las puertas se abrieron. Di un paso adelante para entrar en el ascensor.

—¡Cuidado! —gritó la fuente, agarrándome con fuerza del brazo y tirándome hacia atrás.

Miré mecánicamente hacia el ascensor. Frente a mí se abría el sobrecogedor vacío del hueco del ascensor, doscientos metros de caída y muerte hubieran sido mi destino si la fuente no me hubiera apartado del abismo. Me estremecí. Un escalofrío subió por mi columna vertebral.

—El suelo —murmuré — ¿dónde está el suelo?

—¡Tenemos que salir de aquí ahora mismo! —dijo la fuente—. Alguien ha manipulado el sistema. ¡Le esperaban! Escuche. No tome el ascensor. No es seguro. Baje por las escaleras y llame a la Policía. Cuando lleguen aquí, aprovecharé el momento y bajaré en ascensor hasta el garaje. ¡Rápido! ¡Vaya ahora mismo!

Bajé los escalones de dos en dos agarrándome a la barandilla y aprovechando la inercia para girar más rápidamente. Mi corazón latía alocadamente, como consecuencia de haber estado al borde de la muerte y de tratar de descender doscientos metros lo más rápido posible. En uno de los pisos bajos pude oír la trabada voz de un guardia de seguridad inmigrante que subía las escaleras hacia mí.

—... er, ... ter, ... señor, ¿está usted bien? ¿Qué ha sucedido? Me han llamado en el intercomunicador del segundo piso... alguien ha hecho que el ascensor se detenga manualmente... sólo se puede hacer en una emergencia...

Le agarré por el brazo.

—Por favor, llame a la Policía lo más rápido que pueda —le dije.

El hombre sacó su walkie talkie y pude oír que alguien le contestaba. Seguí corriendo. Cinco, cuatro, tres, dos, uno... llegué al suelo. Abrí las pesadas puertas de metal que conducían al vestíbulo principal del edificio. Afuera ya había aparcados dos coches de policía y se comenzaban a reunir los primeros curiosos al otro lado de las puertas giratorias.

—¿Es usted el hombre que se ha quedado atascado en el ascensor? —preguntó el oficial de policía de Toronto apuntándome con el índice y el corazón.

—No exactamente —murmuré, sacudiendo la cabeza con incredulidad—. He estado a punto de entrar en un ascensor al que le faltaba una parte, es decir, el suelo.

El policía dejó escapar una exclamación. Su compañero, bajo, de rasgos marcados, bigote recortado y muñeca peluda se interesó:

—Sabe, hijo, tiene mucha suerte de estar vivo. Sólo los ciegos sobreviven a estas situaciones. Un ciego jamás entraría en un ascensor sin asegurarse primero de que el suelo está allí. Nosotros, sin embargo, damos siempre por supuesto que lo está. Por eso es un milagro que haya sobrevivido. Cuando la mafia quiere cargarse a alguien, éste es uno de sus métodos favoritos.

Era el 1 de junio de 1996. Estaba a punto de cumplir treinta años. Era demasiado joven para morir. Le di al agente, que me miraba incrédulo de vez en cuando, todos los detalles. El guardia de seguridad me preguntó otra vez si estaba bien. Varias personas en la acera recordaron haber visto a un hombre fornido de unos cuarenta años salir del edificio cinco minutos antes de que llegara la policía. Llegó una furgoneta de policía y dos agentes en motocicletas. El espectáculo había comenzado.

*   *   *

Sin duda, el Club Bilderberg es el foro a la sombra del poder más importante que existe, pero también la Comisión Trilateral, una entidad poco entendida, desempeña un papel fundamental en el esquema del Nuevo Orden Mundial y su voluntad de conquista global, como voy a explicar en este capítulo.

La Comisión Trilateral fue creada en 1973. Su fundador y principal impulsor fue el financiero internacional David Rockefeller, por largo tiempo presidente del Chase Manhattan Bank, institución controlada por la familia Rockefeller. El primer encuentro tuvo lugar en Tokio entre el 21 y el 23 de octubre de 1973. Sesenta y cinco personas pertenecían al grupo estadounidense. De ellos, 35 tenían relaciones entrecruzadas con el CFR.

Regreso al futuro

Durante el primer año y medio, la comisión produjo seis informes llamados «Informes del Triángulo». Estos informes se han convertido en el sello característico de la CT y han servido como directrices del desarrollo de sus planes y como antena para evaluar la opinión del público: dos de ellos en el encuentro de Tokio de octubre de 1973, tres en el encuentro de Bruselas en junio de 1974 y uno en el encuentro de Washington de diciembre de 1974. Gary Allen, en *El expediente Rockefeller*, publicado en 1975, escribió lo siguiente: «Si los "documentos del triángulo" son indicación de algo, podemos decir que existen cuatro ejes principales en el control de la economía mundial: el primero, en la dirección de crear un renovado sistema monetario mundial», algo ya conseguido: el Club Bilderberg, la TC y el CFR han creado tres bloques económicos regionales: la CE, la Unión de las Américas y la Unión Monetaria Asiática, que se está formalizando en la actualidad; «el segundo, en la dirección del saqueo de nuestros recursos para una ulterior radicalización de las naciones desposeídas», también conseguido: Rockefeller y compañía enviaron miles de millones en tecnología estadounidense a la URSS y a China como requisito del futuro Gobierno Mundial Único y su Monopolio; «el tercero, en la dirección de un comercio escalonado con los comunistas», conseguido: distensión con los chinos y los rusos, y «el cuarto, en la dirección de explotar la crisis energética para ejercer un mayor control internacional», conseguido: la crisis energética de 1973 y el subsiguiente temor a la escasez energética, los movimientos de defensa del medio ambiente y la guerra de Iraq.[1]

La Comisión Trilateral —exclusivamente dedicada a hacer realidad la visión del orden mundial de David Rockefeller, a conseguir la uniformidad ideológica del mundo y al compromiso con el internacionalismo liberal— está compuesta por las tres regiones claves a nivel comercial y estratégico del planeta: Norteamérica, Japón y Europa Occidental. Normalmente tiene alrededor de 325 miembros que trabajan durante un período de tres años. Holly Sklar afirma en *Trilateralism: The Trilateral Commission* y *Elite Planning for World Management* que «su propósito es dirigir la interdependencia global entre esas tres grandes regiones de manera que los ricos salvaguarden los intereses del capitalismo occidental en un mundo explosivo, probablemente desalentando el proteccionismo, el nacionalismo y cualquier respuesta que pudiese poner a la élite en contra de la élite. La presión económica será desviada hacia abajo, en vez de lateralmente».[2] Paul Volcker, miembro de la CT y ex presidente de la Reserva Federal lo dijo más claramente si cabe: «El nivel [de vida] del americano medio tiene que disminuir.» Volcker, por cierto, procede del propio Chase Manhattan Bank de Rockefeller.[3]

Rockefeller introdujo por primera vez la idea de la Comisión Trilateral en un encuentro del Club Bilderberg en Knokke, Bélgica, en la primavera de 1972, después de haber leído el libro *Between Two Ages*, escrito por el profesor Zbigniew Brzezinski de la Universidad de Columbia. El libro coincidía con la visión de Rockefeller de que «la gente, los gobiernos y las economías de todas las naciones deben servir a las necesidades de los bancos y las empresas multinacionales».

Dos meses más tarde, en julio de 1972, David Rockefeller, miembro del Club y presidente del CFR, prestó su famosa residencia de Pocantico Hills, en las afueras de Nueva York, como cuartel general de los primeros encuentros organizativos de la Comisión Trilateral. El propósito aparente de la CT desde su inicio fue «crear y mantener la asociación entre las clases dirigentes de Norteamérica, Europa Occidental y Japón», como se ve un propósito de índole trilateral, porque según los hombres doctos que dirigían la CT, «el público y los líderes de la mayor parte de los países continúan viviendo en un universo mental que ya no existe, un mundo de naciones separadas, y tienen [...] dificultades para pensar en [...] perspectivas globales...».

La Comisión Trilateral está compuesta por presidentes, embajadores, secretarios de Estado, inversores de Wall Street, banqueros internacionales, ejecutivos de fundaciones, miembros de *think tanks* (generadores de ideas), abogados de *lobbies* (grupos de intereses), líderes militares de la OTAN y del Pen-

152 LA VERDADERA HISTORIA DEL CLUB BILDERBERG

tágono, ricos industriales, dirigentes de sindicatos, magnates de los medios de comunicación, presidentes e importantes profesores de universidad, senadores y congresistas, así como emprendedores adinerados. Algunos de ellos en funciones, otros retirados. Holly Sklar añade que «la participación de representantes de los trabajadores ayuda a controlar el aislamiento popular y a reducir la distancia que separa a los miembros de la CT de las masas de gente ordinaria».[4] La diferencia entre el Club Bilderberg y la CT es que el Club, mucho más antiguo, se limita a los miembros de la OTAN, es decir, a Europa Occidental, Estados Unidos y Canadá. Ahora, con la ampliación de la UE y la OTAN, los ex representantes del pacto de Varsovia están siendo admitidos en el Club.

Es interesante reseñar como anécdota que en 1998, en la cena del 25 aniversario de la Comisión Trilateral, Henry Kissinger reveló cómo y quién la había creado: «En 1973, cuando era secretario de Estado, David Rockefeller vino un día a mi oficina a decirme que había pensado que yo necesitaba un poco de ayuda. Debo confesar que, en aquel momento, yo no lo veía tan claro. Así, propuso crear un grupo de americanos, europeos y japoneses que viesen el futuro con antelación. Y le pregunté "¿Y quién te va a dirigir ese asunto, David?" Rockefeller respondió, "Zbig Brzezinski". Sabía lo que quería decir. Había dado con algo importante. Cuando reflexioné sobre ello, vi que había una necesidad real.»[5]

Sin embargo, en sus memorias, Rockefeller no menciona los objetivos clave de la formación de la Comisión Trilateral —aparte del obvio, que tampoco Kissinger mencionó en su discurso: crear un nuevo cuerpo global que incluyese al CFR, debilitado por la división de sus miembros a causa de la guerra del Vietnam— tales como «tomar las riendas de la administración Nixon, que se había aprovechado de las divisiones del *establishment* para rechazar el programa internacionalista liberal, y finalmente, fomentar la unidad de los poderes industrializados como una alternativa temporal a las Naciones Unidas, crecientemente dominadas por los estados radicalizados del Tercer Mundo, de manera que juntos pudiesen conseguir su objetivo de "una política global y una estructura económica más integrada"».[6]

Rockefeller estaba muy disgustado con la Nueva Política Económica (NPE) que Nixon puso en marcha en 1971 y que iba encaminada a imponer la dirección gubernamental de los elementos más básicos del mercado a través del control de los precios y de los salarios y el incremento de los aranceles. La NPE congeló temporalmente, durante un período de 90 días, los salarios y los precios para controlar la inflación. La posición de Nixon se enfrentaba con la de Rockefeller, como subraya éste en sus propias memorias y como bien apunta John B. Judis en su revista, *The Wilson Quarterly*: «El gobierno debe permitir que los mercados tengan mucha más rienda suelta.»[7] Según afirman los autores Daniel Yergin y Joseph Stanislaw, en *The Commanding Heights*, el *establishment*, representado por la CT, el CFR y el Club Bilderberg, estaba indignado con que «los funcionarios del gobierno se pusiesen ahora a establecer los precios y los salarios».[8] Mientras tanto, el intento de Rockefeller de meter en vereda a un «errático» Nixon mediante un encuentro privado para discutir la «visión del comercio y la economía internacional», fue rechazado por el jefe de Gabinete de Nixon, H. R. Haldeman. Joan Hoff, en *Nixon Reconsidered*, explica que después de que finalmente consiguiese ese encuentro con el presidente, la postura de Rockefeller fue rechazada por uno de los funcionarios del gobierno por «no ser especialmente innovadora».[9] Esto debió ser la humillación definitiva y la gota que colmó el vaso. Nixon y su heterogéneo equipo ya estaban de patitas en la calle. La mayor parte de la NPE fue finalmente abolida en abril de 1974, después de 17 meses de vida. Cuatro meses más tarde Nixon dimitiría de su cargo.

Comisión Trilateral, una organización particularmente sofisticada

«¿Cómo se explica la sutil interdependencia que mantiene el Norte industrial con el Tercer Mundo?», pregunta Holly Sklar.[10] En 1991, el economista Doug Henwood, colaborador de la importante publicación estadounidense *The Nation*, dijo en el *Left Business Observer*, un boletín informativo fundado por él en 1986: «Cada miembro de la tríada ha reunido bajo su seno a un puñado de países pobres que le proporciona mano de obra barata, asentamientos y minas para explotar: Estados Unidos tiene a Latinoamérica; la CE, a África y a Europa del sur y del este; y Japón, al sudeste de Asia. En algunos pocos casos, dos miembros de tríadas diferentes comparten un país: Taiwan y Singapur están divididos entre Japón y Estados Unidos; Argentina, entre Estados Unidos y la Comunidad Europea; Malasia, entre la Comunidad Europea y Japón; y la India, entre los tres...»

Will Banyon añade, en el periódico de investigación australiano *Nexus*, que «la estrategia de Rockefeller también revela algo fundamental acerca de la riqueza y el poder: no importa cuánto dinero se tenga; el poder real de una gran fortuna no sale a la luz hasta que se emplea para secuestrar y controlar a las organizaciones o a la gente que produce las políticas y las ideas que guían a los gobiernos».[11]

David Rockefeller, presidente del Chase Manhattan Bank, escribió el 20 de agosto de 1980 una carta al editor del *New York Times* explicando que «la Comisión Trilateral es, en realidad, un grupo de ciudadanos responsables interesados en generar una más amplia comprensión y colaboración entre aliados internacionales».

El lector tendrá otra impresión, sin embargo, si lee las palabras del senador de los Estados Unidos, Barry Goldwater, sensiblemente menos eufemísticas. En su libro, *With No Apologies*, calificó a la Comisión Trilateral de «la última conspiración internacional de David Rockefeller», y añadió: «Su objetivo es consolidar, a nivel multinacional, los intereses comerciales y financieros de las grandes empresas a través del control de la política del Gobierno de los Estados Unidos.»

El senador Barry Goldwater añade: «David Rockefeller y Zbigniew Brzezinski encontraron en Jimmy Carter a su candidato ideal. Lo ayudaron en su designación y en su presidencia.» Efectivamente, la candidatura de Carter tenía sólo el 4 %

de apoyo del Partido Demócrata y, de la noche a la mañana, el de Georgia se convirtió en el candidato a la presidencia. «Para conseguirlo, movilizaron el dinero necesario tocando a la puerta de los banqueros de Wall Street, consiguieron la influencia intelectual de la comunidad académica (siempre dependiente de los fondos de las grandes fundaciones libres de impuestos) y dieron órdenes a los medios de comunicación miembros del CFR y la CT.»

La crónica de los hechos fue concretamente la siguiente: en 1973, Carter fue invitado a Tarrytown, en el estado de Nueva York, propiedad de David Rockefeller. Zbigniew Brzezinski, haciendo el papel de cazatalentos de Hollywood, ayudaba a Rockefeller a buscar perfiles con buena imagen pública para la Comisión Trilateral. El encanto sureño de Carter causó una impresión muy positiva en los dos «caballeros». Tanto Brzezinski como Rockefeller «estaban impresionados de que Carter hubiese abierto oficinas comerciales del estado de Georgia en Bruselas y Tokio. Esto parecía encajar perfectamente en el concepto de la Trilateral».[12] Jimmy Carter se convirtió así en miembro fundador de la Comisión Trilateral y, poco después, en el siguiente presidente de los Estados Unidos.

Como anécdota, cabe mencionar que los discursos de la campaña de Carter para las presidenciales de 1976 decían principalmente que «ha llegado el momento de reemplazar la política de equilibrio de poder con la política del Orden Mundial» y «buscar una sólida asociación entre EE. UU., Europa Occidental y Japón».[13] ¿Suena familiar, verdad?

El hecho de que Jimmy Carter fuese elegido presidente a dedo ilustra magníficamente el gran poder que posee el Club Bilderberg, la Comisión Trilateral y el CFR, desconocidos para la mayor parte del mundo. Estos grupos de poder, supersecretos y estrechamente vinculados, pueden colocar o defenestrar a cualquier presidente o candidato a la presidencia. No sorprende, pues, que cada uno de los presidentes y candidatos a la presidencia «pertenezcan» a las sociedades secretas que los promocionan. Ellos construyeron la figura de Jimmy Carter (de la misma forma que hicieron a Ford, Mitterrand, Felipe González, Clinton, Karzai, etcétera) y abortaron las pretensiones de llegar a la presidencia del senador Barry Goldwater, un confeso detractor de la globalización, de la misma forma que arremetieron contra Margaret Thatcher. Tanto John Kerry como George W. Bush pertenecen a la misma combinación de asociaciones: el CFR y el Club Bilderberg. Realmente no importa quién gane. El verdadero poder siempre sigue estando en manos de los globalizadores, a los que les guía una sola misión llamada Gobierno Único Mundial.

No debería sorprendernos, a la luz de toda la evidencia que hemos mostrado hasta el momento en este libro, que desde su fundación esa tríada globalizadora llamada Comisión Trilateral haya estado trabajando para ver el final de la soberanía de los Estados Unidos. La siguiente selección de citas de *Between Two Ages* muestra la cercanía del pensamiento de Brzezinski a la del fundador del CFR, el marxista Edward Mandell House.

En la página 72, Brzezinski escribe: «El marxismo es simultáneamente una victoria del hombre activo sobre el hombre pasivo, de la razón sobre la creencia.» En la página 83 afirma: «El marxismo, diseminado a nivel popular en forma de comunismo, representa el mayor avance en la habilidad del hombre para conceptualizar su relación con el mundo.» Y en la página 123 encontramos: «El marxismo proporciona la mejor comprensión de la realidad contemporánea.»

En la primera parte de su libro, *The Insiders: 1979-The Carter years*, John McManus de The John Birch Society (una organización dedicada a restaurar y preservar la libertad que propugna la constitución de los Estados Unidos) escribe: «En ningún lugar dice el señor Brzezinski a sus lectores que el marxismo "en forma de comunismo", el cual él elogia, ha sido responsable del asesinato de aproximadamente 100 millones de seres humanos durante el siglo XX, de la esclavitud de mil millones más y de la necesidad, privación y desesperación de todos sus ciudadanos, a excepción de unos pocos criminales que dirigieron las naciones comunistas.»[14]

La completa convergencia entre los planes de la Comisión Trilateral y la administración del presidente Carter para poner fin a la soberanía de Estados Unidos queda todavía más clara en el siguiente conjunto de citas incriminatorio.

En la página 260 del libro de Brzezinski, su autor propone: «La dirección deliberada del futuro de los Estados Unidos [...] con el [...] planificador como legislador y manipulador social clave.» Es decir, el monopolio y el control de masas, las prácticas habituales de la familia Rockefeller. John D. Rockefeller, el padre de David, odiaba la competencia. Enseñó que la única competencia que valía la pena tener era aquella en la que tú controlas las dos partes de la ecuación. De ahí el amor de John y David por el monopolio globalizador como, por ejemplo, los planes de Rockefeller de que la CT uniese a los bloques económicos de la Comunidad Europea, el norte y el sur de América y Asia bajo el paraguas de un gobierno mundial controlado por Rockefeller y compañía.

Finalmente, en la antepenúltima página del libro, Brzezinski nos dice lo que significa todo. El objetivo de la Comisión Trilateral (los objetivos de Rockefeller) son «conseguir el Gobierno Mundial».

Así que, mientras muchos biógrafos, a través de cambios, alteraciones, medias verdades y mentiras completas han hablado de la fabulosa riqueza de la familia Rockefeller y de su prácticamente ilimitado poder económico y político, que según la propaganda oficial se emplea en alimentar a los hambrientos de los países del Tercer Mundo, en educar a los pobres a través de una miríada de benevolentes fundaciones y sociedades, y en la construcción de la infraestructura de las naciones subdesarrolladas y devastadas a causa de las guerras, muy pocos autores han dado con el aspecto más destacable de la familia: su resuelta intención de destruir a los Estados Unidos y, al tiempo, reconstruir el poder de los soviets (si le parece increíble siga leyendo) como país independiente, como explica Eustace Mullins, en su sorprendente trabajo *Murder By Injection: The Medical Conspiracy Against America*, que sucede a través de su «plan de fomento del monopolio, con el establecimiento de fundaciones para ganar poder sobre los ciudadanos americanos»[15] y finalmente la subyugación de todo el mundo al poder de la dictadura mundial uniendo al mundo bajo el estandarte de un Gobierno Mundial.

De hecho, aunque los paralelismos entre los Rockefeller y los soviets hace mucho que han sido suprimidos, el secreto más grande de todos, que la financiación de la revolución bolchevique procedió de los supercapitales estadounidenses, sigue enterrado porque la familia Rockefeller, a través de sus organizaciones, la CRF, la CT y el Club Bilderberg, etcétera, poseen los principales medios de comunicación y empresas editoriales de Estados Unidos. El doctor Anthony Sutton, en *Wall Street and the Bolshevik Revolution*, explica: «No se ha escrito prácticamente nada acerca de la estrecha relación que tuvieron, en el siglo pasado, los Rockefeller con sus supuestos archienemigos, los comunistas. Ha existido una alianza continua, aunque escondida, entre los capitalistas y los revolucionarios socialistas por su mutuo beneficio.»[16] Sutton lleva a cabo un trabajo muy destacable documentando la insidiosa traición de la élite estadounidense de los archimillonarios, entre los que se encontraban John D. Rockefeller y los banqueros de Wall Street, al financiar la Revolución y al Gobierno más brutal de todos los tiempos. Si alguna vez se ha preguntado por qué los más ricos desearon tener relaciones con el comunismo, aquí está la respuesta que buscaban. Gary Allen, en *El expediente Rockefeller*, se hace eco de los descubrimientos y sentimientos de Sutton, quien afirma: «Y lo más sorprendente es la cantidad de pruebas públicas que ya existe al respecto.»

¿Por qué multimillonarios como los Rockefeller financian y colaboran con unos comunistas y marxistas que han jurado públicamente acabar con ellos?, se pregunta el periodista de investigación Gary Allen en su ya citado libro. Las ventajas de los comunistas son obvias. Pero, ¿qué beneficio sacaría Occidente, el adalid del capitalismo y de la libertad, de todo eso?

La palabra mágica es monopolio, «un monopolio que lo abarca todo, no sólo el control del gobierno, el sistema monetario y todas las propiedades, sino también un monopolio que, como las empresas que emula, se autoperpetúa y es eterno».[17]

Gary Allen sigue hablando de la existencia «de evidentes

influencias» detrás de los comunistas cuando dice: «Mientras que el objetivo de J. P. Morgan era el monopolio y el control de la industria, a finales del siglo XIX, J. D. Rockefeller, el alma mater de Wall Street, entendió que la mejor manera de conseguir un monopolio inamovible era por la vía geopolítica; hacer que la sociedad trabajase en favor de los monopolistas con la excusa del interés público.»

Frederick C. Howe explica en *Confessions of a Monopolist* (1906) cómo funciona la estrategia en la práctica: «Éstas son las reglas de los grandes negocios: consigue un monopolio y haz que la sociedad trabaje para ti. En tanto creamos que los revolucionarios y los capitalistas internacionales están a la greña, dejaremos de ver un punto crucial [...] la asociación entre el capitalismo monopolista internacional y el socialismo revolucionario para su mutuo beneficio.»

El plan Marburg

El plan Marburg —el diabólico plan de la banca para controlar entre bastidores el socialismo internacional—, desarrollado a principios del siglo XX, fue financiado por Andrew Carnegie, de la Fundación Carnegie, hoy bajo control del Club Bilderberg. Estos financieros internacionales, apolíticos y amorales, según explica el doctor Anthony Sutton in *Wall Street and the Bolshevik Revolution*, «buscaban mercados que pudiesen explotar monopolísticamente sin miedo a la competencia».[18] Sutton no deja piedra por remover cuando afirma que en 1917 los banqueros pusieron su mirada sobre Rusia, su «mercado cautivo de elección».

El objetivo del plan, escribe Jennings C. Wise en *Woodrow Wilson: Disciple of Revolution*, era unificar a los «financieros y socialistas internacionales en un movimiento que diese lugar a la formación de una liga [la Liga de las Naciones, la precursora de la ONU] para reforzar la paz [...] y controlar las organizaciones gubernamentales [y así] hallar un remedio para todas las enfermedades políticas de la humanidad».[19] Esto coincide

con las palabras de Zbigniew Brzezinski: «La dirección deliberada del futuro de los Estados Unidos [...] con el [...] planificador como legislador y manipulador social clave.» ¿Cuántos
millones murieron en el proceso? La palabra clave es monopolio. Piense sencillamente en la antigua Unión Soviética, donde
el estado lo controlaba y supervisaba todo. Como planificadores sociales, los soviéticos apenas tenían problemas laborales, ya
que la legislación social estaba controlada por el estado central.
Eso es exactamente lo que Rockefeller, y por extensión su
perrito faldero Brzezinski, ansían.

No hace falta decir que, para «garantizar la paz» se necesita el prerrequisito de la guerra. (Ahora ya sabe por qué los globalizadores necesitaban de la Revolución Rusa.) Como explica
el doctor Sutton, «Rusia era entonces, y es ahora, el mercado
sin explotar más grande del mundo. Rusia, entonces y ahora,
constituía la amenaza potencial más importante para la prima-
cía industrial y financiera estadounidense. Wall Street debe de
tener escalofríos cuando ve a Rusia como segundo gigante
industrial mundial. Pero, ¿por qué permitir que Rusia se convierta en un competidor y ponga en peligro la supremacía
estadounidense? A finales del siglo XIX, Morgan/Rockefeller y
Guggenheim ya habían demostrado su querencia por el mono-
polismo. En *Railroads and Regulation 1877-1916*, Gabriel
Kolko demostró que eran los propietarios del ferrocarril, y no
los granjeros, quienes querían que el estado controlase el ferrocarril con la intención de preservar su monopolio y acabar con
la competencia. Así que la explicación más simple con nuestros
datos es que todo fue obra de un sindicato de financieros de
Wall Street, que decidieron ampliar sus ambiciones monopolistas a escala global. El gigantesco mercado ruso tenía que
convertirse en un mercado cautivo y una colonia a explotar por
unos pocos financieros estadounidenses y las empresas bajo su
control. Lo que no podían conseguir la Comisión Interestatal
del Comercio y la Comisión Federal del Comercio en Estados
Unidos, podía obtenerlo un gobierno socialista en el extranjero, con el apoyo y los incentivos de Wall Street y Washington
D.C».

En primer plano, Richard N. Haass, presidente del Council on Foreign Relations; en segundo plano, Franco Bernabé, consejero delegado de Rothschild Europa y representante de la familia más poderosa del mundo; a su izquierda, Henri Kravis, billonario inversor americano de KKR & Co.; al fondo, con un vaso en la mano, Richard C. Holbrooke, «padre» del plan Dayton de paz en Bosnia.

Étienne Davignon, presidente del Club Bilderberg y propietario de casi todos los bancos y empresas eléctricas de Bélgica, con Paul Wolfowitz, el nuevo presidente del Banco Mundial.

John Edwards en Stresa 2004, donde fue «designado» candidato a la vicepresidencia del partido Demócrata, con el senador Jon S. Corzine, presidente del consejo de administración de Goldman Sachs

Marie-Josée Kravis (a la izquierda), esposa del billonario Henry Kravis y directora del Instituto Hudson, entidad encargada de moldear cómo los estadounidenses reaccionan a los eventos políticos y sociales; Donald E. Graham, consejero delegado del *Washington Post,* e Indra K. Nooyi, presidenta de Pepsi-Cola.

Henry Kissinger, lacayo de David Rockefeller y uno de los principales impulsores del Nuevo Orden Mundial.

El ex comisario europeo de la Competencia Mario Monti.

Jurgen E. Schrempp, consejero delegado de DaimlerChrysler, recibido por la organizadora de las conferencias Bilderberg, Marion Strubel, en Stresa 2004.

El príncipe Felipe de Bélgica. El Grupo Bilderberg incluye a todas las casas reales de Europa.

La reina Beatriz de Holanda, la mujer fuerte del Bilderberg e hija de su fundador, el príncipe Bernardo.

David Rockefeller con su guardaespaldas. Él es el auténtico dinosaurio del Bilderberg, uno de sus fundadores y el más voraz globalista del mundo.

Schrempp y el canciller alemán Gerhard Schröder a su llegada al lujoso hotel donde tuvo lugar la reunión de 2005.

Descansando entre actos. Varios bilderbergers toman el aire: a la izquierda, António Guterres, ex primer ministro portugués, presidente de la Internacional Socialista y alto comisario de las Naciones Unidas para los Refugiados; a su izquierda, Jaap G. de Hoop Scheffer, secretario general de la OTAN; de espaldas, el príncipe Felipe de Bélgica; a la derecha, Jeroen van der Veer, consejero delegado de Royal Dutch Shell, habla con Peter D. Sutherland (a la derecha de la foto), consejero de BP y de Goldman Sachs.

Los medios de comunicación asisten a la reunión bajo la promesa solemne de no revelar jamás sus contenidos. De izquierda a derecha: Adrian Wooldridge, de *The Economist;* Robert Kagan, de la Fundación Carnegie para la Paz Internacional; Richard N. Haass, presidente del Council on Foreign Relations, y Martin H. Wolf, del *Financial Times.*

Hotel Dorint Sofitel Seehotel Überfahrt, en Rottach-Egern, uno de los pueblos más ricos del mundo, donde se celebró la reunión del Club Bilderberg del año 2005. Con una población de 6.000 habitantes, esta localidad cuenta con 12 billonarios.

5 de mayo de 2005, primer día de la reunión. Los Mercedes negros descargan a los invitados. Las medidas de seguridad son extremas. La policía nacional alemana vigila el recinto.

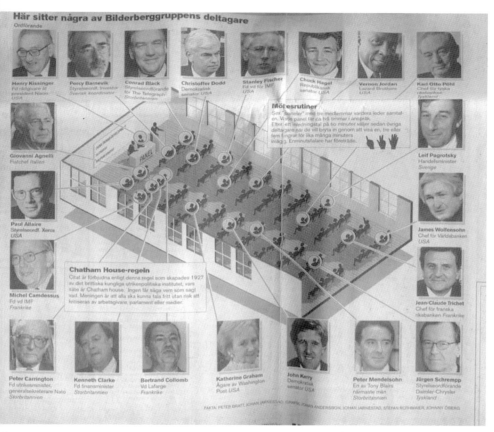

Här sitter några av Bilderberggruppens deltagare

Ordförande

Henry Kissinger
Fd rådgivare åt
president Nixon
USA

Percy Barnevik
Styrelseordf. svenska
Svensk ävenföretag

Conrad Black
Styrelseordförande
för The Telegraph
Storbritannien

Christoffer Dodd
Demokratisk
senator USA

Stanley Fischer
Fd vd för IMF
USA

Chuck Hagel
Republikansk
senator USA

Vernon Jordan
Lazard Brothers
USA

Karl Otto Pöhl
Chef för tyska
riksbanken
Tyskland

Giovanni Agnelli
Fiatchef Italien

Mötesrutiner
Sex "paneler" med tre medlemmar vardera leder samtal-
en. Varje panel tar ca två timmar i anspråk.
Efter ett inledningstal på tio minuter väljer sedan övriga
deltagare,ñar de vill bryta in, genom att visa en, tre eller
fem fingrar för lika många minuters
inlägg. Enminutstalare har företräde.

Leif Pagrotsky
Handelsminister
Sverige

Paul Allaire
Styrelseordf. Xerox
USA

James Wolfensohn
Chef för Världsbanken
USA

Chatham House-regeln
Citat är förbjudna enligt denna regel som skapades 1927
av det brittiska kungliga utrikespolitiska institutet, vars
säte är Chatham house. Ingen får säga vem som sagt
vad. Meningen är att alla ska kunna tala fritt utan risk att
kritiseras av arbetsgivare, parlament eller medier.

Michel Camdessus
Fd vd IMF
Frankrike

Jean-Claude Trichet
Chef för franska
riksbanken Frankrike

Peter Carrington
Fd utrikesminister,
generalsekreterare Nato
Storbritannien

Kenneth Clarke
Fd finansminister
Storbritannien

Bertrand Collomb
Vd Lafarge
Frankrike

Katherine Graham
Ägare av Washington
Post USA

John Kerry
Demokratisk
senator USA

Peter Mendelsohn
En av Tony Blairs
närmaste män
Storbritannien

Jürgen Schrempp
Styrelseordförande
Daimler-Chrysler
Tyskland

FAKTA: PETER BRATT, JOHAN JARNESTAD. GRAFIK: JONAS ANDERSSON, JOHAN JARNESTAD, STEFAN ROTHMAIER, JOHNNY ÖBERG

squema publicado en un periódico sueco donde se muestran las fotos de algunos de los asistentes y su
bicación en la sala en la reunión de 2001 en Göteborg, Suecia. Entre los asistentes podemos ver a
ohn Kerry, candidato demócrata a la presidencia en 2004. Los bilderbergers controlan a todos los
andidatos de los partidos. De esta manera siempre tienen la garantía de ganar.

MINISTERE DE L'INTERIEUR
DE LA SECURITE INTERIEURE ET DES LIBERTES LOCALES

DIRECTION GÉNÉRALE
DE LA POLICE NATIONALE

SERVICE DE PROTECTION
DES HAUTES PERSONNALITES

SECRETARIAT DE DIRECTION
☎ 44718

SPHP 2003/N°884

PARIS, le 15 mai 2003

L'Inspecteur Général,
Chef du Service de Protection
des hautes Personnalités

à

Monsieur le Directeur Général
de la Police Nationale

O B J E T : Conférence de BILDELBERG au Trianon Palace de Versailles.

Du 15 au 18 Mai 2003, se tiendra la Conférence informelle annuelle regroupant à titre privé des hommes d'affaires et des personnalités politiques, européens et américains.

Le Service de Protection des Hautes Personnalités n'a pas été saisi au préalable pour assurer le déroulement de cette manifestation. Toutefois, des personnalités de haut rang y participant, la protection de certaines d'entre elles qui le souhaitaient a été organisée par le S.P.H.P. en accord avec le Préfet de Versailles selon le dispositif suivant :

Le S.P.H.P. assurera la protection rapprochée des Reines d'Espagne, et des Pays-Bas, du Premier ministre Danois et du Ministre de l'Intérieur Allemand, M. Schilly (saisine confirmée par le Chef de Cabinet de Monsieur le Ministre de l'Intérieur).

Par ailleurs, une escorte moto de la C.R.S. n°1 sera fournie ponctuellement en fonction des besoins au profit d'autres personnalités notamment de nationalité américaine, qui n'ont pas souhaité d'autre dispositif d'accompagnement.

Le Chef de mission en charge de la coordination des équipes de protection et des escortes motos C.R.S. n°1 sera le Lieutenant MARTIN. Les dispositions ont été portées à la connaissance de Madame la Directrice de Cabinet du Préfet des Yvelines à laquelle cet officier rendra compte du déroulement de cette conférence « Privée ».

Le Contrôleur Général Patrick BARDEY
Adjoint au Chef du Service de Protection
des Hautes Personnalités

Ashley JONES

Documento secreto escrito por la división especial de la policía francesa encargada de la protección de los vip, en relación con la reunión Bilderberg de Versalles en 2003. Estaban molestos porque los bilderbergers no les habían informado de la reunión, lo que significa que toda protección oficial fue encargada por el Grupo a mercenarios.

BILDERBERG MEETINGS

SALTSJÖBADEN
CONFERENCE

11-13 May 1973

rtada de las actas donde se recogen los temas de debate de la reunión del Bilderberg de 1973 en ltsjöbaden, Suecia. En dicha reunión se decidió subir el precio del petróleo un 350 por ciento.

> An American speaker pointed out that one official US estimate of the future delivered price had been as high as $5 a barrel – which was now perhaps on the low side – but that certain cost factors would reduce the net return to the producing countries by around $1. Two other American participants reported that the author of the estimate just referred to – Mr. James Akins – had subsequently said that the $5 figure would prove to be too low, and might indeed range up to $10-12.50 a barrel.

tracto de las actas de la reunión del Bilderberg de 1973. En el texto se puede ver cómo los derbergers comentaron que el precio del barril del petróleo subiría de 3,50 dólares en junio de 1973 a tre 10 y 12 dólares. En diciembre de 1973, el barril subió milagrosamente a 11,65 dólares.

January 8, 1973

BILDERBERG MEETINGS

Names of Americans Proposed For Participation

In The Saltsjobaden Conference, May 10-13, 1973

(There will be room for 20 Americans at Saltsjobaden, not including the
authors of the papers and me. There are ten Steering Committee Members.
This makes only ten places free.)

The following individuals have been proposed by one person or another -
including in two cases themselves. In considering possible participants
we must remember the importance of having some younger people and some
women. It is also desirable to have one or two persons connected with
the press and one labor leader if possible.

U.S. Government - Executive Branch

Henry Kissinger (Alternate: Under Secretary of State Rush)
George Schultz (Alternate: Donald Rumsfeld; Ambassador Eberle)
James Akins (Energy Expert in White House and State Department)

U.S. Government - Congressional

Senator John Tower (Alternates: Senators Brook, Percy and Scott)
Senator Jackson (Alternates: Senators Mondale or Proxmire)
Congressman John Culver

Journalism	Others	
Donald Cook	Graham Allison	Richard Holbrooke
Osborn Elliott	Robert Anderson	Robert Hunter
Katherine Graham	Robert Bowie	General G. A. Lincoln
Andrew Heiskell	Harvey Brooks	Dean Robison of Bowdoin
Max Frankel	Zbig Brzezinski	College
Flora Lewis	William Bundy	Robert Schaetzel
Tom Wicker	Miriam Camps	Carroll Wilson.
	Patricia Harris	
	Stanley Hoffman	

Lista de los delegados estadounidenses propuestos para la reunión de 1973. En ella podemos ver los
nombres de Henry Kissinger y, como alternativa a George Schutlz, Donald Rumsfeld, actual
secretario de Defensa de Bush.

From: The Rt. Hon. Kenneth Clarke, QC, MP

HOUSE OF COMMONS
LONDON SW1A 0AA

24th March, 2003

Dear Mr. Martin,

Thank you very much for your recent letter. This year's
Bilderberg Meeting is being held at Versailles in France,
but I am afraid it is not open to the public. The whole
point of the meetings is that they are informal and
relaxed exchanges of views between politicians and
businessmen, who can talk to each other without being on
the record or reported publicly. Some of the people are
very well known and, if they were talking in public, they
would have to speak in the language of a press release,
which does inhibit the flow of argument.

Yours sincerely,

Mr. F. M. Martin,

Imverbervie,
Montrose,
SCOTLAND DD10 0PX

espuesta a la petición de información de un ciudadano en relación con la comparecencia de Kenneth
larke, miembro del Parlamento británico, en la reunión del Bilderberg en Versalles.

THE WHITE HOUSE
WASHINGTON

March 11, 1955.

MEMORANDUM FOR

GABRIEL HAUGE

I understand that next week Prince Bernhard
is having a meeting at Barbizon, continuing
his exploration looking toward improving
European and American relations.

If personally you can fit such a trip into
your schedule, I suggest you find the money (good)
and go to France.

D.D.E.

Memorando con la anotación DDE (Dwight David Eisenhower), presidente de EE. UU., en el que recomienda a Gabriel Hauge, ayudante del presidente en temas económicos, asistir a la reunión del Club Bilderberg. Los bilderbergers siempre han mantenido que los miembros asisten a sus reuniones como ciudadanos privados y no como miembros del Gobierno. Como tantas otras cosas, esta afirmación también es mentira.

Soestdijk Palace, December 1956

Dear Mr. Hauge

I have the honour to invite you to the next Bilderberg Conference which will take place on the 15th, 16th and 17th February 1957 at St. Simon's Island, Georgia, in the United States of America.

The object of this conference will be to study common and divergent elements in the policies of the Western World.

Prince of the Netherlands

R.S.V.P.: Dr. J. H. Retinger
27, The Vale, LONDON S. W. 3

Invitación del príncipe Bernardo a Gabriel Hauge para asistir a la reunión en la isla St. Simon. Copia adjunta a Joseph Retinger, uno de los fundadores del Grupo.

MEMORANDUM

TOP SECRET/SENSITIVE
EXCLUSIVELY EYES ONLY

MEMORANDUM FOR THE PRESIDENT

FROM: Henry A. Kissinger

SUBJECT: Contact with the Chinese

In response to an item on Communist Chinese activity in the
September 9 Daily Brief, you asked whether we should not try
again through our channel in Paris to contact the Chinese.

As suggested in your note, we do have an offer outstanding to the
Chinese. Attached is a copy of a message that we gave General
Walters on June 16, but which he has not yet delivered. (You,
of course, approved this message but we left it purposely
unsigned. Walters would not hand over the text, but rather would
read from it literally.) Several weeks ago he found an opportunity
to tell his Chinese contact that he had an important message from
our government to their government. The man said that he would
inform his government that we had a message, but Walters
received no response. This past Monday, September 7, Walters
again told his contact, at a Pakistani reception, that he had a
message. The man again said that he would tell his government.

We have also been trying since the beginning of the year to open
a channel through the Dutch, but I believe if we are to have any
success it will be through Paris.

I agree that it would be useful to establish contact with the Chinese
at this time. However, we have made clear signals, and I think
we have no choice but to wait and see if they are willing to respond.

Attachment

TOP SECRET/SENSITIVE
EXCLUSIVELY EYES ONLY

Memorando de Henry Kissinger dirigido al presidente Nixon. En él se habla de los intentos de abrir
canales de comunicación con los chinos. Esta propuesta de acercamiento se presentó por primera vez en
la reunión del Bilderberg sólo unos meses antes.

Campaña «Ponte chip» de Telefónica. Éste es el tipo de anuncio con el que los bilderbergers pretenden fomentar el implante de chips en la juventud.

La Revolución Rusa

Según un testimonio del Congreso de los Estados Unidos de octubre de 1919,[20] el apoyo financiero de John D. Rockefeller (a Lenin y Trotsky) provocó la (fracasada) Revolución Comunista de 1905. La biografía de Rockefeller omite un detalle «insignificante», esto es, la afirmación hecha en público por parte del banquero inversionista de la familia Rockefeller y presidente de la empresa de inversiones de Nueva York, Kuhn, Loeb & Co, el jesuita Jacob Schiff, también fundador de la Reserva Federal, de que sin su influencia financiera la revolución rusa nunca hubiese tenido éxito. Es decir, según los documentos del Congreso del doctor Sutton, en la primavera de 1917, Jacob Schiff empezó a financiar a Trotsky con el propósito de que prosperase la Revolución Socialista en Rusia. ¡La manera en que Sutton descubrió esos increíbles documentos es realmente sorprendente! Esos preciosos documentos se encontraron en un expediente más del Departamento de Estado de los Estados Unidos (861.00/5339). El documento más importante data del 13 de noviembre de 1918. Sin embargo, lo que es más increíble todavía es el hecho de que en privado Schiff estaba en contra del apoyo al Régimen Bolchevique, como se ha demostrado, y de nuevo, documentos reservados descubiertos por el doctor Sutton (como el Documento n.º 3) demuestran que Jacob Schiff, de Kuhn, Loeb y Company, también había financiado secretamente a los japoneses en su guerra contra Rusia.

Otro hecho omitido es que el emisario personal de John D. Rockefeller, George Kennan, pasó veinte años promocionando la actividad revolucionaria contra el zar de Rusia según el libro *Rape of the Constitution; Death of Freedom* de Gyeorgos C. Hatonn. ¿Quién financió a Kennan y por qué? ¿A qué coste? Aparte del deseo de crear un monopolio globalizador, ¿tenía John D. Rockefeller alguna razón personal para desear la caída del zar y apoyar la revolución? Después de todo, Rockefeller no era ningún adolescente idealista.

La respuesta sigue hoy tan de actualidad como hace cien

años: ¡por el petróleo! Antes de la Revolución Bolchevique, Rusia sucedió a Estados Unidos como mayor productor de petróleo del mundo.[21] En 1900, los campos de aceite de Bakú en Rusia producían más petróleo crudo que todo Estados Unidos y en 1902 más de la mitad de las extracciones mundiales eran rusas.

El caos y la destrucción de la revolución destruyeron la industria petrolífera rusa. En su libro, *Wall Street and the Bolshevik Revolution*, el doctor Sutton escribe: «Hacia 1922 la mitad de los pozos estaban parados»[22] y la otra mitad apenas funcionaba debido a la falta de tecnología para hacerlos productivos.

La otra razón, que tampoco se menciona en la biografía de Rockefeller, es la competencia. Como afirma Gary Allen, «la revolución eliminó durante varios años la competencia rusa de Standard Oil en los que la empresa americana pudo mover ficha y hacerse con parte del negocio del petróleo ruso».[23]

Moviendo las piezas del tablero

Cuando la revolución de 1905 fracasó, los banqueros reaccionaron. En su libro, *Rape of the Constitution; Death of Freedom*, Gyeorgos C. Hatonn explica cómo «Lenin fue "almacenado" en Suiza hasta 1907 [fuera de peligro]. Trotsky fue llevado a Estados Unidos, donde vivió sin pagar alquiler en una propiedad de la Standard Oil en Bayonne, Nueva Jersey».[24] Como anécdota, el doctor Anthony Sutton explica en *Wall Street and the Bolshevik Revolution* que Leon Trotsky visitó España después de ser expulsado de Francia, en septiembre de 1916, por escribir artículos «incendiarios» en un periódico parisino escrito en ruso. Fue, según Sutton, «escoltado educadamente hasta la frontera española». Algunos días después, la policía de Madrid lo detuvo para internarlo en una «celda de primera clase» a un precio de una peseta y media al día. Después, Trotsky fue trasladado a Cádiz y después a Barcelona, «donde finalmente subió a bordo del *Montserrat*, un vapor de la Compañía Trasatlántica Española. Trotsky y su familia cruzaron el Atlántico y desembarcaron en Nueva York el 13 de enero de 1917.

Cuando el zar abdicó en 1916, Trotsky —con diez mil dólares de Rockefeller para gastos de viaje— fue conducido al Kristianiafjord (dejó Nueva York el 26 de marzo de 1917) con trescientos revolucionarios comunistas de Nueva York. ¿De dónde sacó Trotsky su pasaporte? ¿Quién se lo pagó? ¿Quién le arregló el trámite y por qué? Fue el mismo Rockefeller quien consiguió un pasaporte especial para Trotsky a través de Woodrow Wilson, el presidente de los Estados Unidos, y envió a Lincoln Steffens, un comunista estadounidense al servicio de Rockefeller, «con él para asegurarse de que volvía sano y salvo a Rusia».[25]

Según archivos desclasificados del Gobierno canadiense, el 13 de abril de 1917, cuando el barco se detuvo en Halifax, funcionarios del Servicio Secreto canadiense y personal de la marina británica se llevaron inmediatamente a Trotsky (bajo instrucciones oficiales recibidas por cablegrama de Londres el 29 de marzo de 1917) para confinarlo en Amherst, Nueva Escocia, como prisionero de guerra alemán. El cablegrama advertía de la presencia de Trotsky en «*Kristianiafjord* [diciendo que debería ser] retenido a la espera de más instrucciones, [ya que] esos socialistas rusos viajan con el propósito de empezar una revolución en contra del actual gobierno ruso, en razón de lo cual, Trotsky lleva consigo 10.000 dólares donados por los socialistas».

Pero ¿por qué fue detenido? «Porque el servicio secreto había sido informado de que Trotsky iba a sacar a Rusia de la guerra, liberando así a los ejércitos alemanes para atacar a las tropas (...) del frente occidental», matiza Eustace Mullins.[26]

Lo que sucedió después, se asemeja al clima político actual en el erróneamente llamado «Canadá Libre». Como en el Canadá de hoy —la influencia de los Rockefeller está tras los movimientos separatistas de Quebec— los políticos de entonces estaban bajo la influencia de la familia Rockefeller.

Gyeorgos C. Hatonn en el ya citado libro *Rape of the Cons-*

titution; Death of Freedom explica: «El primer ministro Lloyd George envió órdenes urgentes por cable desde Londres al Servicio Secreto canadiense para que liberasen inmediatamente a Trotsky, pero aquél hizo caso omiso. Trotsky fue finalmente liberado gracias a la intervención de uno de los títeres más fieles a Rockefeller, el ministro canadiense Mackenzie King, un antiguo "especialista en laborismo" de los Rockefeller. King obtuvo personalmente la liberación de Trotsky y lo destacó como emisario de los Rockefeller con la misión de ganar la Revolución Bolchevique. Por lo tanto, el doctor Armand Hammer, que proclamaba en voz alta su influencia en Rusia como amigo de Lenin, jugó un papel insignificante en comparación con el respaldo que le dio Rockefeller al comunismo mundial.»

¿Por qué apoyó el implacable John D. Rockefeller a Trotsky? Porque Trotsky, el revolucionario bolchevique, como John D. y el resto de su familia abogaba por la «revolución y la dictadura mundial, por su uniformidad ideológica y su compromiso con el internacionalismo liberal. Los bolcheviques y los banqueros, entonces, tienen algo en común: el internacionalismo», explica una y otra vez Anthony Sutton. Tanto Allen como el doctor Sutton llegan a la misma conclusión: la revolución y las finanzas internacionales tienen los mismos objetivos comunes: la erradicación de los poderes descentralizados, mucho más difíciles de controlar, y el establecimiento de un Gobierno Mundial Único, un monopolio del poder que se perpetúe en el tiempo.

Gracias al heroico trabajo de las otras impresionantes obras del doctor Sutton, las pruebas de la implicación de los Rockefeller en la «organización, patrocinio y apoyo a la revolución bolchevique son tan innumerables y avasalladoras que simplemente no admiten discusión».[27]

Quizá, podría resumir el grado de crueldad con un ejemplo: «Para los Rockefeller el socialismo no es un sistema para redistribuir la riqueza (y mucho menos para redistribuir su propia riqueza), sino un sistema para controlar a la gente y a la competencia. El socialismo pone todo el poder en manos del gobierno. Y como los Rockefeller controlan los gobiernos, eso significa que ellos tienen el control. ¡El hecho de que usted no lo sepa, no significa que ellos no lo sepan!»[28]

Como curiosidad, Trotsky se casaría después con la hija de uno de los banqueros más ricos, Jivotovsky, quien también respaldó la Revolución Bolchevique.

Tecnología estadounidense en manos de los comunistas

En 1926, la Standard Oil de Nueva York, de Rockefeller, y su subsidiaria, la Vacuum Oil Company, a través del Chase National Bank,[29] «cerró un acuerdo para vender petróleo soviético en los países europeos».[30] En ese momento se informó de que John D. Rockefeller había hecho un préstamo a los bolcheviques de 75 millones de dólares, «parte del precio del acuerdo». Como resultado del trato, dice Allen, «en 1927, el socio secreto de Rusia, la Standard Oil de Nueva York, construyó una refinería de petróleo en Rusia». Por lo tanto, John D. Rockefeller, concluye el autor, el adalid del capitalismo, ayudó «a la recuperación de la economía bolchevique». El Gobierno de los Estados Unidos no reconoció oficialmente al Estado soviético hasta 1933. ¿Cómo es posible que ciudadanos privados, por muy ricos e influyentes que sean, hayan colaborado con el régimen soviético asesino cuando ello iba explícitamente en contra de la ley, según el Congreso de los Estados Unidos? Además, no sólo fueron ciudadanos privados los que colaboraron en la creación del monopolio soviético, sino que el mismo presidente Wilson aprobó tal colaboración. El doctor Sutton añade en su libro, «ésta fue la primera inversión de los Estados Unidos en Rusia desde la revolución».

Esto es lo que el congresista de los Estados Unidos Louis McFadden, presidente del Comité Bancario de la Cámara de Representantes, que se opuso valientemente a los manipuladores del sistema de la Reserva Federal en la década de 1920 y 1930, tenía que decir en un discurso a los congresistas el 10 de junio de 1932: «Abran los libros de Amtorg, la organización comercial del Gobierno soviético en Nueva York, los de Gostorg, la oficina general de la Organización del Comercio Soviético, y los del Banco Estatal de la URSS, y se sorprenderán de cuánto dinero americano ha salido del Tesoro de los Estados Unidos en beneficio de Rusia. Averigüen qué transacciones se han llevado a cabo entre el Banco Estatal de la URSS y el Chase Bank de Nueva York.» Como nota aparte cabe señalar que la persistente oposición de McFadden a la Reserva Federal, una entidad ilegal que controla el Tesoro de los Estados Unidos, le costó tres atentados. Finalmente, murió en condiciones todavía no aclaradas.

¿Cómo se sentiría si le dijesen que los Estados Unidos financiaron y ayudaron a construir el imponente poder de los soviets, el mismo estado comunista que asesinó a unos setenta millones de sus ciudadanos? ¿Y que el poder en la sombra responsable de ello era también la primera familia banquera de los Estados Unidos que representa los ideales de la sociedad capitalista? ¿Que los Estados Unidos transfirieron secretamente a Rusia la tecnología más sofisticada y cara del momento para así crear un enemigo visible para justificar los nuevos métodos de coerción y terror y ahora lo hacen con China, a expensas de sus propios compatriotas?

Tristemente, todo eso forma parte del gran diseño del Nuevo Orden Mundial. Para conseguir el Gobierno Mundial Único, controlado por los globalizadores, deben unirse diferentes naciones. Para que el público general acepte inicialmente los «beneficios» del Gobierno Mundial Único/CE, debe venderse la idea de que tal unión tiene ventajas y beneficios, como que el bloque de comercio libre no supondrá una pérdida de soberanía. El problema es que ya hoy hemos perdido nuestra soberanía. La CE ha invadido todos los aspectos de nuestra vida, atándonos a unos tratados desconocidos, unas leyes y unas regulaciones oscuras, muy difíciles de comprender. El Tratado de Maastricht es muy complejo y para entenderlo mínimamente debe leerse en conjunción con el Tratado de Amsterdam, el Tratado de Roma y la Ley Única Europea. ¿Es que los miembros de las Cortes han tenido el tiempo y los conocimientos necesarios para estudiarlos? ¿Cuántos saben realmente qué implican? Como ilustración sólo diré que en el debate parlamentario que hubo en Inglaterra acerca de los tratados mencionados (un paso que suponía nada menos que sustraer las libertades a los ciudadanos para transferirlas al organismo europeo), se les dio a los miembros del Parlamento británico un resumen de dos páginas de dichos tratados y se supone que debían tomar una decisión en base a ese único material.

¿Cómo se crea esa cacareada igualdad entre naciones y simultáneamente se convierte a los Estados Unidos en una provincia más del Nuevo Orden Mundial? En primer lugar, usando el dinero de los contribuyentes, el saber tecnológico y, tal como explica Gary Allen, «el equipamiento del que sólo uno dispone, para alimentar a la competencia, y al mismo tiempo usar todas las taimadas estrategias imaginables para debilitar y empobrecer a tu país»[31] y al tiempo que se fortalece al enemigo, se asusta a la población diciéndole que la cooperación es necesaria porque sin acuerdos bilaterales el enemigo nos atacará.

Ahora ya sabe por qué, desde la Revolución Rusa —que no fue un levantamiento espontáneo—[32] los defensores del Orden Mundial han defendido y llevado a cabo políticas dirigidas a incrementar el poder de la Unión Soviética. En esencia, la Comisión Trilateral de Rockefeller fue fundada para acelerar la consecución del objetivo globalizador.

El profesor Anthony Sutton, el mayor experto en el estudio de la contribución de la tecnología occidental a la creación del Estado Soviético, ofrece una evidencia irrefutable[33] de que la capacidad industrial y militar soviética plasmada en «camiones, aviones, petróleo, hierro, petroquímicas, aluminio, ordenadores y demás, fue construida a expensas de los contribuyentes americanos para beneficio de la Unión Soviética, el mismo país que había jurado destruir a los Estados Unidos. Todo con el propósito de fabricar un enemigo y crear la paridad que permitiría, eventualmente, la convergencia en un Superestado, conocido como Gobierno Mundial Único». Como dice Gary Allen, «nadie ha intentado siquiera refutar las fuertes palabras de ese estudioso llamado Sutton».[34]

En *Wall Street and the Bolshevik Revolution*, Sutton afirma: «La tecnología soviética no existía en realidad. El 90-95 % procedía directa o indirectamente de los Estados Unidos y sus aliados.» ¿Cuántos miles de millones se gasta los Estados Unidos para defenderse contra un enemigo fantasma, creado, alimentado y mantenido por ellos mismos? ¿Los costes justifican los medios? ¡Por supuesto que sí! Recuerde, la Gran Fusión será controlada por el mismo Grupo Bilderberg-CFR-CT que está orquestando entre bastidores los bloques regionales y las uniones monetarias «temporales».

«Aunque parezca extraño —reflexiona Sutton— parece que los Estados Unidos quieren que el enemigo siga siendo el enemigo.» Sin un enemigo visible y justificable, ninguna población, a pesar de la manipulación, cederá voluntariamente sus derechos y libertades individuales. Sutton ofrece miles de pruebas documentales de sus hallazgos. Por ejemplo, la Marina Mercante Soviética, en el momento de escribir su libro, era la más grande del mundo, con unos 6.000 barcos. Anthony Sutton declaró en 1972 ante un subcomité del Partido Republicano para decir: «Unos dos tercios fueron enteramente construidos fuera de la Unión Soviética y cuatro de cada cinco motores de esos barcos fueron construidos también fuera del país.»[35]

Y continúa Sutton, «todos los automóviles, camiones, [armas, tanques, aviones] y tecnología soviética procede de Occidente. La organización Gorki, construida por las empresas Ford y Austin, produjo la mayor parte de los camiones utilizados para llevar el armamento suministrado por los soviéticos a Ho Chi Minh. Las empresas de automóviles también pueden utilizarse para construir tanques. La misma organización Gorki, bajo el disfraz de un "comercio pacífico", produjo en 1964 el primer sistema antitanque guiado. Los soviéticos tienen la planta de hierro y acero más grande del mundo. Fue construida por la Corporación McKee. Es una copia de una fábrica de acero de Indiana, en Estados Unidos».[36]

Sutton sostiene que el gobierno de los Estados Unidos es responsable directo del asesinato de 100.000 soldados estadounidenses muertos por medio de tecnología americana, como afirma de manera tajante: «La única respuesta de Washington y la Administración [de Estados Unidos] es esforzarse por esconder el escándalo.»[37]

Nada de lo que digo tiene sentido si creemos las mentiras propagadas por el poder acerca de los «malvados» comunistas. A no ser, por supuesto, que el comunismo sea un señuelo necesario, la herramienta de una conspiración mucho más grande para dejar el mundo en manos de multimillonarios ávidos de poder, entonces todo aparece como perfectamente lógico.[38]

Rockefeller, sin embargo, no es en absoluto un poder independiente. Como explica Eustace Mullins en *Murder by Injection: The Medical Conspiracy against America*, «los Rockefeller operan bajo esferas de influencia claramente definidas. Las organizaciones "caritativas", las empresas y los grupos de influencia política, trabajan siempre conjuntamente. Ningún departamento del Grupo toma iniciativas por sí mismo o formula una política independiente. No hay justificación para eso, porque todo funciona bajo el control de la estructura financiera mundial, lo que significa que, cualquier día, toda la abundancia de una persona u organización puede verse reducida a cero mediante una hábil manipulación financiera. Éste es el control final que asegura que nadie pueda salirse de la organización. No sólo se le retirarían todos sus recursos, sino que entraría inmediatamente en la lista de un asesino a sueldo».[39]

El congresista Larry McDonald, en su prólogo al libro *El expediente Rockefeller*, escribió: «Ésta es una exposición concisa y escalofriante, de la que ha sido seguramente la historia más importante de nuestro tiempo: la idea de los Rockefeller y sus aliados de crear un Gobierno Único Mundial que combine el supercapitalismo y el comunismo bajo un mismo techo, todo bajo su control [...] los Rockefeller y sus aliados llevan al menos cincuenta años siguiendo un cuidadoso plan para controlar Estados Unidos y el resto del mundo haciéndose con el poder político a través de su poder económico.» El 31 de agosto de 1983, McDonald murió en un «accidente» a bordo de un avión comercial de Korean Airlines 007 en espacio aéreo soviético.

Los miembros de la Comisión Trilateral de 2004

Cuando se fundó la Comisión Trilateral, la idea era que hubiese el mismo número de miembros en cada una de las tres regiones. Pero pronto ese número empezó a crecer y, hacia 1980, se impusieron unos límites. Estos límites han variado desde entonces a medida que han ido entrando nuevos países en cada uno de los grupos. El grupo europeo tiene ahora un límite de 150 miembros. El límite del grupo estadounidense es de 110 e incluye a 15 miembros canadienses, 10 miembros mexicanos y 85 miembros estadounidenses. En el año 2000, el grupo japonés de 85 miembros se amplió para formar el Grupo Asiático del Pacífico con 117 miembros: 75 de ellos de Japón, 11 de Corea, 7 de Australia y Nueva Zelanda y 15 de los cinco países de la Asociación de Países del Sudeste Asiático. El nuevo Grupo Asiático del Pacífico también incluye a algunos participantes de China, Hong Kong y Taiwan.

En la Comisión Trilateral de 2004 hay nada menos que ocho ex presidentes y dos ex directores de la CIA. Todos forman parte de las altas esferas de la élite política, económica y mediática (véase el Apéndice A para una lista completa de los miembros de la Comisión Trilateral).

Directores ejecutivos: 135.
Miembros del Congreso Americano y parlamentos europeos: 35.
Miembros de la Comisión Europea: 11.
Embajadores: 17.
Vicepresidentes: 7.
Presidentes de empresas: 14.
Ex presidentes europeos, estadounidenses y canadienses: 8.
Ministros y secretarios de administraciones europeas y estadounidenses: 51.

Ex directores de la CIA (Agencia Central de Inteligencia): 2.
Editores de revistas y periódicos líderes: 11.

Como nota final, 200 miembros de la Comisión Trilateral
tuvieron un encuentro de varios días de duración a finales de
marzo de 1993 en Washington, en el que discutieron y acor-
daron la creación de un Nuevo Ejército Mundial y la soberanía de las Naciones Unidas en las decisiones y políticas de
inmigración de los Estados individuales. Durante la noche del
28 de marzo, sus representantes cenaron con funcionarios
clave del Gobierno estadounidense y presentaron sus «recomendaciones». Al día siguiente, hicieron lo mismo en un de-
sayuno con Bill Clinton, según una información publicada por
la excelente página de Toronto, *New World Order Intelligence
Update*.[40] Este encuentro clave allanó el camino a la Cumbre
del Milenio de las Naciones Unidas que tuvo lugar en septiembre del año 2000 y que (sorprendentemente) apenas si
recibió la atención de los medios de comunicación.

Una de las propuestas más siniestras que se han hecho
jamás es la de establecer un ejército permanente de la ONU,
instalaciones para sus tropas y la creación de una Unidad de
Inteligencia completamente operativa. A pesar de que los
medios de comunicación de masas no se hicieron eco de ello,
según el artículo de Richard Greaves, «Who really runs the
world?», la propuesta demandaba suficiente capacidad militar
«para derribar cualquier Gobierno nacional que no tratase a su
pueblo en conformidad con los criterios de la ONU sobre
Derechos Humanos y Justicia Social».

«Derechos Humanos» y «Justicia Social» son las palabras
en clave que los globalizadores usan para referirse al recorte de
libertades individuales y al mayor control que deberían ejercer
las Naciones Unidas. Ninguna nación será capaz de trabajar
por cuenta propia ni ser independiente porque la independencia será vendida a las masas como la incapacidad de un gobierno «para tratar a su pueblo en conformidad con los criterios de
la ONU». Esta lógica no es ningún oxímoron. Cuando una
nación se resista a la agresión de la ONU y su pretensión de

robar la libertad y la independencia en nombre del Gobierno Global, la ONU le impondrá unas sanciones atroces para vencer la resistencia. Las sanciones tomarán la forma de retirada de créditos, suministros, estatus de comercio preferenciales y demás. Como resultado directo de los castigos impuestos por la ONU, las dificultades sufridas por los ciudadanos aumentarán, como en el caso de Kosovo en 1999. Entonces, el poder global arremeterá sin piedad contra aquellos que no quieran pasar por el aro, como ya les ha pasado a Iraq, Afganistán, Yugoslavia y otros. La ONU intervendrá en nombre de una «misión humanitaria», a través de la OTAN o la fuerza de reacción europea, en un esfuerzo por eliminar todo vestigio de resistencia. Este plan, elaborado por el Club, fue puesto en práctica en 1999 cuando la OTAN declaró que tenía el derecho de intervenir sobre Kosovo porque la comunidad internacional «había hallado» que el Estado yugoslavo no respetaba los Derechos Humanos. Los miembros del Club Bilderberg llevan mucho tiempo pidiendo que la ONU desempeñe un mayor papel militar, con la esperanza de convertirlo en una Policía Global, según nos explica Jim Tucker en un artículo de la revista *Spotlight*.[41]

Los miembros del Club Bilderberg planean usar, como paso intermedio, la ONU como Policía Global con el propósito de erosionar aún más la independencia y soberanía nacional en Europa. En el portal de Internet www.european-defence.co.uk, se explican las líneas generales del proyecto. Esta propaganda promocional dice que es de fundamental importancia para los globalizadores que Austria, Suiza, Finlandia e Irlanda accedan a participar en la fuerza de la Unión Europea porque ello les permitirá adquirir un estatus mayor al de observador de la UE o miembros de la Sociedad para la Paz de la OTAN, sin comprometerse completamente con la defensa colectiva y poner en peligro su estatus neutral.

En segundo lugar, su participación crea un marco que más tarde será utilizado para aprobar sus enmarañados acuerdos con el deliberado propósito de evitar el debate público. Se trata, una vez más, de otro paso hacia el Gobierno Mundial

Único. Austria ha destinado unos 2.000 soldados para «Misiones de Paz» de la ONU, Finlandia, 2.000, Suecia, 1.500 e Irlanda, a 1.000.[42]

Creo que es apropiado acabar este capítulo dedicado a describir la Comisión Trilateral y su abrazo mortal sobre el mundo y la visión siniestra de la globalización de David Rockefeller con la siguiente cita del clérigo del siglo XIX, Edwin H. Chapin: «Ningún ejército y ninguna nación han hecho avanzar a la raza; pero aquí y allá, en el transcurso del tiempo, siempre ha habido un individuo que se levanta y proyecta su sombra sobre el mundo.»

CAPÍTULO 4

Hacia una sociedad sin dinero en efectivo

No hace mucho tiempo, tanto filósofos como profanos consideraban insondable el concepto aterrador de un mundo futurista, transmitido a través de una miríada de libros y películas de ciencia ficción, donde los humanos —señalados por la «marca de la bestia»— se convierten en esclavos, y cuya dignidad, humanidad y honor se ven confiscados en nombre del Nuevo Orden Mundial, y «su acérrimo individualismo sacrificado en aras de una armonía universal anestesiada».[1]

Luego, en la década de 1960, los globalizadores se dieron cuenta de que el mundo no estaba cambiando lo suficientemente rápido para su gusto y decidieron actuar. En 1962, Nelson Rockefeller apeló a la creación de un Nuevo Orden Mundial: «Los temas de la actualidad exigen a gritos un nuevo orden mundial, porque el antiguo se derrumba, y un orden nuevo y libre lucha por emerger a la luz... Antes de que podamos darnos cuenta, se habrán establecido las bases de la estructura federal para un mundo libre.»

Si la información de los capítulos anteriores era alarmante, lo que sigue a continuación le producirá un escalofrío en la espalda porque nos acercamos a las etapas finales de la Esclavitud Total.

La sociedad sin dinero en efectivo no es un «nuevo» concepto sino uno antiguo recuperado por la élite globalizadora para ejercer un control absoluto sobre todos los individuos. En agosto de 1975, el senador estadounidense Frank Church declaró que «el Gobierno tiene capacidad tecnológica para imponer una "tiranía total" en el caso de que un dictador tomara el poder. No existiría un solo lugar para ocultarse».

El dinero en metálico nos garantiza intimidad y anonimato o, lo que es lo mismo, libertad. También nos garantiza independencia. Todos nosotros podríamos conseguir que los bancos del mundo quebraran con sólo sacar simultáneamente el dinero que tenemos depositado en ellos. El dinero en efectivo también es sinónimo de descentralización. El gobierno sabe que para controlar, vigilar y seguir la pista de la población debe suprimirse el dinero en efectivo. En la década de 1960, según mi abuelo —un oficial del Servicio de Contraespionaje de la KGB—, este último barajó un plan que consistía en la introducción de una tarjeta de crédito en el sistema para así poder efectuar con facilidad un seguimiento tanto de las personas como del dinero. Para su desgracia, aunque afortunadamente para el resto de la población, había un inconveniente de carácter práctico en todo este asunto. Por aquel entonces las tiendas rusas, si se caracterizaban por algo, era por su falta de mercancías. Aunque cada ciudadano ruso dispusiera de una sofisticada tarjeta de crédito, el gobierno apenas podría seguirle la pista a nadie, exceptuando un reducidísimo grupo de clientes, generalmente aquellos que tenían contactos, aquellos que conocían a alguien en alguna parte y podían cambiar sus bienes y favores por los de sus amigos. Esto me recuerda una anécdota de mi juventud: una vez en pleno invierno mi padre, y yo, mientras regresábamos a casa tras esperar dos horas en un supermercado local, nos encontramos con unos amigos de la familia. Antes de marcharnos mi padre cambió doce rollos de papel higiénico por un par de zapatos que le venían demasiado estrechos a su amigo. Según me explicó mi padre más tarde, las personas siempre llevaban consigo alguna cosa que les resultara inservible y que siempre pudieran cambiar por algo a lo que poder sacarle provecho.

Como ya señalé en el capítulo 3, el objetivo del Nuevo Orden Mundial es erradicar a los poderes descentralizados, para lo que deben suprimirse los territorios independientes, que son más difíciles de controlar, y crear una comunidad europea dependiente a fin de establecer un Gobierno Mundial Único (autoridad universal, monopolio) que se autoperpetúe. En la década de 1980, el profesor B. A. Hodson, director del Centro Informático de la Universidad de Manitoba, recomendó grabar una marca identificadora en la frente de cada individuo. En un primer momento, la idea consistía en tatuar un fluido permanente no tóxico sobre la carne humana, que se traslucía con la ayuda de rayos ultravioleta o infrarrojos.[2]

El 20 de septiembre de 1973, la portada de *Senior Scholastics* —una publicación especializada (ahora desaparecida) orientada a los centros de enseñanza secundaria y superior— mostraba a un grupo de niños con números tatuados en la frente y divulgaba un artículo de fondo titulado «Necesidades sociales y derechos privados. ¿Quién te vigila?». En dicho artículo se especulaba con lo siguiente: «Sin moneda, sin cambio y sin cheques. En el programa, a todas las personas se les asignará un número que llevarán tatuado, bien en la muñeca o en la frente. Asimismo todos los artículos de bienes de consumo se marcarán digitalmente. En el punto de control, gracias a un ordenador situado en la salida de la tienda, se captará el número de artículos seleccionados para su compra, así como el número de la persona, y automáticamente el ordenador sumará el precio y descontará el importe de la cuenta del cliente.»

El Premio Nobel de Química de 1954, Linus Pauling, propuso que se tatuara una marca en los pies o en la frente de todos los jóvenes el código de su respectivo genotipo.

En 1974, un profesor de la universidad pública de Washington, el doctor R. Keith, inventó una pistola láser que se emplearía para numerar peces en menos de un segundo. Farrell dijo que tal arma también podría utilizarse para registrar numéricamente a las personas.

El asesor del Servicio de Inteligencia McAlvany declaró que «la era del dinero en papel moneda está tocando a su fin y una nueva era con una sociedad sin dinero está amaneciendo. Si las modernas tarjetas electrónicas de crédito y débito pueden cambiarse por dinero en efectivo, entonces cada transacción económica de su vida puede ser catalogada y almacenada como una futura referencia y, aquellos con el poder de interrumpir su acceso al dinero electrónico, pueden estrangularlo en el tiempo que dura un latido de corazón. El potencial del totalitarismo para chantajear y controlar es increíble, pero la mayoría de las personas ni siquiera parece darse cuenta».[3]

Michael Journal, de Canadá, lanzó una advertencia siniestra sobre los peligros de las tarjetas de débito: «Mientras usted pueda sacar dinero en efectivo de los cajeros automáticos mediante tarjetas, éstas le parecerán bastante prácticas, ya que eliminan la necesidad de llevar dinero encima. En tal caso, el sistema de la tarjeta de débito se convertirá en un instrumento para ejercer un control absoluto sobre el ser humano. El objetivo a conseguir es una sociedad sin dinero en que toda transacción económica deba hacerse obligatoriamente a través de un sistema bancario informático, para utilizarlo si, por cualquier razón, usted es clasificado como "persona indeseable".» Tomen como ejemplo al autor de este libro. ¿Cuánto tiempo piensa usted que el Nuevo Orden Mundial me dejará conservar mi dinero electrónico en mi cuenta electrónica, que en definitiva «son sólo números en la pantalla», antes de decidir suprimir cada euro duramente ganado con sólo pulsar la tecla de borrado de la pantalla del ordenador? O, ¿realmente cree usted que tras leer este libro me dejarán seguir actuando a mis anchas? Convertido en «enemigo del Estado» por el Gobierno, sólo tendrán que borrar su número del ordenador central y usted ya no podrá comprar ni vender y, de este modo, le condenarán a desaparecer poco después. A Boris Illinietz, un disidente soviético exiliado en Occidente en la década de los setenta y que actualmente vive en París, el Estado le confiscó su dinero antes de apartarlo mediante la imposición de un exilio permanente en el extranjero por actividad antisoviética, una frase clave para la «persona indeseable».

El continuo flujo de noticias procedentes de la prensa mundial a lo largo de los años setenta y ochenta apuntó cuestiones preocupantes sobre las implicaciones de la tecnología del Gran Hermano bajo nuestra piel.

En 1980, reportajes anónimos de investigación aparecidos en *U. S. News* y *World Report* señalaban que el Gobierno Federal estaba considerando implantar «carnets de identidad nacional sin los cuales nadie podría trabajar ni manejar un negocio».

En 1981, *The Denver Post Sun* se preguntaba en voz alta qué sucedería si un día los implantes de microchip reemplazaran a los carnets de identidad. El artículo, con fecha del 21 de junio de 1981, decía en un pasaje: «El chip [...] aproximadamente del diámetro de una mina de un lápiz portaminas [...] se coloca en una aguja que se encaja en una simple jeringuilla esterilizada con una solución antibacterias [...] puede inyectarse mediante una sencilla jeringuilla —del tipo que se utiliza para inyectar el medicamento en los enfermos de insulina— en un ser humano (o animal) [...] se codifica una oblea con un número exclusivo de doce dígitos. La aguja se enfunda y ya está preparada para identificar algo o a alguien para siempre.»

Una ilustración a página entera en un ejemplar de 1993 del *London Daily Mail* mostraba a amas de casa europeas realizando compras con tan sólo colocar las manos sobre la pantalla del ordenador en la caja registradora. A modo de comparación histórica, cuando Sylvan Goldman inventó el primer carro de compras en 1937, tuvo que contratar a modelos para enseñar cómo se usaba exactamente el nuevo artilugio. En Oklahoma, los clientes estaban acostumbrados a ir de compras a sus tiendas con pesadas cestas de metal y no sabían qué hacer con los cómodos carros de ruedas. Las revistas de aquel año estaban llenas de imágenes sensacionales de amas de casa empujando los nuevos y «cómodos» carros de compra por los pasillos de la tienda. Hoy en día, otro tipo de imágenes llenan las portadas de las revistas: las de amas de casa con un «cómodo» microchip insertado bajo la piel. La historia sólo se repite para aquellos que desconocen los hechos.

El 7 de mayo de 1996, el *Chicago Tribune* planteó problemas preocupantes en torno a las implicaciones de la tecnología bajo la piel inventada por el Gran Hermano.

En agosto de 1998, la BBC informó acerca de la primera implantación humana de microchips.

The Sunday Oregonian se unió a la creciente lista de los medios de comunicación preocupados por las tecnologías alfanuméricas de identificación sanitaria, capaces de seguir a los individuos, que «reducirían [las libertades personales] y el derecho a la intimidad». El artículo de fondo del periódico mostraba a humanos con códigos de barras en la frente.

La usurpación del Gran Hermano

Mientras hablamos, se está creando un peligroso sistema de bases de datos interconectadas internacionalmente y, como demostraré a lo largo de este capítulo, pueden llegar a almacenar los datos de toda nuestra vida en sofisticados archivos informáticos, que contribuyen a una sustitución gradual de su dinero real por dinero virtual o electrónico, representado por un conjunto de números en una pantalla de ordenador.

Para colmo, el uso de tarjetas y de dinero electrónico se convierte poco a poco en obligatorio en la mayoría de las naciones del mundo desarrollado tales como Canadá, Estados Unidos, Australia, Francia y Alemania, para toda operación en dinero en efectivo que suponga más de algunos pocos miles de dólares. La excusa que alegan los bancos es que, con el movimiento de grandes cantidades de dinero, actúan de acuerdo a medidas drásticas para precaverse del dinero procedente del negocio de la droga que se blanquea dentro del propio sistema. Ni qué decir tiene que sólo un idiota daría crédito a ese argumento.

Desgraciadamente, a la gran mayoría de nosotros nos han sometido a un lavado de cerebro para acabar creyéndonoslo. No movemos ni un dedo para protestar cuando los bancos nos exigen justificar cualquier operación al contado de unos miles de euros. En *Committee of 300*, John Coleman explica que los verdaderos multimillonarios manejan su dinero mediante el sistema CHIPS, acrónimo de Cámara de Compensación del Sistema de Pagos Internacionales. Veinte de los bancos más grandes utilizan este sistema. Uno de ellos es el Banco de Hong

Kong y Shanghai. Otro es el Crédit Suisse. En combinación con el sistema SWIFT (acrónimo de Sistema Internacional de Operaciones Financieras de Alcance Mundial, creado por la comunidad económica internacional en 1973 para garantizar la seguridad, la rapidez y la eficacia en la transmisión de dinero), con base en Virginia, el dinero sucio procedente del negocio de la droga se vuelve invisible. Sólo los casuales descuidos provocan los éxitos del FBI, y eso únicamente cuando no se le ordena mirar hacia otro lado. Como resultado, sólo atrapan con dinero derivado del negocio de la droga entre manos a traficantes de poca monta. La élite, como Drexel Burnham, Crédit Suisse o el Banco de Hong Kong y Shanghai, pasan totalmente desapercibidos. Por lo tanto, que los bancos pidan a sus clientes justificar una transacción financiera de unos miles de dólares o euros no es más que una farsa y seguir el juego para velar por la honestidad del cliente, sólo equiparable a la farsa en los aeropuertos tras el 11-S: debido a este montaje y, de acuerdo con las medidas acordadas, ya no podemos pasar al interior del avión los objetos más rutinarios e inofensivos, en el caso de que puedan comprometer la seguridad de los pasajeros, cuando el 11-s fue una operación del Gobierno de los Estados Unidos. Existen varios libros excelentes sobre el tema, como el de Michael Ruppert *Crossing the Rubicon* que lo demuestra de manera inequívoca y hace recaer todo el peso de la culpa directamente sobre las espaldas de Bush y el vicepresidente Cheney. No obstante, todo «espectáculo» contribuye a hacer buena televisión.

Microchips

Para llenar el hueco dejado por «la sociedad sin dinero», los globalizadores necesitarán desarrollar un sistema paralelo de compra o, dicho en otros términos, ¿cómo conseguirán que la gente se instale los chips? Pues haciendo creer a la gente, mediante el uso de los medios de comunicación controlados, que es necesario, para así convencerlos de que se lleven a casa uno de los aparatos desarrollados por el Instituto Tavistock de Relaciones Humanas. El argumento, que se está probando en los Estados Unidos, se llevará a cabo de la siguiente manera:

«En primer lugar —escribe Texe Marrs en *Millennium: Peace, Promises, and the Day They Take Our Money Away*—, el mundo se verá obligado a utilizar un nuevo sistema de identificación internacional informatizado que permitirá un acceso inmediato a los datos personales digitalizados como detalles bancarios, clasificación crediticia o situación laboral. Todas las personas dispondrán de nuevas tarjetas de identificación personal para que el nuevo sistema funcione. Poco después de eso, todas las tarjetas de identificación personal, tarjetas de débito, permisos de conducir y tarjetas de crédito se aglutinarán en una sola Tarjeta Inteligente Multiuso de tecnología avanzada con un circuito integrado de sistemas empotrados capaces de almacenar tanto dinero electrónico como información referente a la identidad personal. Casi simultáneamente a este acontecimiento, el mundo se quedará sin dinero y la moneda se ilegalizará para que todo lo que debamos comprar y vender lo hagamos mediante operación informática, es decir, simplemente una serie de números flotando en el ciberespacio.»[4]

Una vez el dinero haya desaparecido, y la población en general acepte las tarjetas inteligentes y se consolide el sistema de chips electrónicos, el Nuevo Orden Mundial se inventará un sinfín de problemas en el sistema de las tarjetas electrónicas, como por ejemplo que las personas a veces tendrán que hacer frente a que su dinero esté perdido en el aire a causa de desgraciados pero inevitables errores informáticos. Es decir, que los errores informáticos pueden ocurrir es un hecho. Que se pueden fabricar para que aparezcan también es un hecho. Si debemos creer que todo esto conduce inevitablemente al objetivo final, que es el Microchip Implantable, entonces el escenario que he descrito es bastante plausible. Tras meses de retraso, llamadas telefónicas y acciones legales, los bancos «devolverán» la suma de dinero que le corresponde a su legítimo dueño que se habrá encontrado repentinamente. Se nos informará de que nuestras nuevas tarjetas se pueden robar o perder con facilidad y, si esto sucede, no podremos hacer funcionar o llevar a cabo transacciones de un modo seguro.

Según la empresa de estudios de mercado Ipsos-Reid, en marzo de 2003 más de un tercio (el 35 %) de los canadienses dejaron al descubierto en línea información personal comprometida. En junio de 2001, el número sumaba un 21 %. En diciembre de 2000, era sólo el 18 %. El 95 % de aquellos cuyos datos se habían visto comprometidos se habían registrado sin darse cuenta en un correo basura y otro 29 % dijo haber vendido o transferido a un tercero sus datos personales. El 43 % de los encuestados afirmaron creer que su información estaba protegida.

Una empresa de estudios de mercado, cuyo nombre es Allied Business Intelligence, estima que el mercado global de los microchips de la tarjeta inteligente crecerá en más de tres mil cien millones de dólares hacia el 2008.

En la actualidad, 850.000 consumidores utilizan regularmente tarjetas inteligentes en Francia. En Japón están en circulación 650.000 monederos electrónicos conocidos como tarjetas «Edy». La tarjeta francesa Moneo (la tarjeta inteligente que se puede cargar con dinero electrónico y se utiliza para pagar en el parquímetro, en las máquinas expendedoras y en los comercios. Los protocolos criptográficos protegen la transferencia de dinero entre la tarjeta inteligente y la máquina que la acepta) lo ha incorporado en sus tarjetas de crédito ya existentes, algo que nunca se ha intentado fuera de Francia. De hecho, se ha añadido automáticamente a 25 millones de tarjetas de crédito que debían renovarse sin que los propietarios lo supieran.[5]

En la etapa final, el Gran Hermano nos dirá que tiene la solución última para acabar con todos los problemas: unir a la gente personalmente a sus tarjetas. Esa será la razón que esgrimirá para que todos recibamos un Transpondedor Biochip de Identificación Personal inyectable bajo la piel que sustituirá nuestros carnets de identidad. Sin él, no se permitirá a nadie comprar o vender nada.[6]

Y aquí lo tiene: un microordenador chip puede implantarse bajo su piel, y las estadísticas demográficas pueden leerse con un escáner electrónico. Se dispondrá todo para un Gobierno que desea controlar los movimientos de todos y cada uno de nosotros, hasta que lo sepan todo de usted.[7]

Un plan para implantar microchips a la humanidad

Actualmente, la implantación de microchips se presenta como un procedimiento voluntario. Sin embargo, Elaine M. Ramish escribió en un reportaje para el Franklin Pierce Law Centre[8] que «el sistema (obligatorio) de identificación nacional mediante la implantación de microchips puede alcanzarse en dos fases: con su introducción como sistema voluntario, ya en funcionamiento en el rastreo de animales, en cuyo caso la implantación del microchip parecerá aceptable. Tras un período de familiarización con el procedimiento y el conocimiento de sus beneficios, la implantación sería obligatoria».

Desde el WorldNetDaily.com,[9] John E. Dougherty cita a George Getz, director de comunicaciones del Partido Libertario Americano: «Después de todo, el gobierno nunca ha obligado a nadie a obtener un permiso de conducir (ni a disponer de un número de la Seguridad Social, hoy obligatorio) pero intentar vivir sin uno de ellos, cuando todo el mundo, desde el empleado de su banco al agente de la oficina de alquiler de coches, o el agente de reservas de un hotel o bien en la tienda de comestibles, se lo pide a usted para que pueda beneficiarse de sus servicios, esto viene a ser lo mismo que una obligación. Si el Gobierno puede exigirle dar sus huellas dactilares para conseguir un permiso de conducir (algo obligatorio en España en los carnets de identidad nacional; en el pasado, sólo los criminales tenían que dejar la impronta de sus huellas) ¿por qué razón no iban a poder obligarle a implantarse un chip electrónico?»

El objetivo último es provocar una rejilla de control en una sociedad sin dinero que permita seguir el rastro de cada una de sus compras, controladas por un Gobierno Mundial, vigilados por un Ejército de las Naciones Unidas, financiado en su mayor parte por los contribuyentes estadounidenses, regulados económicamente por un Banco Mundial mediante una única Moneda Global, y poblados por una Humanidad desorientada con microchips implantados y conectados a un ordenador global.

Éste no es un ensayo general del Apocalipsis. Esto no es una prueba. Ésta es la nueva realidad que ha diseñado gente como los bilderbergers, preparada por Tavistock y ejecutada por los medios de comunicación con un esfuerzo de colaboración por parte de las corporaciones multinacionales (las cuales «por razones de seguridad» han optado por emplear tarjetas de inteligencia para seguir los pasos de sus empleados dentro de los confines de sus oficinas corporativas).

Por ahora, para hacer que la población en general acepte el producto, ya se les imponen literalmente chips a grupos enteros de personas dentro de la sociedad: pedófilos, asesinos, violadores, traficantes de droga, delincuentes comunes, enfermos mentales, maltratadotes de mujeres, personal militar, servicios secretos.

«Las etiquetas electrónicas podrán colocarse a los pedófilos», *Sunday Times* de Londres, 11/17/2002, http://www.timesonline.co.uk/article/0,2087-483510,00.html. «Esperanza Aguirre presenta el brazalete contra los maltratadores», *El Mundo*, 29/06/2004.

La presidenta de Madrid, Esperanza Aguirre, ha presentado el primer prototipo de brazalete electrónico que se ha diseñado en España para detectar cuándo un maltratador viola la orden judicial de alejamiento y participó, desempeñando el rol de víctima, en las pruebas demostrativas de su funcionamiento.[10] A modo de anécdota, Esperanza Aguirre es miembro del Club Bilderberg.

«Chip implantado a los empleados judiciales en México», se lee en *Associated Press*, 14 de julio de 2004. Desde noviembre, 160 de los más relevantes fiscales e investigadores de México han comenzado a recibir implantes en los brazos para acceder a áreas restringidas en el interior de las dependencias del Ministerio de Justicia. Según y conforme a la entrevista que transcribí de Televisa, sólo dieciocho funcionarios judiciales recibieron implantes de microchip, pero el *Washington Post*, *USA Today*, AP, NBC, CNN, *Business Week* y otros 37 medios de canales internacionales principales informaron de que el número de implantes era de 160.

Quizá usted se pregunte, ¿qué hay de malo en ello? Incluso podría sentirse más seguro al saber que se vigila a todo elemento delictivo. Salvo que nunca parará ahí. La élite, el Gobierno Mundial Único, no puede implantarle un microchip, amparándose en un proceso obligatorio, hasta que toda la población mundial acepte que es una progresión natural hacia un futuro «mejor», como demostraré a lo largo de este capítulo. Recuerde, ninguna dictadura puede funcionar sin un control absoluto sobre cada persona del planeta. Bien, si usted fuera dictador por un día, ¿cómo podría controlar a cada uno de nosotros simultáneamente? La siguiente historia apareció en el periódico inglés *Independent*:

«*Se vigilará vía satélite a 5.000 de los peores criminales en Inglaterra.*

»La innovadora tecnología, desarrollada en los Estados Unidos, permitirá a los organismos de seguridad del estado señalar con precisión la localización de los criminales que hayan sido puestos en libertad antes de tiempo y se les implantarán etiquetas electrónicas.»

En un futuro muy cercano, colocarse un chip será visto como algo positivo socialmente gracias a una diversidad de técnicas desplegadas por parte de los medios de comunicación. Como en el caso de un operador español de telefonía móvil, cuyo principal directivo es un asiduo de las reuniones Bilderberg, y que utiliza una publicidad agresiva para seducir a la juventud española, el público al que destinan sus productos principalmente. A posteriori y con modificaciones de poca importancia, la publicidad con que la compañía experimenta para «atraer» a los clientes jóvenes a sus teléfonos móviles, es la misma que se utilizará para convencer a esa misma juventud de inyectarse un nuevo y «atractivo» microchip dentro del cuerpo. ¿Le parece poco probable? Mire sólo a su alrededor. Después de todo, los *piercing* en la cara y la lengua son muy populares entre los adolescentes porque se sienten «diferentes»: lo que esos jóvenes no parecen entender es que no tienen identidad propia, sino que son más bien «similarmente diferentes», forman parte de un grupo. El plan publicitario de Bilderberg/Tavistock sacudirá con la misma eficacia a la misma juventud cuando el tiempo les «muestre», a fin de ejercer presión por el grupo paritario, las ventajas de llevar implantado un chip. Después de todo, cuando todos sus amigos y los amigos de sus amigos lleven implantado un chip, ¿cómo podrá resistirse? Se verá como algo moderno y atrevido, y los atractivos miembros del sexo opuesto dispondrán de una vasta colección de artículos de chips diferentes para escoger. Por ejemplo, USA Today informa de que «se está llevando a cabo un importante experimento científico entre los clientes del Baja Beach Club de Barcelona, que suelen acudir ligeros de ropa a este local ultrapijo. Se les inserta bajo la piel tarjetas de crédito electrónicas. Las atractivas asiduas del local se encuentran con un problema: vestidas con un top sin espalda ni mangas y con una minifalda, no tienen espacio donde llevar la cartera. Y ¿quién quiere cargar con un monedero cuando para lo que se ha ido allí es para bailar? Por suerte, este año una compañía llamada VeriChip halló la solución en una tecnología de identificación por radiofrecuencia (RFID). Dentro de un fina cápsula de vidrio de aproximadamente 2 cm se coloca un chip digital, que almacena un código exclusivo que permite identificar a un individuo, algo similar al número electrónico de la Seguridad Social. La cápsula también contiene una antena metálica que puede transmitir por radio ese código al comerciante poco después de que el cliente haya entrado en el local. En el Baja Beach Club, el martes es el día de la implantación de los VeriChips. Párate y una "enfermera" —la palabra que emplea el Club— utilizará una jeringuilla para inyectarte una cápsula VeriChip bajo la piel».[11]

En mayo de 2004, NewScientist.com indicaba: «El Baja Beach Club permite a sus clientes elegir entre un chip RFID o una tarjeta normal para registrarse como miembros VIP. Éstos pueden saltarse las colas de entrada, reservar una mesa y utilizar el salón VIP de dicho club nocturno.»[12]

Así es como VeriChip promociona su «maravilloso» nuevo producto. Uno de sus gerentes, conocido de un amigo mío que vive en Sitges desde 1960, me habló acerca del «público objetivo» del Baja Beach Club.

El Mercado Objetivo: los jóvenes, los estudiantes universitarios, los yuppies en ascenso social, los adolescentes.

IMPLÁNTESE UN CHIP: PROGRAMA DE REGISTRO A VERICHIP

VeriChip, la primera tecnología mundial de identificación personal bajo la piel, anuncia un programa especial de lanzamiento para la inscripción preliminar. Regístrese para ser uno de los primeros en el mundo en «implantarse un chip».

Le invitamos a rellenar el formulario de preinscripción que encontrará abajo para tener derecho a esta oferta de lanzamiento especial de la que se beneficiarán las primeras 100.000 personas en registrarse y todos los titulares accionistas de ADS.

Descuento de 50 %: Todos los accionistas ADSX recibirán un descuento de 50 % en el momento de implantarse el chip.

Descuento de 50 %: Las primeras 100.000 personas en registrarse conseguirán un ahorro inicial en el momento de implantarse el chip.

¡¡¡Regístrese hoy!!!

Por puro azar, IBM, la compañía que está detrás de VeriChip, el mayor comerciante de chips implantables, también se encargó del sistema de catalogación utilizado por los nazis para almacenar información sobre los judíos en la Alemania de Hitler.

Esta escalofriante descripción procede del propio sitio web de la compañía:

VeriChip™ - Allí cuando tú lo necesites.
Visión general.
El sistema de identificación miniaturizado VeriChip de

radiofrecuencia (RFID) es el núcleo de todas las aplicaciones VeriChip. Del tamaño de un grano de arroz, cada VeriChip contiene un número de identificación personal que puede utilizarse para acceder a una base de datos de abonados que abastece de información personal. Y a diferencia de las formas convencionales de identificación, VeriChip no se pierde, no puede ser robado, olvidado, extraviado o falsificado.

Proceso.

Una vez implantado bajo la piel del paciente mediante un proceso rápido e indoloro (muy parecido a una inyección), el VeriChip puede escanearse cuando sea necesario por el propietario de un escáner VeriChip. El número de abonado VeriChip permite un acceso inmediato al Registro Global de Abonados VeriChip (GVS), acceso a la web por medio de una contraseña segura y que protege la información de los abonados. Estos datos se mantienen mediante los centros de Operaciones de Registro GVS más punteros situados en Riverside, California y Maryland.

El futuro.

El empleo de la tecnología avanzada VeriChip significa reducir sustancialmente o eliminar el riesgo de robo, pérdida, duplicado o falsificación de datos. Los productos Veri-Chip se desarrollan activamente para una variedad de funciones como seguridad, defensa, seguridad nacional y aplicaciones de acceso seguro, tales como el control de acceso autorizado al Gobierno o facilidades del sector privado, laboratorios de investigación y recursos para el transporte confidencial, incluyendo el área de seguridad en los aeropuertos.

En el ámbito financiero, VeriChip tiene un potencial enorme como tecnología de identificación personal que puede ayudar a frenar los robos y prevenir el acceso fraudulento a las cuentas bancarias y de las tarjetas de crédito.

VeriChip logra esto sin baterías o cualquier fuente de energía interna. Se mantiene inactivo bajo su piel hasta que el propietario de un lector VeriChip lo activa. Entonces el VeriChip transmite su número de identificación personal en milésimas de segundo al lector externo.

Los medios (insinuación de éxito, normalidad y aceptación en función de la cobertura de la prensa de los Estados Unidos).

Desde su anuncio el 19 de diciembre de 2001, VeriChip ha captado una enorme atención en los medios de comunicación de los Estados Unidos, así como en todo el mundo. Han aparecido artículos sobre tecnología en las principales publicaciones, entre ellas: *Time Magazine, People Magazine, The Washington Post, The Los Angeles Times, The Chicago Tribune, The Associated Press, Reuters.*

Los cargos directivos de la compañía han discutido y mostrado esta tecnología en NBC's Today Show, ABC's Good Morning America, CBS Early Show, CBS Evening News, ABC's World News Tonight, CBS Eye on America, The View, CNN con Paula Zahn, CNN Headline News, ABC Family/CBN, The O'Reilly Factor on Fox News, National Public Radio, The BBC, CBS Radio, ABC, CBS y los afiliados a NBC en todo el territorio nacional.

Daos cuenta de que todos los medios que acabo de citar pertenecen al Club Bilderberg, a la Comisión Trilateral y al Council on Foreign Relations(CFR).

El nuevo segmento de la población que se fijará como objetivo son los niños estadounideses. Me hablaron sobre el próximo plan de los bilderberger de convertir el espantoso tema de los secuestros infantiles en tema de dominio público (ayudados por el necesario frenesí de los medios de comunicación). Éste no es un fenómeno nuevo. Según las estadísticas del Departamento de Justicia de los Estados Unidos, sólo en el último año se secuestró a 358.000 niños. Sólo que los medios de comunicación por ahora quieren guardar en silencio este escalofriante dato.

Para implantar microchips a los niños, será necesario convencer a los padres de que este crimen horrible ha alcanzado proporciones epidémicas. ¿Contra quién clamarán los padres y la sociedad cuando los secuestros salgan a la luz? ¿Contra el Gobierno por no hacer lo suficiente? ¿Contra los criminales?

Pero, ¿quiénes y dónde están? Los bilderberger utilizan los medios de comunicación como vehículo para provocar turbulencias.

Y cuando las terribles escenas de asesinato y tragedia se presenten frente al mundo entero, la sociedad sentirá la necesidad de reaccionar. En *Committee of 300*, John Coleman escribe: «Hay que destacar tres fases distintas en la respuesta y reacción mostradas por los grandes grupos sociales. En primer lugar, la fase de la superficialidad; la población ante ataques se defenderá a sí misma con lemas (léase «No a los crímenes», «Más protección policial ya», «Dios quiera que esto no suceda en nuestro tranquilo y agradable barrio»...) Esto no identificará el origen de la crisis y, por lo tanto, no habrá nada concreto contra lo que dirigirse, de ahí que la crisis persistirá. En segundo lugar, la fase de la fragmentación. Tendrá lugar cuando la crisis continúe y el orden social se desmorone (léase que llegados a ese punto, los ciudadanos se organizarán por sí mismos con vigilantes dentro de sus barrios para defender su territorio, poco seguros de quién es el enemigo). Entonces, entrará en juego la tercera fase en la que la población se radicalizará y se desviará de la crisis inducida, a lo que seguirá una reacción de inadaptación acompañada de un activo idealismo sinóptico y disociación (léase: en contra de los resultados, como en el 11-M y no de la causa, como en el interrogante suspendido hace mucho tiempo en torno a si un recluso árabe podía tener los medios con un walkie talkie para dirigir una operación logística tan complicada desde su escondite remoto perdido entre las montañas de Afganistán. Y si no, ¿quién podría haber sido y por qué?) El Instituto Tavistock, que estudia el comportamiento humano, y principal órgano del lavado de cerebro del Nuevo Orden Mundial, lo llama «Penetración de Largo Alcance».

Durante más de medio siglo, los bilderbergers, apoyados por Tavistock y su «joya» americana —el Instituto de Investigación de Stanford—, han ocasionado un trauma de penetración a largo plazo y de lavado de cerebro en nuestra sociedad. Coleman explica que «los conspiradores pueden crear y capitanear a los elementos quebrantadores del equilibrio que gusten.»[13] Por ejemplo, señala «las misteriosas guerras de bandas» que irrumpieron en Nueva York, Los Ángeles, Filadelfia y Chicago en la década de 1950... y que fueron «cuidadosamente planeadas en Stanford, diseñadas deliberadamente para conmocionar a la sociedad y provocar una ola de perturbación». Hasta la década de 1980 no se descubrió a los «que controlaban desde las sombras los así llamados fenómenos sociales». Sus promotores pertenecían (trabajando de espaldas a su fuente) al consejo de Stanford-Tavistock-Bilderberg. Tras servir a su propósito intencionado de crear un elemento perturbador en la sociedad, las pandillas desaparecieron repentinamente en 1966. La cuestión es qué sabía el Departamento de Policía de Los Ángeles, LAPD, que contaba entre su personal con los mejores y más brillantes agentes de policía, el Departamento de la Policía de Chicago, el que tiene mayor mano dura en Estados Unidos y es célebre por su lucha contra Capone y otros gángsteres; el Departamento de Policía de Filadelfia, con sus agentes de policía acostumbrados a lidiar con traficantes y delincuentes, que se mueven en los guetos de los barrios céntricos pobres, cuya visión recuerda a cómo quedó la ciudad de Dresde en 1945 tras recibir el impacto de una lluvia de bombas.

¿Qué hacía el legendario Cuerpo de Policía de Nueva York cuando surgió la primera pandilla por primera vez y poco después se extendió y multiplicó rápidamente? ¿Por qué el aparato de seguridad de los Estados Unidos y las fuerzas de Protección Civil pueden controlar a medio millón de hombres durante una manifestación y, sin embargo, no son capaces de luchar contra una pequeña banda de matones? ¿Por qué no intervinieron los militares estadounidenses con sus tanques, helicópteros, ejércitos, los marines, los rangers para ayudar a dar un vuelco a la situación y proteger a los aterrorizados ciudadanos contra esta amenaza? A menos que toda la operación estuviera dirigida por la misma gente que organizó el 11-S, aquellos que dirigen nuestra firme marcha hacia la oscuridad de su anhelada dictadura de un Único Orden Mundial...

Fíjese en lo que pasará en los casos de secuestro en América, así como sus terribles consecuencias (la violación y el asesinato de una persona inocente con todo lujo de detalles que trasladarán a su casa la sensación de que la sociedad no es segura) de lo que nos informarán los medios de comunicación controlados por el Grupo Bilderberg. Los acontecimientos se presentarán de la misma manera que se presentó la violencia entre bandas a una sociedad desconcertada, durante la década reciente de 1960, debido a la acción soterrada de los bilderbergers.

Tras la reunión secreta del Club Bilderberg en Suecia me enteré, a través de una fuente de Inteligencia sumamente fiable, de que los bilderbergers estaban planeando «un ensayo general en primavera y verano (de 2002) de lo que en poco tiempo se convertiría en una tragedia de proporciones epidémicas (de secuestros infantiles)». Por desgracia, mi fuente (con un exitoso porcentaje del 94 % en su predicción) estaba en lo cierto.

Los casos recientes sacudieron a los padres porque a la mayoría de víctimas las secuestraban estando en sus propias casas o justo en el umbral de la puerta. Por ejemplo, durante las horas en que se informó de que Cassandra Williamson había desaparecido de la casa de sus vecinos situada en las afueras de St. Louis, la búsqueda fue transmitida en directo por los canales de noticias de televisión por cable a lo largo y ancho de Estados Unidos. Éstos son algunos de los titulares de ese fatídico 2002:

«Elisabeth Smart, de catorce años y natural de Utah, desapareció de su dormitorio el 5 de junio y todavía sigue en paradero desconocido», *The Oregonian*, 5 de junio de 2002.

«Se ha encontrado el cuerpo sin vida de una niña que estaba en paradero desconocido... Tras semanas de búsqueda, Danielle van Dam, de siete años de edad, fue hallada muerta», CNN.com, febrero de 2002.

«Samantha Runnion, de cinco años, raptada cerca de su casa», PRWeb.com, 15 de julio de 2002.

«Samantha Runnion, de cinco años de edad, fue encontrada muerta en Riverside, California», CNN.com, 16 de julio de 2002.

«Percepción de peligro a pesar de la cobertura en los medios, se sucede la oleada de extraños secuestros.» Los recientes secuestros han sido descarados y han traspasado los límites sociales y económicos, *San Francisco Chronicle*, 28 de julio de 2002.

«Erica Pratt, de siete años, secuestrada en la acera de un barrio pobre de Filadelfia», *San Francisco Chronicle*, 24 de julio de 2002.

«Cassandra Williamson, que desapareció de la cocina de la casa de unos vecinos, ha sido hallada muerta». Fox News, CBS News, 26 de julio de 2002.

Otra vez, después de servir a un fin determinado, los secuestros se evaporaron de la opinión pública a principios de 2003.

Como en el caso de las guerras de bandas «el público reaccionó de acuerdo a la reacción esperada y diseñada por Stanford» (léase: yendo en contra de las consecuencias visibles en lugar de buscar la causa invisible); porque la sociedad en conjunto no reconoció los síntomas de una etapa de un proceso manejado por ellos. Los medios de comunicación en cooperación con Stanford centraron la atención de millones de americanos en los preocupantes casos de secuestros, seguidos de violaciones y amputaciones que helaron la sangre de la población debido a su intensidad, sadismo y crueldad.

Todo el acontecimiento se desenvolvió como una copia exacta de las guerras de bandas de la década de los sesenta dirigidas por Stanford, con fases en las que el grupo fijado como objetivo se equivoca al identificar el origen de la crisis, luego llega la «fragmentación» («Gracias a Dios que eso no pasa en nuestro barrio»), posteriormente los que no se habían visto afectados por los secuestros se separan para defenderse a sí mismos, dando paso al período de disociación llamado proceso de «mala adaptabilidad».

¿Cuál era el propósito de la guerra de bandas y la avalancha de secuestros en los Estados Unidos en 2002? Trasladar a cada uno de los hogares la idea de que la sociedad, en general, no está segura (léase: El orden social se ha desmoronado. Estamos indefensos. Gracias a Dios que no le ha pasado a nuestro hijo. ¿Qué deberíamos hacer? Debemos buscar protección. ¿Podemos lograr que esa protección sea completa? Sólo podemos sentirnos seguros si sabemos a todas horas del día dónde están nuestros niños. ¿Cómo?)

El secuestro en América: ¿necesitan un chip?

¿Cómo se desarrollará el escenario a estas alturas de lo que parece ser una larga campaña de terror? Se sucederán casos de niños desaparecidos que saltarán a la primera página de la prensa diaria, hasta que descubramos que «algunos padres tuvieron la precaución de implantar un chip a sus hijos».

«Los padres recurren a insertar microchips a sus hijos», CNN.com, 3 de septiembre de 2002. Este titular apareció en la CNN en el momento de mayor apogeo de secuestros en los Estados Unidos.

«¿Un microchip podría garantizar la seguridad de su hijo?» Un mes después de que se hallaran en una zanja remota los cuerpos de Holly Wells y Jessica Chapman (espectacular caso de dos chicas de Manchester asesinadas que destrozó a la nación entera), un profesor de cibernética propuso un plan para implantar microchips a los niños y así poder prevenirlos de sufrir un secuestro. *BBC News Online Magazine*, 18 de diciembre de 2003.

Los medios de comunicación controlados por el Club Bilderberg comenzarán a promover los chips personales de una manera frenética. La CNN, la CBS, la ABC, la NBC, la FOX saben lo que se espera ahora de ellas. El Club Bilderberg decide el qué, el plan maestro, y de la prensa se espera que lleve a cabo el cómo, para poner el plan en acción. La prensa televisiva no escatimará esfuerzos para entrevistar a los afortunados padres que se han reencontrado con sus felices retoños. Los programas de entrevistas harán hincapié en la naturaleza maravillosa de la tecnología, y los políticos destacarán la necesidad de insertar microchips a segmentos cada vez más amplios de la sociedad en su esfuerzo coordinado por «proteger» a los ciudadanos de los males del terrorismo internacional.

Al principio, quedarán al margen los inconformistas, los anarquistas, los revolucionarios, los hippies, etcétera, aquellos que se opongan a que el gobierno mundial los persiga y controle, que operarán fuera de la ley y subsistirán gracias al comercio de una variedad de mercancías que ya no se comprarán con papel moneda. En un primer momento, el Gobierno Mundial Único dejará a un lado a este segmento de la población. Pero, como la implantación de chips se convertirá en un fenómeno natural (como lo es la actual campaña para erradicar el tabaco por la cual a los que se atreven a fumar se les denigra y se les mira con desprecio), el Gobierno pondrá en marcha su segunda etapa, la erradicación de la actividad ilícita. Gracias a la ayuda de la población con el microchip implantado y el cerebro lavado (la así llamada «mayoría moral», mira, si no, cómo hoy en día en los Estados Unidos más del 50 % de la población, según algunos sondeos, todavía culpa a Saddam Hussein por el 11-S o, por ejemplo, la Alemania nazi, donde «agradables y educados» ciudadanos alemanes apoyaron la locura de Hitler) y, con los bilderbergers moviendo los hilos invisibles tras el escenario, cualquiera que esté en contra de ser tratado como ganado será obligado a vivir en los márgenes de la sociedad, le impedirán seguir con su vida, tener amigos, su familia lo rechazará y la población «ultrajada» irá a su caza. ¿Recuerdan la Rusia de Stalin? (en la que la Cheka, posteriormente reconvertida en KGB, mató a uno de mis tíos porque alguien de la familia dio el chivatazo de que había contado un chiste subido de tono sobre Stalin). El Gobierno Mundial Único, sin embargo, no actuará directamente contra los inconformistas, sino que le lavarán el cerebro a la población para que ellos mismos nos cacen y nos entreguen al Gobierno Mundial Único. Fíjese de nuevo en la campaña antitabaco. Los ciudadanos «sensibilizados» se sienten en el deber de meter las narices en su vida y encomendarse a la tarea de impartirle una conferencia sobre los peligros del tabaco, ya sea en el metro de Madrid, ya en cualquier lugar público. Y, ¿qué hay de los peligros de convertirse en un conformista y un gusano inculto? Nadie parece preocuparse de eso.

En la cena de los embajadores de las Naciones Unidas, David Rockefeller dijo: «La actual ventana a la oportunidad para que quizá un orden mundial interdependiente y verdaderamente pacífico se construya, no estará abierta durante mucho tiempo. Estamos al borde de una transformación global. Todo lo que necesitamos es una gran crisis y las naciones aceptarán el Nuevo Orden Mundial.»

Ahora, dígame, ¿queremos ser los guardias de la prisión, los presos, o bien queremos encontrar una salida? Recuerde, no es una prisión si nunca intentas abrir la puerta.

Los bancos, la amenaza de la seguridad y los microchips

Michael Journal, de Canadá, escribe: «Actualmente los bancos están capitaneando una campaña para inculcar el miedo de las personas a los ladrones, y ofrecen toda clase de consejos para ayudar a la gente a proteger sus tarjetas de débito... Pero los bancos mantienen vivo ese miedo a los ladrones por una razón: quieren que la opinión pública acepte la inyección de microchips para reemplazar a las clásicas tarjetas de débito.»[14]

Muchos analistas financieros han estado prediciendo un colapso global del mercado de valores.[15] Una de las ventajas de una crisis financiera global es que permitiría definitivamente la eliminación del dinero en efectivo y el establecimiento de un orden mundial económico más esclavizante. El dólar de los EE. UU. no se mantiene por el patrón oro ni plata sino por la fe de las personas en que es estable y seguro. Si la gente perdiera esa fe en el dólar, el euro o el yen, podrían desear retirar el dinero de su banco y transferirlo a un valor más seguro, como el oro o la plata. La quiebra financiera estaría asegurada si las suficientes personas lo hicieran. El Nuevo Orden Mundial quiere ver esa quiebra financiera, pero cuando ellos estén preparados y no cuando la gente haga valer su fuerza. En su libro *Delicate Balance: Coming Catastrophic Changes on Planet*

Earth,* John Zajak explica que «colapsar el sistema económico es tan simple como comprender que el papel moneda es sólo papel, que no tiene ningún valor y que no lo sostiene ninguna garantía segura. Si se produce un choque global del mercado de valores, estará planeado entre bastidores por las mismísimas organizaciones y sus representantes que están al frente del Nuevo Orden Mundial: los bilderberger, la Comisión Trilateral, el Council on Foreign Relations. Y potencialmente todo lo que usted posee y todos sus bienes, beneficios y derechos se le podrían «retener» con sólo pulsar algunos botones en la Secretaría de Hacienda o quién sabe dónde.[16]

«Tras años de planificación, investigación y desarrollo las instituciones financieras mundiales anuncian con mucha previsión la sociedad global sin dinero. La capacidad de realizar toda clase de cambio de moneda ahora se reemplaza por la tecnología del microchip y la moneda electrónica», explicaba Chris Berad en www.geocities.com el 25 de septiembre de 2004.[17]

Y ahora una corporación multinacional con sede en Londres, Inglaterra, asegura que los canadienses están listos para afrontar una sociedad sin dinero, como verá en la siguiente sección.[18]

Mondex International es una compañía global de pagos, cuyo 51 % pertenece a Mastercard International y el 49 % restante a 27 compañías de Norteamérica, Europa, Sudeste Asiático, Australia y Nueva Zelanda, que proporciona un sistema sin dinero en efectivo y que ya ha otorgado la concesión a 20 importantes naciones. Este sistema, basado en la tecnología de tarjetas inteligentes que emplean microchips ocultos en una tarjeta de plástico, fue creado en 1993 por los banqueros de Londres Tim Jones y Graham Higgins, del National Westminster Bank/Courts, el banco personal de la reina Isabel II.

---

* No existe traducción al castellano. El título podría traducirse por «El Equilibrio Delicado: los cambios catastróficos venideros en el Planeta Tierra».

Nota: MON-DEX es una palabra compuesta por otras dos: monetario y diestro. Webster los define como monetario, que pertenece al dinero, y diestro, que pertenece a o está en la mano derecha.

Según leemos en el sitio web de Mastercard, este sistema elimina la necesidad para los usuarios de tarjetas de tener que manosear billetes y monedas, mientras que también permite pagos al contado que se producen en nuevos ambientes de aceptación. Se comporta exactamente como dinero en efectivo. Como tal, Mondex presenta una nueva y poderosa oportunidad a su institución para reclamar su acción en el mercado global del dinero en efectivo. Advierta cómo con un lenguaje de amplias miras, la prensa controlada por Bilderberg emplaza sagazmente a las personas para persuadirlas de que acepten la SmartCard como la vía del futuro, en tanto que obvia por completo los peligros presentes de su uso.

Este sistema sin dinero se ha probado sobradamente en la ciudad de Guelph, Ontario y en Sherbrooke, Quebec, Canadá, el Reino Unido y los EE. UU. Todos los bancos canadienses han firmado un contrato con Mondex y lo han promovido activamente. La elección de Canadá es un caso curioso. Los canadienses son, en segundo lugar, los mayores usuarios *per capita* de tarjetas de plástico en el mundo, incluyendo más de 30 millones de tarjetas de crédito en circulación en un país con 30 millones de habitantes. Ya en 1997, los canadienses sumaron casi tantas transacciones con la tarjeta de débito como los estadounidenses.[20] Y eso en términos absolutos.

La Asociación de Banqueros de Canadá (CBA) estimó que en el ejercicio económico del año que terminaba el 30 de junio de 2003, más del 85 % de las transacciones bancarias del consumidor se hicieron electrónicamente.[21]

La estadística de IDP (Interac Direct Pay) apunta a que una sociedad sin dinero es una realidad inevitable. Un estudio reciente muestra que el 71 % de los canadienses utiliza el IDP como método de pago, que contrasta con el 27 % de canadienses que utilizan el dinero en efectivo para los pagos comerciales.[22]

Más de 250 corporaciones en 20 países están involucradas en acercar Mondex al mundo y muchas naciones ya han obtenido la concesión para utilizarlo: Reino Unido, Canadá, Estados Unidos, Australia, Nueva Zelanda, Israel, Hong Kong, China, Indonesia, Macao, Malasia, Filipinas, Singapur, Tailandia, India, Taiwan, Sri Lanka, Costa Rica, Guatemala, Nicaragua, Panamá, Honduras, El Salvador y Belice.[23]

Entonces, ¿qué es exactamente una Tarjeta Inteligente Mondex?

Barbara Brown, en un artículo escrito para el *Hamilton Spectator* explica que la tarjeta «parece simplemente una tarjeta de plástico convencional, pero con una diferencia significativa. En vez de una raya magnética al lado, tiene empotrado un chip pequeño de oro con la capacidad de almacenar información (lo que significa que almacena dinero electrónico, identificación y otra información y realiza operaciones). Los clientes pueden descargar dinero de sus cuentas bancarias en sus tarjetas inteligentes insertando la tarjeta en los cajeros automáticos. Entonces ese dinero electrónico se puede gastar en los comercios al por menor integrados en ese sistema y en restaurantes, teléfonos públicos y autobuses municipales».[24]

El problema de Mondex era que las transacciones no eran anónimas, puesto que la identidad del dueño se codifica en el vale. Cada tarjeta tiene un número de identificación exclusivo que lo relaciona con la persona a quien se emitió dicha tarjeta en el banco. A diferencia de las tarjetas de prepago telefónicas, que se basan también en tarjetas inteligentes, no se puede comprar una Tarjeta de Mondex sin revelar tu identidad.[25] (No así con la Tarjeta Inteligente Octopus, la tarjeta anónima número uno en el mundo que no requiere identificación, como explicaré en los párrafos siguientes. Si un propietario la pierde, sólo se pierde el dinero almacenado. En la tarjeta no se almacena ninguna información personal, ni cuentas bancarias o tarjetas de crédito.)

Adelante las tarjetas inteligentes de nueva generación.

Desde la Dexit con base en Toronto (32.000 usuarios) hasta la superavanzada Tarjeta Electrónica Moneo (850.000 consumidores utilizan las tarjetas ahora con regularidad en 80.000 tiendas de comestibles, el aparcamiento o las máquinas expendedoras. La característica de la tarjeta inteligente se ha añadido automática y secretamente a 25 millones de tarjetas de crédito que debían renovarse, con sus dueños no siempre al corriente de ello) o las tarjetas Edy de Japón (se sabe que hay 650.000 monederos electrónicos en circulación y que se pueden utilizar en 2.100 tiendas).[26]

Un dato: la campeona indiscutible a escala mundial es la Tarjeta Inteligente Octopus de Hong Kong, creada en 1997, y es el sistema más exitoso de su clase en el mundo con más de 12 millones de tarjetas en circulación (casi dos veces el doble de la población de Hong Kong) y con más de ocho millones de transacciones por día.[27] La tarjeta Octopus utiliza un chip de identificación con radiofrecuencia Sony 13.56 MHz FeliCa (RFID). Los datos se transmiten por encima de los 212 kbit/s (la velocidad máxima de los chips de Sony FeliCa), comparados con los 9,6 kbit/s para Mondex y la Visa Cash. Octopus está específicamente diseñada para que las transacciones de tarjeta se retransmitan según un protocolo de almacenaje y envío, sin ningún requisito de unidades de lector para tener comunicaciones de ida y vuelta en tiempo real con una base de datos o la computadora centrales. No así para una tarjeta de crédito o débito donde se requieren siempre comunicaciones de ida y vuelta en tiempo real. A partir de 2005, la Oracle Corporation proporciona los sistemas de base de datos. Como apunte, Mondex se retiró del lucrativo mercado de Hong Kong esgrimiendo como razón la popularidad de Octopus y la aceptación general de la población. Además, la Tarjeta Mondex necesitó 5 segundos en procesar una transacción en contra de los 0,3 segundos requeridos por la tarjeta Octopus.[28]

La Unión Europea espera adoptar el sistema de las tarjetas inteligentes como solución a su moneda unificada en 2005. No es sorprendente. Por lo general, estas decisiones se toman en la reunión anual del Grupo Bilderberg, dándole entonces legitimidad pública en los foros internacionales como el G8 o el Foro Económico Mundial de Davos. Los comisionados de la Unión Europea y varios miembros influyentes del Parlamento europeo pertenecen al Club Bilderberg, la Comisión Trilateral o varios grupos de expertos que participan en más de un grupo. Entonces los bilderbergers dictan a la prensa (que ellos controlan) la propaganda necesaria destinada a influir al público en la creación de una opinión favorable.

Como ya ha podido observar, los bilderbergers han ido familiarizando gradualmente a la sociedad con la idea de un sistema sin dinero. Primero tuvimos cheques, luego las tarjetas de crédito, luego las tarjetas de débito con acceso a cajeros automáticos, luego las Tarjetas Inteligentes, finalmente harán público el Transpondedor Implantable (o un dispositivo semejante). Lo que viene a continuación, y que traigo de nuevo a su atención, es un anuncio de Mondex que procede del propio sitio web de Mastercard: «Se acabó la necesidad para los usuarios de tarjetas de tener que manosear billetes y monedas, mientras que también permite pagos al contado que se producen en nuevos ambientes de aceptación. Equivale exactamente a dinero en efectivo. Como tal, Mondex presenta una nueva y poderosa oportunidad a su institución para reclamar su acción en el mercado global del dinero en efectivo.»[29]

«El microchip de la marca Infopet se inyecta indoloramente en el cuello del animal, justo bajo la piel, antes de la adopción. El número exclusivo del chip se escribe junto al nombre del dueño, la dirección y el número de teléfono. Esta información se registra en la base de datos del centro de acogida y también se envía a la sede de Infopet donde se mantiene una lista informática a escala nacional. Cada animal que cruza nuestras puertas, muerto o vivo, es escaneado con una varita portátil que percibe el chip y permite visualizar el número de identificación personal.»

El sistema Infopet permite llevar una estrecha vigilancia de más de un billón de animales domésticos mediante satélites y torres celulares simultáneamente. Deja al descubierto una señal creada por el localizador digital en intervalos específicos así como información esencial acerca del animal. ¿Hay alguna razón por la cual esto no pueda suceder con nosotros, los borregos humanos?

Hay un lado positivo de la historia. Motorola ha desarrollado los biochips implantables para humanos BT952000 creados desde la tecnología médica e implantados en personas por razones médicas, tales como la enfermedad de Alzheimer, por ejemplo, que transmite al satélite continuamente por chorros cortos de alta frecuencia ultra. No obstante, si la tecnología puede implantarse para controlar a las personas que padecen Alzheimer, ¿por qué no iba a poder ser implantada para controlar a criminales, pedófilos, fuerzas especiales en misiones secretas de gobierno, drogadictos, violadores, maltratadores y esos elementos indeseables de la sociedad capaces de agitar a suficientes personas buenas en su intento de derrocar la amenaza de usurpación por parte de la Única Dictadura Mundial?

El biochip de Motorola mide 7 mm de longitud y 0,75 mm de ancho, y tiene aproximadamente el tamaño de un grano de arroz. Contiene un transpondedor y una batería recargable de litio. La batería se carga por un circuito termopar (o par térmico) con 250.000 componentes electrónicos en que se produce el voltaje de fluctuaciones en la temperatura corporal.

La batería de litio se carga de por vida a partir de una variación máxima en la temperatura corporal. A modo de anécdota, los investigadores se han gastado 1,5 millones de dólares del dinero de los contribuyentes para analizar las dos mejores partes del cuerpo donde implantar ese elemento para aprovechar los grados máximos de la variación de la temperatura. Tras meses de investigación, determinaron que los dos mejores lugares para implantarlo serían, en primer lugar, la mano derecha, y después la frente.

Según mis fuentes del Ministerio de Defensa de los EE. UU., el microchip para humanos almacenará nueve elementos: el nombre y el retrato digital, los datos digitalizados de la huella dactilar, la descripción física, su dirección actual y las precedentes, el historial familiar, la ocupación laboral y los ingresos actuales, información fiscal y todas las deudas, sus antecedentes penales si tiene alguno y su nuevo número de la seguridad social consistente en 18 dígitos. Los primeros cinco [5] de su código postal, con el adicional cuatro [4] después del guión y su número de la seguridad social [9]. Estos 18 dígitos se agruparán en tres secciones de seis números cada una.

El nombre en clave para este proyecto era Tessera. «Tessera» era el emblema romano de propiedad colocado en sus esclavos y al que se lo quitaba se le imprimía una marca.

Lo que sigue está extraído directamente de la oficina de patentes de los EE. UU., en http://www.uspto.gov:

Número de patente de Estados Unidos 5.629.678: Sistema de recuperación y seguimiento de personas. Patente de un chip GPS «lo suficientemente pequeño para poder implantarse en un ser humano» (cita literal). Permite encontrar personas mediante satélites GPS en cualquier parte de la Tierra. Fecha de registro: 10 de enero de 1995. Inventor: Paul A. Galgano, Belmont, Mass.

Patente número 5.878.155 emitida el 2 de marzo de 1999: Código de barras tatuado sobre un individuo.

En realidad, método de verificación de la identidad personal durante las transacciones de venta electrónicas. Emitido en Houston por el inventor Thomas W. Heeter descrito como «resumen» de la patente de Heeter: «Se presenta un método para facilitar las transacciones de venta electrónicas mediante medios electrónicos. Un código de barras o un diseño se tatúan en el individuo. Antes de que se haga efectiva la venta, el tatuaje se registra con un escáner. Las características del escáner registrado se comparan con las características de otros tatuajes almacenados en una base de datos informática para verificar la identidad del comprador. Una vez comprobada, el vendedor puede ser autorizado a cargar el importe en la cuenta bancaria electrónica del comprador para efectuar la transacción. La cuenta bancaria electrónica del vendedor se actualizará de manera similar.»

El invento de Heeter está orientado al comercio electrónico mediante la red. WorldNet Daily recoge que «el comercio electrónico mediante la red crece en espiral ascendente, y el mercado europeo espera superar a la comunidad americana "on-line" en un par de años, las ventas potenciales en línea se han proyectado para alcanzar casi 1 trillón de dólares hacia el años 2003».[30]

Recuerde el experimento del Baja Beach Club, la compañía que suministra a sus clientes chips implantables llamados VeriChip.

Es una mera coincidencia que IBM, la compañía que está detrás de VeriChip, fuera la encargada del sistema de catalogación utilizado por los nazis para almacenar información sobre los judíos en Alemania. Y ya sabemos qué pasó allí.

Los directivos de Applied Digital, la compañía que produce el microchip, cree que «el mercado para tales dispositivos podría ser enorme en un futuro, a largo plazo alcanzaría una cifra tan alta como cien mil millones de dólares al año con el uso adicional del VeriChip en marcapasos implantables, desfibriladores y coyunturas artificiales como medio de identificación. Visite su sitio web para ver a qué se parecerá su futuro, en www.adsx.com».

El transporte público de Londres

BBC News Online informa de que «con el nuevo sistema (la Tarjeta Inteligente Oyster), la compañía de transportes londinense podrá rastrear los movimientos de los viajeros, planeando además reunir información de los viajes hechos durante "un cierto número de años". Cada tarjeta tiene un número exclusivo de identificación personal relacionado con el nombre del dueño registrado, que se registra junto a la localización y el tiempo cada vez que se usa la tarjeta».

Según la compañía de Transportes de Londres, tal como informó la BBC, «los datos, retenidos para propósitos comerciales, podrían ser facilitados a los organismos de Seguridad del Estado en algunas circunstancias. Todo aquel que quiera utilizar un abono mensual o anual tendrá que registrar sus datos personales en el Transporte de Londres».

¿Cómo funciona?

«Una pequeña cantidad de datos sobre el viajero poseedor de la tarjeta, incluyendo un número exclusivo de identificación, se almacenan en su interior. Cuando la tarjeta se presenta en una estación de metro o en un autobús, el número de identificación, junto a la información que incluye la situación y el tiempo de la transacción, se envían desde el lector de tarjetas a la base de datos central. Con el tiempo, la compañía de Transportes de Londres contará con una base de datos con los movimientos exactos de un significativo número de personas que viven o trabajan en Londres.»

Según la Comisión de Información del Transporte de Londres: «Los organismos de Seguridad del Estado pueden tener acceso a los datos electrónicos almacenados de esta naturaleza, y admitimos que es probable que la información se use como evidencias ante un tribunal.» Sin embargo, ¿quién puede afirmar que los organismos de Seguridad del Estado no usarán la misma base de datos contra aquellos de nosotros que nos opongamos a los planes de la Esclavitud Total? Si la ley tiene acceso a nuestra base de datos, a nuestras compras, llamadas telefónicas, relaciones de parentesco, historial médico, ¿quién puede decir que para atraparnos y eliminarnos no manipularán esa información confidencial para su beneficio? Una vez que los bilderbergers nos marquen como criminales, la prensa obediente verterá ríos de tinta para convertir a la persona en el Enemigo Número 1 de la nación. Los borregos del rebaño, es decir la mayoría, esas obedientes personas que trabajan duramente y que no se han parado a reflexionar si lo que se dice es verdad o un engaño magistral orquestado por el Nuevo Orden Mundial, les seguirán el juego y les echarán una mano. Como ejemplo digno de mención, hace años mi ex suegra —una exitosa mujer de negocios de una de las corporaciones más grandes del mundo—, al calor de una discusión, respondió que no se creería lo que yo le decía hasta que no lo viera en las noticias televisivas de la noche.

El Sistema de Transporte Público de Washington

Entra en vigor el 28 de junio de 2004, las Tarjetas SmarTrips son la única forma de pago aceptado en los transportes metropolitanos y en los aparcamientos de Washington.[31]

La publicidad difunde: «Compre en línea con su Visa, Mastercard o Discover Card. El coste total de la compra en línea es de 25 dólares. Esto se debe a que le enviaremos su tarjeta de fidelidad SmarTrip con 20 dólares de valor integrados en la tarjeta.»

La Tarjeta de Fidelidad

La Tarjeta de Fidelidad está diseñada para ayudar al comerciante a «recompensar a nuestros clientes (más) valiosos con mejores precios». No hay nada malo en eso. Salvo que nadie ha mencionado que ésa no es la principal razón de ser para que los comerciantes emitan esas tarjetas. La expresión «clientes valiosos» es la palabra clave de la industria para referirse a los «compradores que gastan la mayor parte de su dinero en nuestras tiendas».

¿Para qué se utilizan?

La Tarjeta de Fidelidad está diseñada para reunir una gran cantidad de datos acerca de sus hábitos de compra. Una vez que los datos se acumulan y los hábitos del cliente se identifican, los comerciantes utilizan la información para subir estratégicamente los precios y aumentar sus ganancias. Éste es el modo en que trabajan: cuando usted compra un artículo, un cajero pasa la tarjeta por un escáner que graba la información de la compra en un archivo informático que se conecta a los datos de su uso de tarjeta. Puesto que las Tarjetas de Fidelidad están pensadas para recompensar a los clientes «fieles» que compran con frecuencia, el resultado que surge a partir de sus hábitos de compra y de las características de su casa es un retrato minucioso. Además, cada pasillo está equipado con una cámara de vídeo de seguridad que permite a los comerciantes seguir la pista de cada uno de sus movimientos en la tienda.

El objetivo último de los comerciantes es conseguir que usted compre. ¿Cómo? Si le presento un nuevo refresco ofreciéndoselo a bajo coste, rastreo sus hábitos adquisitivos semanalmente; entonces, si usted sigue comprándolo, subiré el precio gradualmente. Si usted sigue comprándolo, sé que usted está enganchado al producto. Lo he vigilado y lo he observado. Éste es un método muy similar al que utilizan los traficantes de drogas para que sus clientes se conviertan en adictos. Interesante, ¿verdad?

El futuro

En los programas piloto supersecretos para comerciantes se introducen nuevas tarjetas inteligentes con un chip integrado que se activan automáticamente sin su conocimiento cuando usted entra en el supermercado.

En mayo de 2004, Wal-Mart, la empresa más grande del mundo de venta al público, puso en marcha una Experiencia Piloto con etiquetas de Identificación por Radiofrecuencia (RFIDs) en su centro de distribución de Sanger Texas y en un número de puntos de venta al por menor a lo largo de los Estados Unidos. Debido al éxito de la prueba, Wal-Mart obligó a sus cien primeros proveedores a implantar chips en todas sus cajas y plataformas con etiquetas RFID hacia el 1 de enero de 2005.

El Ministerio de Defensa de los Estados Unidos también utiliza los chips del mismo modo que algunos de los comercios más grandes del mundo, como Carrefour, Tesco y Ahold. Gillette, el fabricante estadounidense de cuchillas de afeitar y de bienes de consumo, encargó 500 millones de etiquetas de Identificación Personal.[32] Marks & Spencer, la cadena de ropa británica, llevó a cabo una prueba secreta en seis de sus tiendas durante las Navidades (el período navideño de 2004). Pero otras empresas parecen estar echándose atrás. El gigante textil italiano Benetton pensaba colocar chips de localización en su ropa que pudiera ser leída a distancia y utilizada para controlar a la gente que la llevara. Así fue hasta que el periodista especializado en tecnología de Associated Press Jim Krane hizo pública la noticia el 11 de marzo de 2003 y los planes secretos de Benetton ocuparon las primeras páginas de los periódicos de ámbito internacional.

«La ropa de Benetton llevará transmisores de seguimiento diminutos», Associated Press, Jim Krane, 11 de marzo de 2003.

La ropa vendida en las tiendas Benetton pronto contendrá transmisores microchip que permitirán que el comerciante italiano siga la pista de sus prendas de vestir desde el punto de manufactura hasta el momento de ser vendidas en cualquiera de sus 5.000 tiendas.

Frente al boicot de grupos que defendían el derecho a la intimidad, la compañía se retractó públicamente de sus planes de equipar con chips diminutos de vigilancia remota y de seguimiento 100 millones de prendas de vestir, según el comunicado de prensa emitido el 4 de abril de 2003. (Para leer el comunicado de prensa, visite: «Los microchips no estarán presentes en nuestras prendas de vestir; No se ha tomado la decisión sobre su uso industrial», www.benetton.com/press/sito/_media/press_releases/rfiding.pdf.)

«Benetton considera sus proyectos con chips. El fabricante de ropa todavía piensa en emplear en sus productos chips de identidad por radiofrecuencia,» Winston Chai, CNET Asia y Richard Shim, 7 de abril de 2003.

El fabricante de modas Benetton ha dejado claros sus proyectos respecto a las etiquetas de radiofrecuencia en respuesta a las noticias que informaban de que están preparando utilizar millones de estos dispositivos en sus productos para poder seguir la pista del inventario. El lunes, el portavoz de la empresa declaró que la empresa sólo ha comprado hasta la fecha 200 chips identificadores por radiofrecuencia y que todavía están estudiando si utilizarán o no la controvertida tecnología para controlar sus productos. El portavoz Federico Sartor dijo que se había malinterpretado el empleo de los RFID por parte de Benetton y, aunque la empresa no consideraba que éste fuera un tema importante, sin embargo la preocupación en los mercados financieros en cuanto al coste de la tecnología y sus ventajas hicieron que la empresa dejara clara su posición: «En este momento no usamos ningún RFID en ninguna de nuestras más de cien millones de prendas de vestir», declaró.

En su informe de noviembre de 2003, A.T. Kearney estimaba que los gastos alcanzarían unos 100.000 dólares por tienda y 400.000 dólares por centro de distribución por incorporar un sistema de RFID. Según el mismo informe, la reducción de artículos fuera de stock sólo generará 700 millones de dólares en créditos anuales a la compañía en contra del billón de dólares que se consiguen con las ventas anuales.[33]

Ahora bien, si Wal-Mart puede seguir un paquete cuando está en un depósito o en sus estanterías, o en las Naciones Unidas, ¿qué impediría al dictador mundial o al propio Wal-Mart o a Carrefour o a Benetton o a las Naciones Unidas espiarnos permanentemente a nosotros, los borregos humanos?

El 13 de diciembre de 2004, en un artículo publicado en el periódico noruego www.digi.no, los «Mapas de Maurader» de RFID con motor/impulsado están a la vuelta de la esquina. En las novelas del personaje Harry Potter existe un mapa mágico que muestra el paradero de la gente mediante puntos que cambian de sitio sobre un pedazo encantado de pergamino...

La empresa noruega Wavedancer (www.wavedancer.no) está desarrollando un sistema de seguridad RFID a partir de etiquetas de acceso o de ventajas con posibilidad de RFID y un mapa del plano del edificio basado en la vigilancia desde la entrada/salida hasta las instalaciones.

Para RFID, el objetivo último es crear «un mundo físicamente unido en el cual cada artículo del planeta esté numerado, identificado, catalogado y localizado». Como puedes ver en el sitio web de Wavedancer, la tecnología existe para hacer esto realidad. Descrito como «un problema más político que tecnológico», la creación de un sistema global «... implicaría la negociación y el acuerdo general entre diferentes países». [36] ¿Hasta qué punto sería más fácil todo esto si los diferentes países estuvieran bajo el paraguas «protector» de un Gobierno Mundial Único?

Los Permisos de Conducir en los EE. UU.

La invasión del Nuevo Orden Mundial mediante su programa de Vigilancia Total ha alcanzado dimensiones epidémicas. La última víctima es el Permiso de Conducir en los EE. UU., que usará códigos de barras y bandas magnéticas mejoradas y realzadas. ¿Se acuerda del lobo feroz de *Caperucita Roja*?, «¿Por qué tienes esos ojos tan grandes, abuelita?», preguntó la niña. «Para verte mejor», le respondió el lobo antes de comérsela. ¿Para qué necesitamos un código de barras de metal dilatado y una banda magnética en los permisos de conducir? ¡Para que el Estado pueda controlar cada uno de nuestros movimientos almacenando una cantidad significativa de datos de nuestra vida! En *Un número en lugar de un nombre: El Estado omnipresente* (A Number, Not A Name: Big Brother By Stealth), Claire Wolfe, ex responsable de comunicaciones corporativas y publicista para la empresa Fortuna 100 que se convirtió en escritora disidente en pro de la libertad y con la voluntad de advertir sobre los peligros de un Nuevo Orden Mundial, explica: «La tarjeta se convierte en un diminuto banco de datos que contiene toda la información electrónicamente legible como permiso de conducir, empleo, edad, sexo, raza, número de la seguridad social y antecedentes penales. Las tarjetas más sofisticadas (cuando toda la tecnología esté finalmente encajada en los chips se convertirá en rentable) tendrán capacidad para contener mucha mayor cantidad de datos, que podrían incluir su historial clínico, títulos y certificados de estudios, historial laboral, exploraciones de ADN y prácticamente cualquier cosa que el gobierno decida autorizar o bien un burócrata (no electo) decida regular para obtener su permiso.»[35]

¡Bienvenidos a la pesadilla! Las leyes que siguen a continuación son de la 104 sesión del Congreso (1995-1996) de los Estados Unidos.

Ley pública 104-208 y Ley pública 104-193 [léase Ley de la reforma de bienestar de 1996, desconocida para todos excepto los más perseverantes y tenaces. Pregunté a varios miembros del Congreso si podían explicarme la ley. ¡Ninguno de ellos tenían ni idea de lo que les estaba hablando, a pesar de que ellos mismos habían votado a favor de dicha ley! No es de extrañar. Con la cantidad asombrosa de legislaciones que existen, nadie tiene tiempo de leer los miles de páginas entre las cuales parece haber una ley insignificante que afecta a un pequeño segmento de la población. Pero ésta es sumamente importante.) Las previsiones que se recogen en la ley requieren el desarrollo de tarjetas de la Seguridad Social que se puedan escanear. Para comprender totalmente la importancia del elemento oculto en la PL 104-208, debe leerse conjuntamente con la División C, el Título IV, el Subtítulo A, y el documento de las secciones 401-404, asimismo aprobados durante la 104 sesión del Congreso en 1995-1996:

La División C, el Título IV, el Subtítulo A, y las Secciones 401-404 ordenan programas piloto donde las personas que buscan trabajo necesitarán el permiso del Gobierno Federal antes de obtener el permiso para trabajar. ¡Ahí es donde las tarjetas de la Seguridad Social Escaneables entran en juego! Las «insignificantes» leyes públicas 104-108 y 104-193, votadas a favor por los memos congresistas, se utilizarán para transmitir la identificación personal del empleado potencial a Washington y recibir un visto bueno por parte de la Administración de la Seguridad Social.

En otras palabras, el número de la Seguridad Social, que en Estados Unidos nunca había sido obligatorio, hoy en día lo es. Paulatinamente se está convirtiendo en un número de identificación personal extraoficial que, con las más recientes modificaciones, puede almacenar una cantidad increíble de datos personales. Y para hacer modificaciones a toda prueba, el gobierno estadounidense ha contratado dos de los personajes más insólitos...

La conexión KGB/Stasi*

El teniente comandante jubilado de la Marina de los EE. UU. Al Martin relató el 17 de marzo de 2003 que el Departamento de Seguridad del Estado ha contratado en calidad de asesor al antiguo jefe de la KGB, el general Yevgueni Primakov, último general de la KGB antes del derrumbamiento de la Unión Soviética. El 6 de diciembre de 2004, PrisonPlanet.com divulgó que, además de a Primakov, la Seguridad del Estado ha contratado al antiguo director de la Stasi, Markus Wolf, el hombre que con eficacia construyó el Aparato de Inteligencia Estatal en la Alemania Oriental. La mayor ironía de todo el asunto es que a los ex funcionarios de la KGB y de la Stasi les pagan los contribuyentes estadounidenses con su dinero. ¿Para qué contrataría el Gobierno de los Estados Unidos a los antiguos jefes del Servicio Secreto Soviético y de la Alemania Oriental?

Tanto Al Martin como Alex Jones de PrisonPlanet.com, junto a los principales disidentes de la corriente principal establecida, han divulgado que el Departamento de Seguridad del Estado de los EE. UU. ha contratado a los dos ex espías como asesores para poner en práctica el CAPPS II (léase la Vigilancia del Gobierno mediante la Identidad del Pasajero) y el Sistema de Carnets de Identidad Nacional que Primakov llamó «Pasaporte Interno». El antiguo general de contraespionaje de la KGB Oleg Kalugin, hijo de un miembro de la policía secreta de Stalin, hoy empleado en Fox News como comentarista, también ha confirmado la información (es decir, que los dos antiguos espías tengan relación con el Departamento de Seguridad del Estado [DHS] es una patraña de la Administración

---

* Nombre popular de la Staatssicherheitsdienst (Servicio de Seguridad del Estado) de la República Democrática de Alemania.

Bush, una desinformación muy eficaz para ocultar el hecho de que lo que ocurre es que es el almirante John Poidexter, de la Oficina de Información [OIA], quien ha contratado tanto a Primakov como a Wolf, que han tendido una trampa para espiar a los americanos).

Según el general Primakov, se integrarán en el Permiso de Conducir el CAPPS II junto con características nuevas en la mejora de la identificación. El objetivo de dicha práctica es acostumbrar a la gente «a los nuevos tipos de documentación y a llevar los nuevos tipos de carnets de Identidad Personal conforme a la política formal de pasaportes internos que instituye los Estados Unidos». Las letras entre comillas ponen de relieve las palabras exactas del general Primakov. Un artículo aparecido el 10/11/04 en *The New York Times* cita a un analista político del *Consumer Alert*, James C. Plumer, quien utiliza las mismas palabras para describir los permisos de conducir: «Básicamente se está considerando tener un sistema de pasaportes internos.»

El 11 de octubre de 2004 el *New York Times* también publicó un artículo titulado «El Congreso está a punto de aprobar la normativa para los permisos de conducir», en el que se afirmaba que «la Casa Blanca y el Senado avanzan en el consenso sobre el régimen para los estados que estandarizarían la documentación requerida para obtener un permiso de conducir, y los datos que el permiso debería recoger».

Al Martin explica cómo funcionaría el sistema: «Usted le da (a las autoridades) su tarjeta de crédito y, como usted está registrado en una base de datos, tras pulsar un botón el monitor lee: CAPPS II, SS, CTF. SS CTF lo que significa "Archivo de Amenaza de ciudadanos (ojo, no se explica lo que es) de la Seguridad del Estado.» La información va directamente a una nueva división establecida entre la Brigada de Investigación Criminal, el Departamento de la Seguridad del Estado y la Agencia Central de Inteligencia (CIA) y otras varias agencias federales, que se refieren a la Oficina de Seguridad Interna, que coordina los esfuerzos para establecer archivos de amenaza ciudadana sobre cada ciudadano estadounidense.

Desde enero de 2005 funcionarios del Gobierno estadounidense se han negado a comentar exactamente a qué información se tiene acceso o a cuánta información o qué tipo de información se incluirá en el "Archivo de Amenaza" de cada ciudadano. Será una enorme base de datos que incluirá archivos de crédito, archivos médicos, afiliación política y religiosa, historial militar, la asistencia a reuniones antigubernamentales, etcétera.»[36]

Sin embargo, eso no es todo. ¿Por qué desearía el Gobierno estadounidense contratar a un superespía de Alemania Oriental, a un destacado miembro de la Stasi como Wolf? Martin declaró que «Wolf convertiría a la mitad de la población en informadores. Ésa es su verdadera especialidad, tomar a una población construyendo varias divisiones estatales, mecanismos de control, para reclutar y organizar a informadores dentro de la población». Y es, precisamente, lo que Primakov ha dado a entender en una entrevista concedida a la BBC, que «misteriosamente» ha desaparecido. El plan consiste claramente en ampliar la vigilancia del gobierno y los poderes de detención. La excusa de la investigación contra el terrorismo valdrá para recoger el ADN de cualquier individuo, ampliar las autorizaciones para realizar escuchas en secreto o vigilar Internet. El régimen sabe que, una vez todo el programa de Patriot Act II se plasme en la ley, se podrá comenzar a trabajar en la Patriot Act III. Entre los elementos que se consideran en esta ley está el empleo de tortura a gran escala como medio de investigación.

Aunque Bush y compañía no aboguen públicamente por la tortura, la idea se ha recogido y se le ha dado cobertura en la prensa «fiable» y obediente. Sin embargo, según la encuesta de la CNN, el 45 % de los estadounidenses no se opondría a la tortura de alguien si ello proporcionara información sobre el terrorismo. Ahora bien, ¿cómo se sentirían estos agradables y amables ciudadanos cuando alguno de sus allegados se convirtiera en un «terrorista» porque así lo marca el Estado? Su delito... negarse a delatar a aquellos que lo rodean. Stalin era un maestro en enfrentar a un miembro de la familia con otro. De esa manera controlaba a ambos miembros y podía confiar en la valiosa información procedente de dos fuentes. A partir de aquí comenzarán a establecer el mecanismo interno para coordinar —como una función oficial de estado— un Sistema de Informadores. La especialidad de Wolf fue convertir Alemania Oriental en el mayor y más eficiente estado de informadores jamás creado.

Fuentes cercanas a Al Martin dijeron de forma confidencial a Alex Jones, el productor ejecutivo y presentador de PrisonPlanet.com, que un diputado estadounidense también había confirmado el nombramiento de Wolf.

En una entrevista en el show de Alex Jones, Martin resumió la agenda inmediata: «La parte restante de las recomendaciones de la Comisión de Inteligencia 11-S, que incluye la introducción de un Carnet de Identidad Nacional, sería aprobada y posteriormente la Patriot Act III, que incluiría el establecimiento formal de una organización de espionaje de tipo Stasi que tendría objetivos parecidos al programa TIPS (Información de Terrorismo y Sistema de Prevención).»

El Programa Información de Terrorismo y Sistema de Prevención (TIPS) tiene como objetivo reclutar a millones de ciudadanos de los Estados Unidos como informadores domésticos. En la primera etapa del programa, el gobierno usará a un millón de personas como informadores domésticos «organizados» cuyos empleos les permitan el acceso a casas privadas, como carteros, trabajadores del servicio público, trabajadores sociales, etcétera. El programa usaría a un mínimo del 4 % de americanos para informar sobre «actividades sospechosas». La operación TIPS es una parte del nuevo programa de Voluntariado Civil del presidente Bush que alienta a los americanos a estar alerta contra el «terrorismo». Pero la palabra terrorismo es un eufemismo para designar a cualquiera que esté en contra del Nuevo Orden Mundial. El programa está descrito en el sitio web del Gobierno norteamericano www.citizencorps.gov.

«EE. UU. planea reclutar uno de cada 24 americanos como espías ciudadanos», *The Sunday Morning Herald*, Australia, 15 de julio de 2002.

«Ashcroft (ministro de la Justicia) quiere que formes parte del Ejército de espías ciudadanos», *American Free Press*, 12 de abril de 2004.

«El espía que lee su mente», TomPaine.com, 26 de agosto de 2002.

Con la aprobación de la Patriot Act III, Wolf y Primakov proporcionarían su conocimiento inestimable para convertir la América del futuro en un Estado Policial.

El sorprendente artículo aparecido en *American Free Press*, del 21 de abril de 2002, titulado «Prepárate para la "sovietización" de América», citaba extensamente a Primakov. Primakov continuaba diciendo ahí que «lo han contratado como asesor y, como tal, estaba teniendo en cuenta otras cuestiones "de seguridad", una política en desarrollo en varias agencias del Gobierno (algunas de estas oficinas no han sido creadas todavía) para estrechar sistemáticamente los derechos de los estadounidenses y extender el poder del gobierno. Primakov declaró no saber la razón de todo aquello, fuera de admitir que ello no tiene mucho que ver con la lucha contra el terrorismo».

El verdadero peligro

¿Por qué debería usted preocuparse? Pues porque tomadas juntas estas bases de datos, el Sistema de Identidad Personal para controlar a los ciudadanos y las leyes, no revelan nada bueno para los amantes de la libertad. Ellos suponen que toda información sobre tu vida es propiedad del gobierno. Ellos suponen que se nos tiene que tratar como a ganado, no como a seres humanos independientes e igualitarios unos respecto de los otros. Esclavos y no personas libres.

Claire Wolf en «Un número en lugar de un nombre: El Estado omnipresente» escribe: «Debería usted estar preocupado porque, a causa de errores inocentes o bien de una corrupción deliberada, puede usted perder todo aquello por lo que ha trabajado.» Por ejemplo, una vez que los programas piloto se conviertan en Política Nacional, si su Tarjeta de la Seguridad

Social no es leída por escáner, usted no podrá encontrar trabajo en ninguna parte, ya sea en España, la Comunidad Europea o el mundo, cuando los engatusen para formar parte de una Sociedad Global. En la antigua Unión Soviética totalitaria, muchos disidentes se enfrentaron a este mismo problema. Una vez eran marginados por el Estado como enemigos del pueblo y como agentes de la «decadencia occidental» (sus crímenes no eran otros que luchar por los derechos elementales tales como la Libertad de Expresión) ya no se les permitía tener un trabajo ni sustentar a su familia. Personas valientes como Vladímir A. Kozlov, Serguéi V. Mironenko o Boris Illinietz acababan convirtiéndose en indigentes, sin dinero, eran apartados de la sociedad junto con sus mujeres e hijos sin que sus amigos pudieran hacer nada por ayudarles, aterrorizados por el hecho de sufrir la temible persecución del Estado. A menudo sus familias, obligadas a compartir un espacio de 60 m^2 para cinco o seis miembros, no podían darles alojamiento durante más de dos o tres días, eso a aquellos que tenían la suerte de tener un apartamento propio. Ya ves, con el socialismo uno no podía poseer nada, y además lo que tenía debía compartirlo con los demás. El Nuevo Orden Mundial tiene planes parecidos para nosotros. A mi padre y a mi madre, que también defendieron la Libertad de Expresión, el Estado los obligó a vivir en 47 (!) casas diferentes en un período de dos años (1964-1966). Lo que Claire Wolf describe en *Un número en lugar de un nombre: el Estado omnipresente* me provoca una terrible sensación de *déjà vu*.

Si alguien quisiera deliberadamente oponerse a la siguiente etapa de Esclavitud Total, qué difícil resultará, teniendo en cuenta que las rejillas de control se han ido colocando una tras otra durante mucho tiempo. «Esta actual ventana de oportunidad, durante la cual se podrá construir un mundo en paz e interdependiente, no se mantendrá abierta durante mucho tiempo. Estamos al borde de una transformación global. Lo único que necesitamos es una gran crisis internacional adecuada y las naciones aceptarán el Nuevo Orden Mundial.» ¡Gracias, señor Rockefeller!

A modo de anécdota, hay que decir que a finales de 2004 sólo existían ocho países en el mundo que usarán un Sistema de Licencia de Tarjeta Inteligente: Argentina, China, El Salvador, Ghana, Guatemala, India, Malasia y México. Y ninguno de esos países es lo que uno llamaría «una verdadera democracia».

Un Carnet de Identidad Personal Universal

El periódico británico *The Telegraph*, en un artículo publicado el 29 de septiembre de 2001, reconociendo los peligros de un Carnet de Identidad Universal, hizo sonar la alarma: «Esto es inevitable porque el carnet de identidad moderno no es un simple pedazo de plástico, sino que es el componente visible de una red de tecnología interactiva que funde las más íntimas características del individuo con la maquinaria del Estado.»

Es el medio a través del cual los poderes de Gobierno serán racionalizados y ampliados. Casi todos los sistemas de carnets de identidad personal introducidos en los últimos quince años contienen tres componentes capaces de devastar la libertad de las personas y su intimidad.

En primer lugar, obligan a todos los ciudadanos a dejar impresa su huella digital o una impresión de retina en una base de datos nacional. Esta información se combina con otros datos personales como la raza, la edad, el estado en que se reside. Una fotografía completa el dossier.

Además, la introducción de este sistema deberá ir acompañado de un aumento sustancial en el poder de la policía. Después de todo, las autoridades querrán poder exigir la tarjeta en una amplia gama de circunstancias y las personas tendrán que obedecer.

El elemento más significativo, y todavía más sutil, es que la tarjeta y su sistema de numeración permitirán que se conecte a la información de todos los departamentos del Gobierno. El número es, en última instancia, el elemento más poderoso del sistema.

Las autoridades pueden obtener más información personal almacenada en el chip para confirmar la identidad de su poseedor. Este proceso de validación puede llevarse a cabo en cualquier sitio —en la calle, aeropuertos, bancos, piscinas o edificios de oficinas—.

No oirá usted que ningún Gobierno revele estos aspectos. En cambio, los nuevos Sistemas de Identificación Personal se promueven bondadosamente como «Tarjetas Ciudadanas» que garantizan el derecho a ventajas y servicios.

Hace cinco años el Gobierno británico enterró silenciosamente algunas propuestas para carnets de identidad cuando se descubrió que costaría miles de millones de libras más de lo esperado, servirían poco para prevenir el crimen y podían convertirse en ampliamente impopulares.

¿Hasta qué punto de impopularidad podrían llegar cuando la gente supiera que sería necesario escanear una parte de su cuerpo?

Si el carnet de identidad personal era prácticamente inviable hace cinco años, ¿por qué iba a funcionar ahora? La respuesta rápida es que exigiría que se añadiera la biometría y todo el sistema se verificase mediante una base de datos nacional. Eso no es un carnet: es una infraestructura de vigilancia nacional.

Si este proyecto se presenta en el clima actual, tres consecuencias serán inevitables. En primer lugar, una tarjeta de alta seguridad se convertirá en un pasaporte interno, exigido en un número ilimitado de situaciones (no salga de casa sin ello).

En segundo lugar, millones de personas se verán en serios apuros cada año por tarjetas perdidas, robadas o dañadas, o por la avería del sistema informático o la maquinaria de lectura biométrica. Finalmente, los funcionarios abusarán inevitablemente de las tarjetas que usarán como un mecanismo de prejuicio, discriminación u hostigamiento.

Nadie ha sido capaz de identificar ningún país donde las tarjetas hayan disuadido a los terroristas. Para conseguir eso, un gobierno requeriría medidas inconcebibles en una sociedad libre.[37]

La Biometría

La Tecnología de Seguridad, en la que se basan las tarjetas inteligentes, conocida como Biometría, fue desarrollada por Tecnologías Keyware.[38] La Tecnología Biométrica se ha combinado con la tecnología de las tarjetas inteligentes de Keyware para lanzar el Protón CEPS (nombre específico del monedero electrónico común). La compañía dijo: «Los datos biográficos del titular de la tarjeta se almacenarán en el chip de la tarjeta electrónica, el cual proporciona el más alto nivel de seguridad para el banco en casa y el comercio electrónico.»[39]

Desde fans de la Superbowl (la final del campeonato de liga del fútbol estadounidense) con sus caras escaneadas hasta el pulgar de un niño escaneado a la hora de comprar el almuerzo en la cafetería de la escuela, las personas se verán obligadas a renunciar a su intimidad e independencia a cambio de la «seguridad» de las Tecnologías Biométricas.[40]

Trate de imaginarse siquiera a niños de la escuela primaria obligados a imprimir su huella digital para conseguir un almuerzo. ¡Esto es verídico! ¡Ocurrió en Pennsylvania con niños de siete años de la escuela del distrito de Lakeside![41]

Sin embargo, según un lobby canadiense a favor de los usuarios de las tarjetas bancarias, «los programas piloto han demostrado que los resultados más prometedores de aplicación se daban en el valor almacenado en efectivo en recintos cerrados como la identificación del campus, valor almacenado, máquinas expendedoras, biblioteca, comidas, centros comerciales y aeropuertos».[42]

De un solo golpe los gobiernos estadounidense y canadiense han impuesto una red de vigilancia a la sociedad sin dinero y enseñan a los niños que, con el dinero en efectivo, no conseguirán nunca más una hamburguesa.[43]

Alex Jones de PrisonPlanet.com nos hace ver un aspecto sumamente importante. Ante todo, entrenan a los niños para aceptar una sociedad sin dinero donde se registran todas sus transacciones y, aún más importante, esta información se introduce en bases de datos federales y estatales.

La empresa Indivos, con sede en Oakland, obtuvo una patente en agosto de 2002 por el procesamiento electrónico de transacciones económicas, como tarjetas de débito en línea, mediante el uso de huellas digitales de los clientes para su autentificación. Conocida anteriormente como Veristar Corp., Indivos permite a los clientes acceder a sus cuentas corrientes, de crédito y fidelidad sin tarjetas de plástico, papel, contraseñas o números de identificación personal.[44]

Pero lo peor no es eso: Kroger y las tiendas de alimentos HEB en Texas están sacando las cajas, pasadas de moda, y las sustituyen por sistemas de escáner de autoservicio.[45]

Wells Fargo ha puesto en práctica cámaras que escanean la cara en los bancos de Dallas.[46] Wells Fargo poseía la mitad de una compañía hoy desaparecida que se llamaba Inno Ventry en las afueras de San Francisco que utilizó la tecnología de reconocimiento de la cara para cobrar cheques. Según el sitio web de Inno Ventry, «la compañía tiene más de 850 máquinas situadas en las principales tiendas minoristas de veinte estados. Más de un millón de clientes se han hecho socios para utilizar las máquinas y estos clientes han cobrado más de 3,5 millones de cheques. Las máquinas de revoluciones por minuto utilizan una avanzada Tecnología Biométrica de reconocimiento facial para identificar a un cliente, que elimina la necesidad de usar tarjetas o números de identificación personales».[47]

No obstante, para emparejar las caras y las huellas digitales con los nombres y los números de la seguridad social, ¿se necesitaría una sofisticada base de datos? ¿Cómo consigue una empresa privada tener en sus manos una tan amplia base de datos de una nación accesible sólo para los empleados del gobierno autorizados? Obviamente, comprándolo. En los últimos ocho años, 38 estados americanos han recogido fotografías digitales, impresiones de huellas dactilares y firmas de confiados titulares de permisos de conducir. Eso no es todo. En agosto de 2001, el alcalde de Washington anunció que a todos los alumnos se les escanearía la cara y la impresión de la huella digital y entonces se cargaría en la base de datos de los titulares de un permiso de conducir.[48] Bienvenidos a *Matrix*.

Microsoft se ha comprometido a aplicar la Biometría en un futuro lanzamiento de Windows. Compaq Computer construyó un PC con un escáner de huellas digitales instalado en el teclado. Visa, Mastercard y Discover están realizando proyectos piloto donde la huella digital se pone en el código de barras, el comerciante deja caer la tarjeta en el lector, usted pone su dedo sobre un escáner y saben que la tarjeta es suya.[49]

Entonces, ¿deberíamos sorprendernos de que Microsoft, Compaq y Oracle sean miembros regulares del Grupo Bilderberg? En 2004, Microsoft fue representado en la reunión anual del Bilderberg por Craig Mundie (director técnico de Estrategias Avanzadas y Política). Larry Ellison, presidente de Oracle y Eckhard Pfeiffer, presidente de Compaq, asistieron a una reunión en Sintra, Portugal, en 1999 con Bill Gates, de Microsoft, y Lou Gerstner, presidente de IBM, donde la Tecnología Biométrica era, casualmente, el orden del día de la reunión secreta.

Como apunte, Oracle está trabajando en la implantación de un sistema (conjuntamente con la CIA y el FBI) para crear una base de datos, primero en Estados Unidos y posteriormente a escala planetaria, para incluir en ella todos los datos de cualquier persona, desde su número de pasaporte o de afiliación a la Seguridad Social hasta sus referencias bancarias y demás.

Tecnología no fiable

Sin embargo, la Tecnología Biométrica es mucho menos eficaz de lo que por lo general se cree.[50]

Un matemático japonés (no un ingeniero, un programador o un experto en falsificaciones, sino un matemático) ha conseguido engañar a once lectores de huellas digitales invirtiendo menos de diez dólares en material de fácil obtención.

Tsutomu Matsumoto duplicó una huella digital resaltando su impresión sobre cristal (por ejemplo, un vaso o una ventana) mediante adhesivo de cianoacrilato (comercialmente distribuido por marcas tan conocidas como Super Glue) y foto-grafiando el resultado mediante una cámara digital. La imagen resultante se mejoró mediante PhotoShop y se imprimió en una hoja de papel transparente.

Matsumoto utilizó dicho papel como máscara para generar un circuito impreso con la imagen de la huella digital (para proporcionar «relieve»). Dicho circuito impreso, el material para el fijado y revelado y las instrucciones detalladas del proceso, pueden conseguirse en cualquier tienda de electrónica por menos de 3 euros.

Seguidamente se obtuvo un dedo de «gelatina» empleando el circuito impreso para proporcionarle el relieve que imita la huella digital original.

En total, menos de 10 euros en gastos y una hora de trabajo. El resultado: un «dedo» que pasa la prueba de un escáner digital con una efectividad del 80 %.

¿Prohibirá EE. UU. la fabricación y venta de gelatina alimentaria por su posible uso como herramienta para engañar a los lectores de huellas digitales? ¿Cuál será el impacto de publicitar estos problemas en las iniciativas para poder realizar pagos electrónicos con una simple autentificación biométrica?[51]

La Biometría en la prensa

Al lector lego en la materia puede parecerle que la Biometría es un tema «oscuro» que rara vez aparece en las noticias. Sin embargo, una mirada rápida a los enlaces que siguen a continuación bastará para convencer a cualquier crítico de que la Biometría genera las suficientes noticias para llenar un pequeño tomo. La lista que viene a continuación es una muestra de lo que se puede encontrar sobre Biometría con sólo rascar un poco en la superficie.

El proyecto de ley para la reforma del visado en funcionamiento. Pide información biométrica en «Tarjetas Inteligentes» para seguir la pista de visitantes extranjeros.[52]

¡Qué sistema tan maravilloso! ¡Nos persiguen como a ratas! ¿Quiere usted comida? ¿Quiere usted agua? ¿Quiere usted cruzar la calle? ¡Debe ser escaneado! ¡Ah, y a propósito, entréguenos sus armas! ¡Identificador personal en un abrir y cerrar de ojos!

Intervenciones policiales y gubernamentales con Biometría

Sin embargo, tan preocupante como la Tecnología Biométrica puede ser el empleo que la policía haga de esa tecnología para usurpar nuestras libertades; es suficiente para poner los pelos de punta. Lo que encontrará a continuación es sólo una lista parcial y muy escueta sobre los usos gubernamentales de esta tecnología.

Ángel Digital

Por otra parte, la Tecnología de la Biónica (o Electrónica Biológica) intenta también crear material orgánico (células humanas) relacionadas con chips biométricos para la implantación humana. Los científicos también trabajan en chips que son mitad materia orgánica y la otra mitad silicona.[53]

Mientras tanto, en el momento de escribir este libro nos hallamos en el quinto año del tercer milenio. El choque de civilizaciones, desde el terrorismo hasta las guerras, el extremismo, el racismo o la intolerancia, acompañados de catástrofes naturales, tiene a muchas personas dispuestas a sacrificar sus libertades. El «Ángel Digital» toma el relevo en la etapa delantera.

Una empresa que cotiza en el Nasdaq, Applied Digital Solution, Inc. ha revelado su dispositivo de rastreo «Ángel Digital» en miniatura, ampliamente anunciado con anterioridad y sumamente polémico. Un dispositivo similar al que Esperanza Aguirre presentó en junio de 2004 contra los maltratadores, y que está destinado a la implantación subcutánea en un gran número de seres humanos.[54] A causa de la presión ejercida por organizaciones en pro del derecho a la intimidad, así como de organizaciones cristianas preocupadas por la profecía de la Biblia, «la marca de la Bestia», todas las referencias a la implantación subcutánea se han quitado del sitio web de la empresa comercializada por Nasdaq, www.adsx.com. De hecho, la empresa ha declarado públicamente que definitivamente el dispositivo de rastreo no se implantaría bajo la piel pero, en cambio, podría ser llevado en la muñeca como un reloj o una pulsera.

Lo que es todavía más fastidioso es que Applied Digital Solutions adquirió en 1999 el derecho a otorgar la licencia del desarrollo de aplicaciones específicas a otras entidades y a buscar copartícipes para desarrollar, ampliar y comercializar dichas tecnologías.[55] La «sociedad conjunta» de ADS puede, en potencia y sin demasiados ajustes, utilizarse para perseguir y controlar a los ciudadanos y a los criminales (¿hay alguna diferencia?). O quizás uno es un ciudadano sólo hasta que esas gentes le impongan la inhumanidad propuesta por el Nuevo Orden Mundial. Esto es, cuando le cuelguen la etiqueta de criminal y enemigo del Estado, el término utilizado en Estados Unidos para referirse a alguien que está contra el Gobierno de Bush hijo. Los soviéticos emplearon las mismas tácticas en los buenos tiempos del comunismo, al igual que hacen los chinos actualmente, y se aplican a individuos indeseables investigados, como yo, el autor de este libro. ADS anticipa un «Mercado Global Comercial [...] que superará los 100 mil millones de dólares». ADS incluso recibió un premio especial, «Pioneros de la Tecnología», del Foro Económico Mundial (el 31 de enero de 2000) por sus contribuciones «al desarrollo económico mundial y el progreso social mediante los avances de la tecnología».[56]

¡Vaya! ¡Un mercado global potencial que excederá los 100 mil millones de dólares! Bienvenidos al Mundo de la Vigilancia Total. Ahora, si usted piensa en ello, para alcanzar estas cifras astronómicas habría que implantar un microchip a todos los seres humanos de todo el mundo y a unos cuantos animalitos domésticos. ¡El sueño hecho realidad para el Gobierno Mundial Único!

Según la página web del Foro Económico Mundial, dicha organización «es una organización independiente, comprometida en mejorar el estado del mundo [...] y en proporcionar un marco de colaboración a los líderes mundiales para dirigir cuestiones globales, contratando particularmente a sus miembros corporativos en la ciudadanía global». Esto será posible con «la creación de la principal sociedad colectiva global de empresarios, políticos, intelectuales y otros miembros destacados de la sociedad para definir y tratar temas clave de la agenda global».

¿Por qué una organización que trabaja en estrecha colaboración con agencias como el Fondo Monetario Internacional, el Banco Mundial, la Fundación Rockefeller, con individuos como George Soros, Bill Gates, Bill Clinton y compañía (que están trabajando por la convergencia más que por la divergencia, hacia una base de poder centralizada, hacia un Gobierno Global), otorga un Premio de Tecnología reconociendo la labor de una empresa arribista que acaba de adquirir la patente de un sofisticado microchip implantable? Le confiaré un secreto. El objetivo principal del Foro Económico Mundial es la vacunación de cada borrego humano que puebla el planeta.

Ahora imagínese, por una parte usted tiene la tecnología implantable que desea «aplicar» a los seis mil millones de personas que habitan el mundo y ganarse un dineral en ese proceso. Por otra parte, usted tiene una organización que desea controlar esos seis mil millones de personas. Bien, ¿cómo podrían los dos objetivos combinarse y crear un único objetivo común? Implantándolo en cada ser humano del mundo. Y, ¿cómo podría llevarse esto a cabo? Cuando vayamos a vacunarnos, por supuesto.

Lo que viene a continuación está extraído de la reunión anual del Foro Económico Mundial del año 2000: «Una nueva y ambiciosa iniciativa, que une el sector público con el privado para inmunizar a todos los niños del mundo, se ha lanzado en Davos. GAVI, la Alianza Global para Vacunas e Inmunización, tiene como objetivo salvar la vida de tres millones de niños al año asegurándose de que estén vacunados contra enfermedades previsibles. La puesta en marcha de la campaña de vacunación llamada "el desafío de los niños" se ha financiado con la subvención de 750 millones de dólares americanos procedentes de la Fundación Bill y Melinda Gates (nota del autor: en 2004, Melinda Gates asistió a la conferencia secreta del Bilderberg en Stresa, Italia). El presidente de GAVI, Gro Harlem Brundtland, secretario general de la Organización Mundial de la Salud, señaló que 30 millones de niños todavía no tienen acceso a las vacunas básicas.»

Entra en escena el presidente Clinton, el último globalizador. En su discurso sobre el estado de la Unión de 2000, el presidente pidió la acción concertada internacional para combatir enfermedades infecciosas en países en vías de desarrollo [...] y construir sistemas de distribución eficaces para otros servicios de salud básicos.

«El presidente Clinton revela iniciativas para promover la distribución de vacunas existentes en países en vías de desarrollo y acelerar el desarrollo de nuevas vacunas», comunicado del secretario del Gabinete de Prensa de la Casa Blanca, 28 de enero de 2000.

Esto es lo que el comunicado de prensa de la Casa Blanca dijo: «La administración Clinton propone un crédito fiscal de 1 dólar para vacunas que se donarán a una compañía farmacéutica de un país en vías de desarrollo. La propuesta del presupuesto de la Administración Clinton para proporcionar créditos fiscales a compañías farmacéuticas que donen vacunas a países en vías de desarrollo es un incentivo suficiente [...] así aseguramos un mercado futuro para aquellos que necesitan con urgencia vacunas.»

«Se lanza una campaña de vacunación para todos los niños del mundo en el Foro Económico Mundial», Foro Económico Mundial, reunión anual, 31.01.2000.

Así que aquí lo tiene. El primer paso: eliminación de las monedas y del papel moneda. El Nuevo Orden Mundial no tendrá control total sobre nosotros hasta que se eliminen todas y cada una de las monedas y billetes de la faz de la Tierra. Primero tuvimos países independientes que pagaban por sus mercancías y servicios con su dinero. Para acercar más el mundo a un Único Orden Mundial, estos países se fusionaron en una Unión dependiente. Su moneda, un símbolo de independencia, se eliminó y se sustituyó por una única moneda. Es el estadio en que nos encontramos hoy, casi en la mitad del año 2005. El siguiente paso es la eliminación de la moneda y reemplazarla por tarjetas inteligentes. Esto es lo que ocurrirá antes de 2010, según diversas fuentes del Council on Foreign Relations (CFR) y el Club Bilderberg. Lo siguiente sería la adopción de «tarjetas inteligentes» y por último «gente inteligente» con microchips implantados de identificación. Los bilderbergers se están impacientando; los patriotas americanos se lo están haciendo pasar mal, Inglaterra sigue sin dejarse convencer, la Unión americana y canadiense es un sueño imposible gracias a los esfuerzos de personas como Jim Tucker, John Whitley o Michel Chossudovsky, lo que significa que el resto de sus diabólicos planes tendrán que posponerse. Ellos tendrán un Gobierno Mundial Único como David Rockefeller ha declarado en tantas ocasiones. Habrá que ver si mediante medios pacíficos o mediante el uso de violencia abyecta. No obstante, para la creación de «gente inteligente» el Gobierno Mundial Único necesitará eliminar el dinero, adoptar las tarjetas inteligentes como un método viable de compra, eliminar luego las tarjetas inteligentes a fuerza de convencer a la población de que no son de fiar, para acabar reemplazándolas por un microchip permanente y fiable que se convertirá tan aceptable para la mayoría de ustedes como lo es hoy Internet. Ahora, recuerde el año 1992. ¿Cuántos de ustedes podrían haber imaginado que Internet se convertiría en un modo de vida? ¿Demasiado trabajo para tan poco tiempo? No para David Rockefeller y compañía. Desde 1989, estas personas introdujeron el Tratado de Libre Comercio, el Acuerdo General sobre Tarifas y Comercio, acuerdos que triunfaron en su propósito de destruir la independencia de los países como he explicado en este libro y como he demostrado de nuevo en la sección sobre mi investigación del encuentro secreto del año pasado en Stresa, Italia. Fueron ellos quienes tramaron una falsa caída del Muro de Berlín que acercó las facciones de la Guerra Fría hacia un objetivo final: un monopolio global controlado por el Nuevo Orden Mundial. Crearon la Unión Europea, destruyendo así con eficacia la independencia de los países que forman la Unión. Han quitado el dinero de las manos de los países independientes y lo han fusionado en un dinero dependiente de muchos. Están en vías de crear tres bloques regionales, el paso penúltimo para lograr un Gobierno Mundial Único: la Unión Europea, el bloque comercial de América del Norte y del Sur (Mercosur), y en un futuro próximo la Unión Americana y la Unión Asiática bajo el mando de Japón. Esto es sólo la punta del iceberg, los puntos culminantes de lo que son capaces los bilderbergers y compañía.

Bien, ¿continúa creyendo que cinco años es un período demasiado corto para esta gente?

La siguiente información procede de la página web de Applied Digital Solutions www.digitalangelcorp.com: la corporación del Ángel Digital (AMEX: DOC), una empresa de tecnología avanzada en el campo de la identificación rápida y precisa, el 24 de mayo de 2004 anuncia que está en una buena posición para participar en el Programa de Pasaportes para Animales Domésticos bajo mandato de la Unión Europea, dispuesto para su puesta en marcha el 1 de octubre de 2004.

La normativa emitida por el Parlamento Europeo y el Consejo de la Unión Europea el 26 de mayo de 2003, definiendo técnicas de identificación obligatorias para perros, gatos y hurones que viajen a y entre países miembros de la Unión Europea, estipulan que durante un período de transición de ocho años sólo se considerarán identificados los animales que lleven un tatuaje claramente legible o un sistema electrónico de identificación (transpondedor).

«Por consiguiente, aunque algunos ciudadanos de países miembros de la Unión Europea puedan viajar ahora entre algunos estados de la Unión Europea sin control de pasaportes, desde el 1 de octubre sus animales de compañía requerirán un pasaporte que llevará el microchip del animal o un número tatuado así como los registros de las vacunas, tratamiento contra las garrapatas, exámenes clínicos y otros datos.»

Lo que la Corporación de Ángel Digital no ha mencionado es que la tecnología del pasaporte para animales de compañía es fácilmente adaptable para el empleo en seres humanos. WorldNetDaily, una de las primeras fuentes de información sobre avances tecnológicos (según algunas personas, esta publicación de Internet se financia secretamente gracias a elementos renegados de la CIA comprometidos a sacar a la luz los planes secretos del Nuevo Orden Mundial, lo cual es bastante probable, porque a menudo su información es demasiado buena como para venir de fuentes no fiables) informa en un comunicado exclusivo el 1 de noviembre de 2002 de que «una compañía comercializada por Nasdaq ha revelado un proyecto ampliamente anunciado con anterioridad y sumamente polémico, el "Ángel Digital", un microchip implantable bajo la piel concebido no sólo para introducir etiquetas en los animales sino para el empleo de seguimiento de seres humanos por todo el mundo».

Sin embargo, lector, no se engañe. La Corporación de Ángel Digital y su tecnología no es el problema. El problema es que esta tecnología esté en manos de la actual élite de poder. A continuación encontrarás algunos titulares de artículos que hablan sobre la tecnología de rastreo y el mal uso que se ha planeado para ella:

— «Sale a la luz Ángel Digital: una tecnología implantable bajo la piel para el rastreo de seres humanos.»

— «Applied Digital Solutions (ADS) propone implantar a los viajeros con microchips.»[57]

— «Applied Digital Solutions (ADS) impulsan una promoción especial incitando a los americanos a adquirir microchips (las primeras 100.000 personas disfrutarán al subscribirse de un descuento de 50 dólares).»[58]

— «Presentación de un microchip que puede tanto implantarse como llevarse estrechamente pegado al cuerpo. Se prevé un mercado de doscientos mil millones.»[59]

— «Pruebas en la gente con Ángeles Digitales Beta. A partir del 15 de julio de 2001, Applied Digital Solutions comenzará a experimentar en humanos con implantes tecnológicos capaces de permitir a sus usuarios emitir una luz buscadora, y que posee funciones vitales en el cuerpo que supervisan y confirman la identidad en las transacciones de comercio electrónico.»[60]

— «La Unidad del Ángel Digital de Applied Digital Solutions aprueba un programa piloto que durará un año para controlar en directo a los presos en libertad condicional en el condado de Los Ángeles», Applied Digital Solutions, Inc., 7 de noviembre de 2001.

— «La etiqueta electrónica implantable puede rastrear a terroristas sospechosos.»

— «Este dispositivo a lo Gran Hermano plantea serias preguntas acerca de las libertades civiles, y de cómo los gobiernos podrían utilizarlo para perseguir a gente inocente.» *American Free Press*, 21/9/2001

— «El chip inyectable abre la puerta al código de barras humano», 7 de enero de 2002.

— «Un profesor dispuesto a conectar un chip a su sistema nervioso, llevándonos un paso más cerca a convertirse en un *cyborg* —parte humano, parte ordenador— implantando un chip de silicona que se comunica con su cerebro» (CNN, 7 de diciembre de 2000).

— «Holanda catalogará su población siguiendo un «número de servicio de ciudadano".» Dmeurope.com, 24 de mayo de 2004.

— «Una empresa estadounidense lanza la venta de un microchip en México que puede implantarse en las personas».[61]

— «El 14 de febrero de 2003, la Corporación de Ángel Digital anunció que ha recibido dos pedidos de compra por un total de 6.000 de sus GPS personales Ángel Digital™, unidades de conectividad móviles de su distribuidor exclusivo en México Corporativo S.C.M. d/b/a Guardian Digital. Furtivamente se evitó mencionar que los microchips se implantarán en la seguridad y la policía mexicana.»

— Códigos de barra humanos: ha llegado el momento de implantar a la gente con chips identificadores. «El procedimiento indoloro apenas duró 15 minutos. En su oficina del sur de Florida, el doctor Harvey Kleiner aplicó anestesia local en el tricep de mi brazo derecho, y luego clavó una aguja gruesa profundamente bajo mi piel.»[62]

— Implantación de chips a los niños: una niña se inserta un localizador para aliviar los temores de sus padres.[63]

— Tras el 11-S se da luz verde a las implantaciones de chips.[64]

— La policía tendrá el poder de detener y escanear a «los sospechosos para obtener datos biométricos bajo su requerimiento». El Gobierno desarrollará una enorme base de datos automatizada para unas tarjetas que se requerirán para tener acceso a una gama de servicios públicos, entre ellos los Servicios Sanitarios. La base se llamará Registro de Identidad Nacional y contendrá detalles de los 60 millones de personas que habitan en el Reino Unido.[65]

Llamamiento a la acción

Según lo expuesto en este libro, podría parecer a los que creen que hay algo de verdad en lo que digo que todo está perdido, que es cuestión de tiempo antes de que seamos esclavizados y enviados a un campo de concentración.

Sin embargo, no hay nada más lejos de la realidad. El movimiento para librarnos de las opresivas garras del Nuevo Orden Mundial es más fuerte cada día que pasa. No estoy solo. Si yo hubiera sido el único o sólo hubiéramos sido unos pocos, ellos, el Nuevo Orden Mundial, nos hubieran destruido hace tiempo. Ni tienen éxito ni lo tendrán nunca. Los proyectos de los globalizadores para conseguir el Poder y la Esclavitud Totales se enfrentan a una increíble resistencia. En 1996 intentaron destruir Canadá y unir los Estados Unidos y lo que quedara de Canadá en un Súperestado Norteamericano. Se lo impedimos. La unánime consternación y las protestas públicas por todo el Estado canadiense obligaron a los globalizadores a modificar sus planes, a posponer la fecha de la destrucción hasta el año 2000. No podrá ser. Los canadienses están alerta. Ahora, estamos en el año 2005 y Bilderberg espera la desmembración de Canadá para el año 2007. Fracasarán, una vez más.

En Francia y en Holanda, los miembros sagrados de la Comunidad Europea, los ciudadanos rechazaron de forma abrumadora la Constitución Europea, un paso más hacia la creación del Gobierno Mundial. Inglaterra es un faro de esperanza para nosotros, los europeos libres. Porque, por mucho que los miembros de Bilderberg, los políticos británicos, los periódicos y los grandes capitales hayan empujado a Inglaterra hacia la Comunidad Europea, referéndum tras referéndum, encuesta tras encuesta, los ciudadanos dicen alto y claro que el país no quiere formar parte de la usurpadora amenaza global. ¡El reino del absurdo incluso ha llevado al primer ministro de Inglaterra, Tony Blair, a declarar públicamente que «es patriótico ceder la independencia»!

En los Estados Unidos, las noticias para los miembros de Bilderberg son todavía peores. Una de las claves de la destrucción estadounidense es la iniciativa dirigida por Bilderberg de desarmar a los americanos, algo que atenta claramente contra la Constitución y la Declaración de Derechos de los Estados Unidos, que conceden a los ciudadanos de los Estados Unidos el derecho a llevar armas. Sin resistencia armada, será muy fácil detener y matar a los que se opongan a los planes de Bilderberg de crear un Estado Global. Esto puede parecer un oxímoron. ¿Acaso el objetivo no era, me dirán, vivir en un mundo sin violencia? No cuando los miembros de Bilderberg pretenden esclavizar al mundo entero, como he demostrado a lo largo del libro, en multitud de ocasiones. Nuestra esperanza son las milicias de los Estados Unidos. Sí, así es. ¡Rockefeller dijo hace unos años que se está acabando el plazo para crear un Nuevo Orden Mundial! Él sabe lo que dice. Lo que quería decir es que cada vez resulta más difícil convencer al mundo para que entregue su libertad por medios pacíficos, porque cada día miles de personas se dan cuenta de la terrible amenaza que supone el Estado Global. Si los miembros de Bilderberg no pueden alcanzar su Gobierno Mundial por medios pacíficos, entonces, lucharán para obtenerlo por la fuerza. ¡Por eso las milicias de los Estados Unidos y las milicias canadienses son nuestros redentores! Mientras estos hombres y mujeres valientes estén dispuestos a defender los derechos que les concedieron los Padres Fundadores, mientras estén dispuestos a morir por defender la libertad, estaremos a salvo. Según estimaciones a la baja, las milicias y sus seguidores cuentan con millones de personas, según un estudio secreto llevado a cabo por el Gobierno de los Estados Unidos que debida e inmediatamente se nos filtró a los patriotas que luchamos contra esta amenaza global.

Los miembros de Bilderberg habían planeado la creación de un Estado Global para el año 2000. Ahora, en el año 2005, cada vez tienen más frentes abiertos y se enfrentan a una población que no está dispuesta a ceder su derecho fundamental a la libertad. Canadá no ha sido subyugado, ni Inglaterra, ni Francia, ni Holanda. ¡Aunque el presidente de los Estados Unidos, la mayor parte de su gabinete y una gran parte del poder legislativo estén en manos de los miembros de Bilderberg, nunca lo han tenido tan difícil! Se está agotando el plazo para resolverlo por medios pacíficos. ¡Y los miembros de Bilderberg tienen pánico de una confrontación violenta porque hay millones de nosotros, armados y esperándoles al otro lado! Por eso quieren desarmar a las milicias.

Están desesperados. Se han puesto en contacto con agentes secretos, divisiones del ejército y agentes de policía para preguntarles si, en caso de conflicto armado (es decir, en caso de guerra civil), ellos, los oficiales que han jurado proteger a sus compatriotas, estarían dispuestos a luchar contra ellos. La mayoría no lo hará porque entre sus compatriotas que luchan por la libertad se encuentran sus propias familias y amigos y amigos de sus amigos y parientes de sus amigos. Así pues, los miembros de Bilderberg han usado su arma secreta: un payaso convertido en director de cine llamado Michael Moore. Moore no defiende nuestra causa, es uno de ellos. Su película sobre la Asociación Nacional del Rifle, *Bowling for Columbine*, es una parodia de la justicia. Si fuera un héroe americano de verdad, Michael Moore defendería las milicias y la Asociación del Rifle. Las armas no matan. Los miembros de Bilderberg sí.

Preste atención. Fíjese en el descontento generalizado. Las ciudades se pudren entre el crimen, la prostitución y las drogas. Las tasas de suicidio son más altas que nunca. La conducta degenerada se presenta como arte New Age. Pero los miembros de Bilderberg nunca lo han tenido tan difícil. ¡No estamos solos ni hay nada perdido! Consulte en Internet, en cualquier buscador. Teclee ECHELON, PROMIS, BILDERBERG, MK-ULTRA, HAARP, NEW WORLD ORDER, ONE WORLD GOVERNMENT. Hay decenas de millones de páginas dedicadas a estos temas, lo que significa que hay decenas de millones de personas en contra del Nuevo Orden Mundial. ¡Lunáticos!, se dirá. ¡Teorías de conspiración! La mayor parte de las páginas ciertamente se limitan a copiar material ya publicado. Pero, vamos a contarlos como números, como personas opuestas a los proyectos dirigidos por Bilderberg para imponer una Esclavitud Global. Por eso son tan importantes estas cifras. Tenemos millones, decenas de millones de aliados, entre la gente de la calle. Y eso no es todo. Tenemos espías por todas partes. ¡La mayor parte de los asociados menos importantes de los miembros de Bilderberg son nuestros ojos y oídos! La mayor parte de los agentes secretos y servicios secretos de rango inferior como el MI6, la CIA, el FBI, la Real Policía Montada del Canadá, el Centro Nacional de Inteligencia o el KGB también son de los nuestros. Sabemos qué piensa Bilderberg e incluso conocemos sus intenciones. Por eso, a pesar de las extraordinarias medidas que toman para protegerse y para ocultar información incriminatoria tras un velo de secreto, sabremos inmediatamente cuáles son sus intenciones. Y los miembros de Bilderberg lo saben y no pueden hacer nada por evitarlo.

La situación es extremadamente grave. Tenemos que enfrentarnos al esfuerzo combinado de algunas de las personas más brillantes de la historia de la humanidad conspirando contra nosotros con el objetivo de subyugarnos. Pero la voluntad humana es inmortal. Los tiranos han matado a millones de personas, y aun así la gente ha luchado y ha recuperado la libertad. Durante los últimos 200 años, desde el nacimiento de los Illuminati en 1776, los más poderosos del mundo han planeado nuestra destrucción. Controlan la Comunidad Europea, las Naciones Unidas, el Gobierno de los Estados Unidos, las principales instituciones bancarias del mundo...

El hecho que el Club Bilderberg, una organización secreta

que cuenta con 120 invitados cada año a su reunión anual, cuenta con todos los presidentes europeos, estadounidenses y canadienses, con todos los comisarios europeos, los principales banqueros europeos, presidente del FMI, del Banco Mundial, del Banco Central Europeo, secretario general de la OTAN es estadísticamente imposible en una sociedad que consiste en casi 1.000 millones de personas.

La libertad mueve el corazón humano y el miedo lo paraliza. Entre la cacofonía ensordecedora del silencio patriótico, hay voces insurgentes que exigen atención. La democracia tiene su fundamento moral en la verdad, la tolerancia, la libertad y el respeto por la dignidad humana. Los miembros de Bilderberg desprecian el patriotismo porque es la antítesis de la esclavitud.

Sin embargo, no basta con eso. La política de Bilderberg tiene que ser perseguida en la sociedad civil y en las instituciones en las que se ha infiltrado: pueblos y ciudades pequeños, escuelas primarias, organizaciones culturales, grupos de jóvenes, asociaciones profesionales. Esto no pueden hacerlo los partidos políticos, que son meras máquinas electorales. La moralidad humana debería sostener la seguridad global y el impulso para esta nueva moralidad debería emanar de actores no gubernamentales.

Tiene que haber un *movimiento*, en la sociedad y en la política, basado en la cooperación entre partidos progresistas, organizaciones de la sociedad civil e intelectuales. Se trata de un proyecto a largo plazo. La globalización es una amenaza *histórica*. Pretende destruir el legado del patriotismo y de la propia modernidad. Sólo puede lucharse con ella de manera holística, sin medias tintas.

El Nuevo Orden Mundial ha impuesto un único gobierno totalitario, una única moneda global y una religión sincrética universal a la población del mundo mediante mentiras y ofuscaciones.

En una sociedad cada vez más dividida, hay elementos que pueden destacar lo que compartimos, lo que tenemos en común, y hacerlo directamente, con gran intensidad. La dignidad humana y la diversidad cultural, que se entienden al momento en todas partes y no necesitan traducción, son algunos de los aspectos más valiosos de la tradición universal. Se merecen todo el apoyo que puedan recibir. Se merecen luchar y morir por esta libertad.

Conversaciones de las reuniones de Bilderberg

Turnburry, Escocia, 14-17 de mayo de 1998*

Las siguientes conversaciones entre delegados de Bilderberg fueron registradas por fuentes presentes en las reuniones en Escocia (en 1998), en Toronto (Canadá, en 1996) y en Sintra (Portugal, en 1999) y publicadas por primera vez por James P. Tucker Jr. en un semanario independiente clausurado por orden judicial, la revista *The Spotlight*. Suponen una oportunidad única para entender cómo se negocia dentro del Grupo Bilderberg para alcanzar el consenso en el caso de decisiones delicadas.

[Había muchas discusiones y optimismo entre los participantes de la reunión de Bilderberg sobre una reunión de las Naciones Unidas prevista para el mes de junio en Roma, en la que se debía preparar un borrador de tratado para el establecimiento de un Tribunal Penal Internacional permanente. A diferencia de la actual Corte Internacional, el TPI debe tener capacidad de ejecución y podría imponer sus decisiones en todo el mundo.]**

DELEGADO EUROPEO: ¿Causarán problemas a Bilderberg los nacionalistas americanos con el tema del tratado de tribunal penal? —preguntó uno.

---

*   Publicados por James P. Tucker Jr.
**   Los textos entre claudátors son comentarios del autor.

DELEGADO AMERICANO: Creo que no —respondió un americano que pudiera ser, aunque no se le ha identificado con seguridad, Casimer Yost, director del Instituto para el Estudio de la Diplomacia, de la Facultad de la Escuela Diplomática, en la Universidad de Georgetown en Washington.

El americano advirtió que en 1994 una votación en el Senado estadounidense dio como resultado 55 votos a favor y 45 en contra del establecimiento del TPI bajo el auspicio de las Naciones Unidas. El Senado lo hizo, indicó, sabiendo perfectamente que el tribunal global, con jueces de la China (comunista) y de otras naciones gobernadas por bandidos, puede juzgar a los Estados Unidos y a ciudadanos concretos.

DELEGADO AMERICANO: Hubo algunas objeciones por parte de la opinión pública americana, pero no mucha —dijo el americano—. La mayor parte de la gente no sabe nada del tema y probablemente nunca se entere.

DELEGADO EUROPEO: A menos que el TPI los meta en la cárcel —respondió otro.

DELEGADO AMERICANO: Sí, entonces seguro que se dan cuenta —dijo el americano.

[La última frase fue irónica y desdeñosa.]

El Congreso da marcha atrás

[Los participantes en la reunión de Bilderberg declaraban abiertamente que las Naciones Unidas deben convertirse en un Gobierno Mundial con su propio ejército que controle el globo para hacer cumplir su voluntad. Las lumbreras de Bilderberg expresaron su indignación porque hace un año el Congreso de los Estados Unidos no aprobó una partida de 18 mil millones de dólares para el Fondo Monetario Internacional y sacar así a los grandes bancos de sus apuros.]

DELEGADO EUROPEO: ¿Cómo pudieron dejar que su Congreso hiciera algo así? —preguntó un francés a un americano durante una pausa informal—. Antes nunca habían causado problemas.

DELEGADO AMERICANO: Nuestro Congreso tiene un problema llamado votantes —respondió.

DELEGADO EUROPEO: Eso pasa porque ahora tenemos una comunicación menos directa —dijo el francés.

DELEGADO EUROPEO: Los líderes de su Congreso ya no aceptan nuestras invitaciones para asistir a las reuniones de Bilderberg.

DELEGADO AMERICANO: De nuevo, el problema son los votantes —explicó el americano—. Durante muchos años tuvimos una privacidad casi total. Ahora, los extremistas de derechas agitan a los votantes y los miembros del Congreso tienen que responder a demasiadas preguntas.

[Durante décadas, algunos líderes del Congreso como el antiguo portavoz de la cámara Tom Foley (demócrata por Washington), el antiguo presidente del Banco del Senado Lloyd Bentsen (demócrata por Texas) y otros han asistido a las reuniones de Bilderberg. Bentsen siguió como secretario del Tesoro del presidente Clinton, pero no estuvo entre los participantes de este año.

Durante los últimos años, los únicos legisladores que han asistido han sido Sam Nunn (senador demócrata por Georgia) y un miembro del Congreso, pero sólo después de haber anunciado su retirada de la política.]

DELEGADO EUROPEO: Necesitamos que vuelvan, como demuestra el problema del FMI —dijo el francés.

Sobre la ampliación de la OTAN, los participantes de Bilderberg estaban impacientes

[«El camino más corto para conseguir una paz permanente es incluir a todo el mundo, incluso a Rusia, tan rápido como sea factible», dijo un portavoz europeo cuyo comentario recibió la aprobación general.

Se planteó una pregunta sobre los gastos.

«¿Pregunta por los gastos? —respondió el portavoz—. ¿Cuánto les costaron las dos guerras mundiales, Corea, Vietnam y la guerra del Golfo a los americanos? La paz es mucho más barata.»

Asegurar «la paz permanente en todo el mundo requiere un mecanismo de ejecución fuerte, lo que significa mantener intacta a una OTAN ampliada, pero bajo la dirección de las Naciones Unidas, para lo que hay un precedente al que nadie se opuso excepto los nacionalistas furibundos», dijo el portavoz.

El «precedente» del que se hablaba era la presencia de fuerzas de las Naciones Unidas en Bosnia, donde los soldados americanos recibieron el uniforme de la ONU y sirvieron bajo un mando extranjero que respondía directamente ante el Consejo de Seguridad, mientras que el presidente estadounidense y el Congreso no tenían ningún papel en absoluto.]

King City, Toronto, Canadá, 30 de mayo-
1 de junio de 1996*

Sobre la disputa entre Grecia y Turquía sobre Chipre

[La élite globalizadora había planeado una guerra en los Balcanes que se convertiría en el «Vietnam de los 90», de manera que, si no podían causar tal guerra provocando a los serbios mediante el empleo de «escuadrillas de secuestro» de la OTAN para detener a sospechosos de crímenes de guerra y llevarlos ante el tribunal de La Haya, su plan consistía en utilizar Kosovo como polvorín para provocar un conflicto regional que en última instancia implicaría a la Federación yugoslava, Bosnia, Rusia, Grecia, Turquía, Albania, Macedonia, los poderes militares de la Europa Occidental, los Estados Unidos y, por extensión —como aliados de Turquía y Grecia—, a Israel y Siria.]

DELEGADO EUROPEO 1: Los rusos preparan la entrega de misiles a los greco chipriotas.

DELEGADO EUROPEO 2: Es una buena manera de crear un

---

*   Publicados por Daniel Estulin.

conflicto entre Turquía y Grecia [sobre Chipre] y desde allí ampliar las hostilidades [al área de los Balcanes].

DELEGADO AMERICANO: ¿Se puede conseguir que el general [nombre incomprensible, refiriéndose a un general ruso] adelante el envío hasta agosto de este año?

DELEGADO EUROPEO 1 [*Riendo*]: ¡No es un buen verano para pasar unas vacaciones en las islas griegas!

DELEGADO AMERICANO: ¡Ya se puede ir olvidando de la ayuda de la fuerza aérea griega si está en Chipre; apenas podrán llevar combustible suficiente para llegar a la isla, harán un pase y se volverán tan contentos a sus bases en el continente!

DELEGADO EUROPEO 3: Pangalos [el ministro griego de Asuntos Exteriores, Theodoros Pangalos] lleva mucho tiempo echando pestes sobre esta gente [los turcos], me extrañaría que ellos [los turcos] no aprovecharan esta oportunidad para vengarse.

[Theodoros Pangalos, ministro de Asuntos Exteriores griego, asistió a la Conferencia de 1996 de Bilderberg en Toronto, Canadá, y parece que su política de insultar en público y ofender a los turcos comenzó realmente en serio a partir de aquella fecha. ¿Le dijeron en aquella Conferencia que el empeoramiento de las tensas relaciones entre las dos naciones mediante expresiones tan groseras sería una de sus principales responsabilidades en el futuro?]

*Otra conversación sobre el contrato
de misiles rusos y los israelíes*

DELEGADO AMERICANO: Los rusos están a punto de firmar un contrato por valor de más de 300 millones de dólares para suministrar misiles S300 también a los sirios.

DELEGADO AMERICANO 2: Hay que tener cuidado con esto. Una vez instalados, negarán la superioridad aérea israelí en la región, igual que su instalación en Chipre hará con respecto a los turcos.

DELEGADO EUROPEO: Posuvalyuk (el viceprimer ministro ruso Victor Posuvalyuk estaba a punto de realizar una visita de trabajo a Israel el 18 de mayo) se llevará una bronca de los israelíes.

DELEGADO AMERICANO 2: No es probable que los rusos se den por aludidos.

La admisión de Turquía en la Unión Europea

Un DELEGADO CANADIENSE, que pudiera ser Conrad Black pero a quien no se ha identificado con seguridad: Los turcos están muy cabreados con el rechazo [la última negativa de la CE a admitirlos].

DELEGADO AMERICANO: Los griegos podrían tener dispositivos de emergencia para llevar a cabo incursiones militares con F16 desde las bases aéreas sirias [en el caso de que los turcos consiguieran anular las instalaciones de misiles S300 chipriotas en un primer ataque].

DELEGADO BRITÁNICO: Los políticos griegos son una clase notoriamente corrupta.

DELEGADO AMERICANO: Seguro que están dispuestos a aumentar la tensión bélica con Turquía para que la gente de su país no se fije en su desastrosa gestión de la economía y en su ineptitud general.

[Este refinamiento del conflicto sin duda satisface a los miembros de Bilderberg ya que no sólo enfrenta a un Estado cristiano ortodoxo y a un Estado técnicamente laico pero musulmán entre sí, sino que también implica por defecto a los árabes y los israelíes en papeles secundarios opuestos.

Cómo provocar al Ejército yugoslavo colocando a una pequeña fuerza de la OTAN con suministros inadecuados en la frontera entre Yugoslavia y Albania.]

DELEGADO CANADIENSE: Jean [el primer ministro canadiense Jean Chretien] se había ofrecido a ayudar.

DELEGADO AMERICANO: Mitchell [el destacado miembro canadiense de la Comisión Trilateral, Mitchell Sharp] piensa que, si podemos conseguir que las Naciones Unidas soliciten ayuda, el gobierno canadiense no tendrá «más remedio» que aceptar.

DELEGADO AMERICANO 2: Tenemos que actuar con extrema cautela. Podría salirnos el tiro por la culata.

DELEGADO CANADIENSE: Transmitiré el mensaje al primer ministro a través de nuestros canales habituales para que visite las tropas [1.200 militares destinados en Bosnia] y anuncie posteriormente la promesa de Canadá de mantenerlos allí después de que expire su actual mandato el 1 de julio.

Impuestos globales

DELEGADO PORTUGUÉS: Vito es un buen chico.

REPRESENTANTE DE UNA COMUNIDAD INTERNACIONAL: Este tema [la propuesta de impuestos globales] fue discutido oficialmente el 13 de mayo en el Centro Interamericano [la 32 Asamblea General del Centro Interamericano de Administración Fiscal en São Paulo, Brasil, por Vito Tanzt, un especialista en temas fiscales y director del FMI].

DELEGADO AMERICANO: Creo que *eso* [en referencia a la propuesta de Tanzt de crear una Organización Fiscal Mundial en un plazo de 10 años con la capacidad, entre otras, de recaudar un «impuesto directo del 20 %» de cualquier transferencia financiera internacional] y la idea de Paul Martin pueden hacer avanzar este tema bastante bien [las recomendaciones públicas del ministro de Economía canadiense Paul Martin de que el FMI tenga más poder sobre las economías nacionales].

Sintra, Portugal, 3-6 de junio de 1999*

Guerra en Kosovo

Un DELEGADO EUROPEO, que se supone que es DOMINIQUE MOÏSI, director adjunto del IFRI (Institut Français des Relations Internationales): Fue un error permitir que ocurriera la guerra en Kosovo. Devastamos la región que intentábamos sal-

* Publicados por Daniel Estulin.

var sólo para evitar tener bajas en nuestras filas. Dudo que se pueda restaurar la estabilidad en la región sin una considerable inversión —quizá algo así como 50 mil millones de dólares—.

DELEGADO BRITÁNICO: Me pregunto si se mantendrá unida la alianza después del final de la guerra. Habrá poco entusiasmo popular sobre la cesión de recursos para solucionar los enormes problemas de la región.

Un DELEGADO AMERICANO, que se supone que es CHARLES G. BOYD, director ejecutivo del Grupo de Estudio sobre Seguridad Nacional, EE. UU.: Una guerra que conduce a la destrucción de la región cuando había sido diseñada para salvarla no puede considerarse un triunfo de la diplomacia. Hubiera sido mejor basarse en el acuerdo alcanzado el pasado septiembre entre los negociadores y Milosević. Permitimos que la agenda la marcaran los grupos de presión locales, lo que dificultó el final de la guerra. Y establecimos un principio que el resto del mundo no acepta.

Un DELEGADO DANÉS identificado fehacientemente como TØGER SEIDENFADEN, redactor jefe de *Politiken*: Esto incluye el resentimiento de Rusia (combinado con el sentimiento de que ahora Rusia tiene carta blanca para intervenir en Chechenia) y la posibilidad de que el próximo régimen en Serbia sea incluso peor que el que había.

Un DELEGADO EUROPEO, que se supone que es DOMINIQUE MOÏSI, director adjunto del IFRI: En 1995 se había prometido a la población americana que sus tropas sólo se quedarían en Bosnia durante un año (y siguen allí cinco años más tarde. Fácilmente podrían pasarse un cuarto de siglo en Kosovo).

DELEGADO BRITÁNICO: Kosovo es ahora una tierra baldía, un desastre humanitario comparable con Camboya; la región que la rodea se ha visto profundamente desestabilizada y Serbia corre el peligro de explotar.

Un DELEGADO EUROPEO, que se supone que es DOMINIQUE MOÏSI, director adjunto del IFRI: No podemos resolver el problema de los Balcanes sin la ayuda de Serbia, que proyecta su sombra sobre toda la región igual que Alemania proyecta su sombra sobre Europa.

DELEGADO BRITÁNICO: Los problemas con la pacificación serán enormes. La guerra no ha terminado ni mucho menos en las mentes de los participantes. El desarme del KLA será casi imposible.

El impacto social y político sobre los mercados emergentes de los recientes acontecimientos económicos

[Un tema que salió pronto en las discusiones era el destino de la globalización como ideología. El problema de Rusia despertó muchos comentarios. Había un acuerdo general sobre la razón por la que los países tienen dificultades para incorporarse a la economía de mercado. No tiene que ver con motivos ideológicos — la ideología antimercado está desapareciendo del mundo y casi ya no existe en América Latina— sino con la falta de capacidad, en particular a la hora de crear un sistema financiero y legal que funcione. Entre los delegados había quienes defendían la idea de que Occidente tenía derecho a exigir estándares más rigurosos.]

Un DELEGADO SUECO que pudiera ser PERCY BARNEVIK: La confianza es la clave. En la mayoría de países hay mucho capital privado disponible. Pero nadie invertirá su capital a no ser que confíe en el marco institucional de los países en los que se invierte.

DELEGADO FRANCÉS: Occidente es responsable en gran medida de la situación de Rusia. Animó a Rusia a incorporarse a un sistema de libre mercado que a la Europa Occidental le había costado cuarenta años establecer. Quizá deberíamos reconocer que no necesitamos un mundo perfecto para hacer negocios.

Un DELEGADO SUECO que pudiera ser PERCY BARNEVIK: Se ha malgastado la mayor parte del dinero enviado a Rusia. El estado de la industria del carbón, por ejemplo, no es principalmente un problema social, sino un problema de crimen organizado.

DELEGADO AMERICANO: ¿Se podría llegar a un punto en el que Occidente decidiría dejar de prestar dinero a Rusia?

DELEGADO FRANCÉS: Sí, Occidente dijo basta en agosto de 1998; pero Occidente sigue teniendo interés en vincular a Rusia al sistema financiero internacional.

Un DELEGADO FINLANDÉS identificado claramente como MATTI VANHALA, presidente del Consejo del Banco de Finlandia: Durante años ha sido una práctica común en la comunidad académica tener en cuenta factores sociales y políticos.

Un DELEGADO SUECO, que pudiera ser Tom C. Hedelius, presidente del Svenska Handelsbanken: En mi profesión, el estado del sistema legal simplemente formaba parte del riesgo de crédito.

La política exterior rusa

[La reunión se celebró cuando las relaciones entre Rusia y Occidente eran muy tensas debido al conflicto en Kosovo. Todo el mundo estaba de acuerdo en que ocuparse de Rusia planteaba enormes problemas. Su política exterior es errática, reflejo de sus dificultades a la hora de adaptarse a la pérdida de su estatus como superpotencia; ciertamente, ya no existe una política exterior rusa, sólo las políticas de grupos políticos rivales y de bloques regionales. Un grupo de participantes expresó un cierto optimismo, indicando que algunas reformas funcionan y que las relaciones con la Unión Europea son mejores que con los Estados Unidos. Pero nadie creía que «el problema ruso» fuera a resolverse en un futuro inmediato.]

La sombra del Gobierno Mundial

Mis reportajes exclusivos mundiales desde Stresa, Italia, 2004, y Rottach-Egern, Alemania, 2005, sobre el contenido de la reunión del Grupo Bilderberg

**Grand Hotel et Des
Îles Borromées, Stresa, Milán,
Italia, 3-6 de junio**

Dados los tumultuosos acontecimientos en el Oriente Medio y las graves tensiones en las relaciones franco-americanas, sería esperable que los acontecimientos en Stresa, donde una manada de oficiales americanos y europeos reunidos con los presidentes y los consejeros delegados del mundo financiero y empresarial, llamarían una considerable atención de los medios de comunicación. Sin embargo, mientras que Bilderberg 2004 era una reunión extraordinaria de la élite mundial, pasó casi desapercibido, con apenas media palabra en los principales periódicos del mundo.

En el histórico Grand Hotel et Des Îles Borromées, los individuos que encabezan las principales empresas petroleras y financieras del mundo se citaron durante cuatro días, de forma totalmente hermética, con los líderes políticos electos y los propietarios de los principales medios de comunicación.

¿Qué contenía la agenda de Bilderberg en el 2004?

La zona de Libre Comercio

Uno de los principales temas de la reunión de Bilderberg 2004 estaba relacionado con la iniciativa de la ampliación de la zona americana de comercio libre. La Zona de Libre Comercio de las Américas, modelada según el patrón de la CE, se convertirá en ley e incluirá el hemisferio occidental al completo, con la excepción de Cuba hasta que Fidel Castro esté muerto.

La creación de una gran área económica americana ha estado presente en la política del Grupo Bilderberg desde los años 70. El primer paso fue la creación del Tratado de Libre Comercio (TLC, o NAFTA en sus siglas en inglés) entre EE. UU., México y Canadá, por el cual las tres naciones constituyen una unión aduanera a imagen y semejanza de lo que fue la Comunidad Económica Europea durante sus tres primeras décadas de existencia. Una vez logrado el acuerdo, el entonces presidente estadounidense, Bill Clinton, puso en su agenda lo que denominó Iniciativa por las Américas, cuyo fin era, en palabras de Rockefeller, «constituir una unión económica que abarcara desde Alaska a Tierra de Fuego».

El objetivo secreto de Bilderberg es unir a los países a través de enmarañados tratados económicos como GATT y TLC (este último promovido por U.S. Business Rountable conjuntamente con sus homólogas canadienses de Business Council on National Issues).

El GATT, el acuerdo más ambicioso del comercio libre de la historia, destruye sutilmente las economías nacionales sometiéndolas a los imperativos del comercio mundial y al control de la élite plutócrata.

Con GATT, por ejemplo, los estados miembros no pueden imponer multas o impuestos sobre los bienes importados, incluso si han sido producidos bajo las condiciones desesperadas de labor esclava o producidas dañando el medio ambiente de los terceros. Otra cosa es que el precio del producto y lo que «sabe» o «desee» el consumidor está diseñado por la élite corporativa cuyos CEOs y consejeros delegados forman parte del ultrasecreto Club Bilderberg.

Organizaciones como GATT, OMC, TLC pueden ser vistas como protoministerios del comercio, finanzas y desarrollo para el mundo globalizado. Los temas internos de cualquier país libre e independiente en el pasado estuvieron «fuera del alcance» de la comunidad mundial. Ahora, los principios de «intervención humanitaria» que nos han vendido los medios de comunicación mundiales controlados por los bilderbergers, se están haciendo realidad y ganando adeptos. Debemos tener en cuenta que organizaciones como la Asociación Mundial de Federalistas llevan décadas defendiéndolos como fundamento del futuro Gobierno Mundial. El presidente de la Asociación Mundial de Federalistas, John Anderson, participó como candidato a la presidencia americana en 1980 y es uno de los fundadores de la Comisión Trilateral, la hermana pequeña de los bilderbergers.

Tres monedas universales

Los bilderbergers llevan ya algún tiempo apostando por las tres monedas universales —el euro para Europa, el dólar para la futura Unión de las Américas y la otra moneda, aún sin determinar, para la Unión Pacífico-asiática, que será uno de las temas de la reunión de Bilderberg en 2005—. La posibilidad de que en el mundo sólo coexistan tres monedas —el dólar, el euro y el yen— ha sido avanzada en las dos últimas décadas por varios teóricos monetarios, como C. Fred Bergsten, un economista de Washington con vínculos estrechos con la Casa Blanca o Victor Halberstadt, profesor de Económicas de la Universidad de Leiden o Michael H. Armacost de la Universidad de Stanford. Todos pertenecen al Bilderberg, Comisión Trilateral (TC) o Council on Foreign Relations (CFR), las tres organizaciones secretas que controlan las palancas de la política mundial. Estos profesores universitarios consideraban que, inevitablemente, el mundo acabaría dividido en tres áreas monetarias como consecuencia de un proceso natural de integración, planificado hace años por la élite globalista, en el que las inversiones internacionales jugarían un importante papel de catalizador.

A finales de la década de los noventa, el FMI trató de pasar de la teoría a la práctica. La excusa se la proporcionó la crisis financiera asiática de 1997, considerada por muchos como la primera crisis financiera global, que vino reforzada por la crisis de la deuda de Rusia del verano de 1998. En el otoño de este último año, en la asamblea anual conjunta del FMI y el Banco Mundial, ambos miembros venerados de Bilderberg, el Fondo presentó un documento sobre las crisis financieras internacionales en el mundo de la globalización y las vías para erradicarlas o minimizar sus efectos, en el que abogaba por la creación de tres grandes áreas monetarias en torno al dólar, el euro y el yen.

Coincidiendo con las declaraciones públicas del FMI, Kenneth Clarke, anterior ministro de Hacienda británico reconoció en la reunión del Grupo Bilderberg de 1999 en Sintra que la consolidación de las monedas es una estrategia idónea para la comodidad administrativa de la élite bancaria y corporativa.

Los británicos y la CE

Es el tercer año que el aura de congenialidad absoluta entre los bilderbergers europeos, británicos y americanos ha sido disuelta por las tensiones y hostilidades. Los bilderbergers, sin embargo, permanecen unidos en sus planes de fortalecer a largo plazo el papel de Policía Mundial que juega la ONU en la regulación de las relaciones y los conflictos globales.

Además, en la reunión de Stresa 2004, los británicos fueron severamente criticados por apoyar la invasión de Iraq. Además, se les riñó con vehemencia por fracasar al adoptar el euro, a pesar de la promesa de hacerlo por parte de Tony Blair en la reunión de 1998 de Bilderberg en Turnburry, Escocia. Los bilderbergers, además, han expresado su malestar y frustración por la creciente e insistente demanda de los ciudadanos ingleses de dejar la Comunidad Europea, como obstáculo a su consolidación como supraestado.

Los bilderbergers europeos han dicho a sus homólogos ingleses que tenían que perseverar en la CE, a pesar de la creciente oposición doméstica.

Así que no debe sorprendernos que Tony Blair haya nominado a su hombre de confianza, Peter Mandelson, como próximo comisario europeo británico. Como comisario, Mandelson «ayudará a preparar los borradores de propuestas, a convertir en ley las leyes europeas» y representará un papel clave en la presentación de la nueva y controvertida Constitución Europea. (Traducción: Mandelson es un bilderberger, cuya verdadera misión será promover la integración británica en la CE en contra de la voluntad de la gran mayoría de los ingleses y la sustitución de la libra británica por el euro.)

Según la información que recoge *El País* el 14 de agosto de 2004 «José Manuel Durão Barroso (comisario europeo) ha mostrado gran capacidad en la formación de un equipo eficaz en las áreas de Competencia, Mercado Interior, Comercio y Economía que ocuparán, respectivamente, la holandesa Neelie Kroes, el irlandés Charlie McCreevy, el británico Peter Mandelson y el español Joaquín Almunia». Este diario sugería también, en el mismo artículo, que Javier Solana estaría preparado para unirse al equipo de Barroso en 2007 como vicepresidente de la Comisión Europea.

Barroso, Solana, Almunia y Mandelson son bilderbergers. Predigo que Kroes, considerada en Holanda la mujer más poderosa y el irlandés McCreevy, ambos globalistas entusiásticos, serán los invitados privilegiados en la reunión del Club Bilderberg de 2005.

La armonización tributaria

Según Cecilia Moretti, la coordinadora de la conferencia Bilderberg en Stresa, que nos facilitó con tanto cariño la siguiente información: «Este año, se han hecho sentir culpables a los americanos por no gastar suficientes dólares de los obtenidos en sus impuestos en el mundo. Esto refleja el compromiso singular de los bilderbergers europeos de avergonzar a los americanos por su alto nivel de vida en vez de elevar el nivel del resto de la población mundial hasta que todos sean iguales en la plantación mundial.»

Bilderberg quiere la «armonización tributaria», para que los países con un alto nivel de impuestos puedan competir con los países en los que la tributación es mucho menor —tal y como es el caso de los Estados Unidos— por las inversiones extranjeras. Los bilderbergers tienen como objetivo «armonizar» la fiscalidad, forzando que el nivel tributario en EE. UU. y otros países se incremente para permitir que el impuesto del 58 % en la Suecia socialista sea «competitivo».

Con el control de la opinión pública asegurado a través de los medios de comunicación, la estrategia de los bilderbergers es crear tensiones entre naciones precavidas en cuanto a no perder su identidad nacional, costumbres y cultura, que conducen a estados de guerra y hostilidades perpetuas que los amos utilizan para justificar medidas de emergencia nacional en los tiempos de paz y monstruosos presupuestos militares. Uno de los objetivos principales del Club Bilderberg consiste en maximizar los beneficios industriales de sus miembros vendiendo al mismo tiempo las armas y la mantequilla.

Aceptadas los peticiones de los bilderbergers europeos, la campaña en los medios de comunicación americanos para convencer a sus ciudadanos de aceptar más impuestos por el bien de las Naciones Unidas comenzará antes del verano y se prolongará hasta las elecciones americanas en noviembre de 2004. Como todos los medios principales de comunicación también forman parte del Club Bilderberg, no será muy complicado orquestar la presión mediática contra la ciudadanía.

El arma que se ha utilizado en la reunión «impenetrable» detrás de las puertas cerradas y custodiadas del Hotel Grand des Îles Borromées, ha sido el informe realizado por el Centro para el Desarrollo Mundial. Su «Compromiso al Índice de Desarrollo» mide el comportamiento de las principales 21 naciones ricas con sus homólogas pobres y no desarrollados.

El Centro para el Desarrollo Mundial está dotado de funcionarios, ex banqueros y globalistas y recibe la mayoría de sus fondos de la Fundación Rockefeller, Citigroup, el Banco Mundial y la ONU. Tanto la Fundación Rockefeller como Citigroup, el BM y la ONU están muy bien representados en las reuniones anuales de los bilderbergers.

Dicho informe ha salido en la reciente edición de la *Revista Política Exterior*, que publica la Fundación Carnegie para la Paz Internacional, una organización que siempre asiste a las reuniones secretas del Grupo Bilderberg. Este año, Carnegie ha estado representada en Stresa por los americanos Jessica T. Mathews, su presidenta y Robert Kagan, asociado senior y editor de *The Weekly Standard* que, además, es el director del Proyecto del Nuevo Siglo Americano (Project for New American Century [PNAC]). El objetivo final del PNAC es establecer el imperio universal americano para poder doblegar la voluntad de todas las naciones.

A lo largo del tiempo, según Rockefeller, los medios corporativos han cooperado con este «plan para el mundo» con la «discreción» del silencio público, por lo cual les está muy agradecido: «Habría sido imposible para nosotros desarrollar un plan para el mundo si hubiésemos estado sometidos a las luces de la publicidad durante todos estos años.»

Éstas son palabras escalofriantes para aquellos de nosotros que amamos la democracia y a nuestro país. Sin embargo, ¿cuántos hay que se preocupen por estas trivialidades?

David Rockefeller es el cerebro de Chase Manhattan, el banco estadounidense que está dispuesto, de forma subrepticia, a utilizar el poderío de 350 mil millones de dólares para fines políticos. Un memorando filtrado de Chase demuestra que ellos utilizaron el endeudamiento mexicano para persuadir al gobierno de «eliminar» a los zapatistas en vez de negociar con ellos.

Chase Manhattan Bank despidió a Riordan Roett, el autor del famoso memorando del 13 de enero de 1995, que contenía este alarmante párrafo: «Aunque Chiapas, en nuestra opinión, no suponga una amenaza fundamental para la estabilidad política de México, muchos dentro de la comunidad financiera sí que lo perciben así. El gobierno necesitará eliminar a los zapatistas para poder demostrar su control eficaz del territorio nacional y de la política de seguridad.»

Desde su nacimiento a los bilderbergers se les enseña a orientarse hacia el poder y el enriquecimiento, pedagogía poco habitual en el por el público general que, por su naturaleza humana, es de buen corazón: la gente que de ninguna manera provocaría una guerra sangrienta para beneficiarse de ella.

Transparencia de las cuentas bancarias y tarjetas de crédito

Una parte de la agenda del Club Bilderberg clama por la «transparencia» de las cuentas bancarias y tarjetas de crédito y su vinculación a una agencia de la ONU aún sin determinar. Esta «transparencia» supondría que un organismo internacional, con un simple apretón del botón de ordenador, podría examinar nuestras cuentas bancarias, tarjetas de crédito y cualquier otra información financiera. Hacienda también tendría acceso directo a esta información.

En febrero de 2004 visitó España el presidente de Oracle y miembro de los bilderbergers, Larry Ellison. En una conferencia en Madrid abogó por la implantación de un sistema en el que estaba trabajando su compañía (conjuntamente con la CIA y el FBI) para crear una base de datos, primero a nivel nacional en Estados Unidos y posteriormente a escala planetaria, para incluir en ella todos los datos de cualquier persona, desde su número de pasaporte o de afiliación a la Seguridad Social hasta sus referencias bancarias, etc.

Economías internacionales

La agenda de las reuniones cubre los temas considerados de interés vital para la seguridad estratégica y económica del mundo occidental.

El énfasis de los bilderbergers en la economía internacional no es por completo desinteresado. El problema reciente para los países pobres endeudados, en dólares, es que la subida de los tipos de interés en Estados Unidos encarece el pago del principal y los intereses de esas deudas, que están pactadas mayoritariamente a tipos variables. Además, la nueva financiación exterior que consigan se hace a tipos más elevados que el año pasado.

El FMI ha sido el conducto favorito de los bilderbergers para enviar escalofriantes cantidades de dinero, mayoritariamente de los contribuyentes americanos, a los países pobres, para que puedan hacerse cargo de los exagerados pagos de intereses a las principales entidades bancarias, cuyos miembros también forman parte del Club Bilderberg.

En 1998, el Gobierno americano aprobó una medida para suministrar 18 mil millones de dólares al FMI. Esta medida conlleva inherentemente «reformas» macroeconómicas en la nación receptora (como la reducción de la inflación y el déficit público, que permiten la caída de los tipos de interés, la mejora del funcionamiento de la economía y la posibilidad de afrontar mejor la deuda externa), y añade otras exigencias «políticas» como la privatización de empresas públicas, la apertura de sus mercados a las empresas extranjeras, etc., como modo de reducir la soberanía nacional, la piedra angular de los objetivos del Dominio Mundial del Bilderberg.

Impuesto de la ONU

Un tema muy debatido fue imponer a los ciudadanos del mundo un impuesto para la ONU a través de la fiscalidad de las gasolinas. Será la primera vez que una agencia no gubernamental se beneficie directamente de la tributación de los ciudadanos del mundo.

Como en el caso del impuesto de la renta en EE. UU., un impuesto de la ONU sería tan pequeño al principio que el consumidor apenas se daría cuenta. Pero establecer la norma de que la ONU puede gravar directamente a los ciudadanos del mundo es imprescindible para los bilderbergers. Es otro gran paso hacia el gobierno mundial. Los bilderbergers saben que promover públicamente un impuesto a favor de la ONU sería recibido con furia. Pero su virtud es la paciencia: propusieron por primera vez un impuesto directo hace muchos años y hoy día celebran el hecho de que ya forma parte del diálogo público con poca atención o preocupación por parte de la ciudadanía.

Este año, los bilderbergers dictarán artículos a los medios de comunicación mundial acerca de cómo «un céntimo» pagado en la gasolinera alimentará a los hambrientos del Tercer Mundo, como el pan y los peces del milagro de Cristo hace dos mil años.

Dorint Sofitel Seehotel Überfahrt, Rottach-Egern, Munich, Baviera, 5-8 de mayo

La reunión secreta anual del Grupo Bilderberg determina muchos de los titulares y los acontecimientos que llenarán los periódicos en los meses siguientes. Pero los medios de comunicación más importantes esconden esa información. A excepción de media docena de miembros de alto rango de la prensa que han jurado mantener el secreto, poca gente ha oído hablar alguna vez del exclusivo y reservado grupo llamado Bilderberg.

Las agencias de noticias más conocidas, que presumen de la independencia de su investigación, curiosamente se han mostrado poco dispuestas a desvelar un acontecimiento de gran magnitud: la reunión anual secreta del Club Bilderberg, en la que participan los personajes más poderosos del mundo de las finanzas, la industria y la política.

2005 ha sido un mal año para Bilderberg y su futuro se presenta poco halagüeño. Los ingentes esfuerzos por mantener el secreto de las reuniones en Rottach-Egern fracasaron estrepitosamente. La desgracia de Bilderberg es la gloria del mundo libre, y la esperanza de controlar las garras del poder en el alba del nuevo milenio.

Aunque es cierto que el Grupo Bilderberg ha perdido algo su pasado esplendor, celebra sus reuniones con su habitual secretismo, que hace que la francmasonería parezca un juego de niños. Se fotografía al personal del hotel y se le controla de forma exhaustiva. Desde los porteros hasta los gerentes, los empleados son advertidos (bajo la amenaza de no volver a trabajar en el país) de las consecuencias de revelar a la prensa cualquier detalle sobre los invitados.

Los medios de comunicación nacionales e internacionales sólo son bienvenidos cuando han prestado un juramento de silencio y se hace responsables a los redactores si alguno de sus periodistas «se distrae» e informa sobre lo que ocurre.

Mientras Schröder, Blair, Chirac, Berlusconi y compañía asistían a las cumbres del G8 de los principales líderes del mundo elegidos democráticamente, estaban acompañados por numerosos periodistas de los medios de comunicación mundiales. En cambio, las idas y venidas en las reuniones de Bilderberg tienen lugar bajo la protección de un verdadero pacto de silencio.

Los temas que se discutan este año, decidir cómo debería ocuparse el mundo de las relaciones euroamericanas, el polvorín de Oriente Medio, la guerra de Iraq, la economía global o cómo prevenir la guerra en Irán y los acuerdos que se alcancen, influirán en el curso de la civilización occidental y en el futuro del planeta. Esta reunión se celebra a puerta cerrada en total secreto, protegida por una falange de guardias armados.

¿Qué temas estaban en la agenda de Bilderberg para 2005?

Después de tres años de hostilidades y tensión entre los miembros europeos, británicos y estadounidenses del Bilderberg causadas por la guerra en Iraq, se ha recuperado la aureola de completa congenialidad entre ellos. Los miembros del Bilderberg han reafirmado sus posiciones y permanecen unidos en su objetivo a largo plazo de reforzar el papel de las Naciones Unidas en la regulación de los conflictos y las relaciones globales.

Sin embargo, es importante entender que los americanos no están más a favor de la guerra que los miembros del Bilderberg europeos. Los europeos apoyaron la invasión de Iraq en

1991 por parte del presidente Bush padre y celebraron el final del «Síndrome de Vietnam de Estados Unidos». Los europeos también apoyaron la invasión de Yugoslavia del ex presidente Bill Clinton, incorporando a la OTAN a la operación.

Un tema muy discutido en 2005 en Rottach-Egern fue el concepto de imponer un impuesto directo a la población mundial a favor de las Naciones Unidas gravando directamente el petróleo en la cabeza del pozo. Será la primera vez que un organismo no gubernamental se beneficie directamente de un impuesto sobre los ciudadanos de las naciones libres y esclavizadas.

Como el impuesto federal sobre la renta de los Estados Unidos, una exacción de las Naciones Unidas sería tan pequeña al principio que el consumidor apenas la notaría. Pero establecer el principio de que las Naciones Unidas pueden cobrar directamente los impuestos a los ciudadanos del mundo es importante para Bilderberg. Éste es otro paso gigantesco hacia el establecimiento de un Gobierno Mundial. Los miembros del Bilderberg saben que defender públicamente un impuesto de las Naciones Unidas sobre toda la gente de la Tierra generaría un gran rechazo, pero son pacientes; hace años propusieron por primera vez la creación de un impuesto directo mundial y celebran el hecho de que este tema forme parte de las discusiones públicas sin que genere demasiada atención o preocupación.

Bilderberg quiere una «armonización fiscal», de manera que los países con impuestos elevados puedan competir con los que gravan menos a sus ciudadanos, incluyendo los Estados Unidos, por la inversión extranjera. Pretenden «armonizar» los impuestos obligando a aumentar el tipo impositivo en los Estados Unidos y otros países, de manera que el tipo del 58 % de la Suecia socialista resulte «competitivo».

Las ONG

El auge de las organizaciones no gubernamentales es un cambio que el ex presidente Clinton calificó de repente (un día después de que se discutiera el tema en Rottach-Egern) como uno «de los acontecimientos más notables que han ocurrido desde la caída del muro de Berlín». Irónicamente, la declaración de Clinton fue recogida por el *Wall Street Journal*, un periódico siempre representado en las reuniones de Bilderberg por Robert L. Bartley, su vicepresidente, y por Paul Gigot, responsable de la página editorial.

Los miembros del Bilderberg han discutido enérgicamente, por primera vez, la necesidad de tener activistas ecologistas autoproclamados y no elegidos democráticamente en una posición de autoridad en los órganos directivos de las agencias que controlan el uso de la atmósfera, el espacio exterior, los océanos y, a efectos prácticos, la biodiversidad. Esta invitación para que «la sociedad civil» participe en el gobierno global se presenta como democracia en expansión.

Según fuentes dentro de Bilderberg, el estatus de las organizaciones no gubernamentales se elevará más en el futuro. La actividad de las ONG incluirá la agitación local, la presión ante las autoridades nacionales y la elaboración de estudios para justificar el impuesto global a través de organismos de las Naciones Unidas como el Plan Global, uno de los proyectos favoritos de Bilderberg durante más de una década. La estrategia para hacer avanzar los planes de gobierno global incluye expresamente programas para desacreditar a los individuos y las organizaciones que generen «presión política interna» o «acción populista» que no apoye la nueva ética global. El objetivo final, según la fuente, es suprimir la democracia.

El Programa de las Naciones Unidas para el Medio Ambiente, junto con todos los tratados ambientales bajo su jurisdicción, será controlado en última instancia por un cuerpo especial de activistas medioambientales, escogido entre ONG *acreditadas* designadas por los delegados de la Asamblea General, nombrados a su vez por el presidente de los Estados Unidos, controlado por el mando conjunto de Rockefeller, el CFR y Bilderberg.

Este nuevo mecanismo proporcionaría una ruta directa desde las ONG locales, que trabajan «sobre el terreno», afiliadas a organizaciones no gubernamentales nacionales e internacionales, hasta los más altos niveles del Gobierno Global. Por ejemplo: Greater Yellowstone Coalition, un grupo de organizaciones no gubernamentales afiliadas, presentó recientemente una solicitud ante el Comité del Patrimonio Mundial de la Unesco en la que pedía la intervención en los proyectos de una empresa privada que pretendía sacar oro de una parcela privada cerca del Parque de Yellowstone. El Comité de la Unesco intervino e inmediatamente declaró Yellowstone como «patrimonio mundial en peligro». La Convención del Patrimonio Mundial exige que los Estados Unidos protejan el parque, incluso más allá de los límites del mismo, interviniendo incluso en la propiedad privada si es necesario.

Las ideas que se discuten, si se ponen en práctica, situarán a toda la población del mundo en una aldea global manejada por una burocracia mundial, bajo la autoridad directa de un puñado diminuto de individuos nombrados a dedo y controlada por miles de individuos, pagados por organizaciones no gubernamentales acreditadas dispuestas a apoyar un sistema de creencias que a mucha gente le resulta increíble e inaceptable.

Elecciones en Gran Bretaña

Los miembros del Bilderberg celebran el resultado que deseaban: el retorno de un humillado Tony Blair al 10 de Downing Street con una mayoría parlamentaria muy menguada. Los miembros europeos de Bilderberg todavía están enfadados con él por haber apoyado la guerra de Estados Unidos en Iraq. Mientras le dan a Blair una lección muy útil sobre política internacional, los miembros de Bilderberg sienten que es un candidato mucho más seguro para proseguir el camino de la integración europea que su rival conservador Michael Howard.

Planes neoconservadores

La facción conocida como los neoconservadores, los que han determinado que la seguridad de Israel debería asegurarse a expensas de la seguridad de los Estados Unidos y ser el eje central de todas las decisiones de política exterior estadounidenses, está en plena acción.

El más notable entre este grupo es el agente israelí Richard Perle, que fue investigado por el FBI acusado de espiar para Israel. Perle tuvo un papel fundamental en la decisión de los Estados Unidos de atacar Iraq. Le obligaron a dimitir del Consejo de Política de Defensa del Pentágono, el 27 de marzo de 2003, después de que se descubriera que había aconsejado a Goldman Sachs International, presencia habitual en las reuniones del Bilderberg, sobre cómo podría sacar provecho de la guerra en Iraq.

Otra figura neoconservadora a mano era Michael A. Ledeen, un «intelectual de intelectuales». Ledeen trabaja para el American Enterprise Institute (AEI), un grupo de expertos fundado en 1943, con el que hace mucho que se ha asociado a Richard Perle. El AEI y el Instituto Brookings gestionan un Joint Center for Regulatory Studies (Centro Conjunto de Estudios Reguladores [JCRS]) con el objetivo de exigir responsabilidades a los legisladores y reguladores «sobre sus decisiones, mediante un análisis riguroso y objetivo de los programas reguladores existentes y de nuevas propuestas reguladoras». El JCRS defiende el análisis coste-beneficio de las regulaciones, que encaja con el objetivo final del AEI (y de Bilderberg) de una completa desregulación.

El American Enterprise Institute es una especie de Cominform del Nuevo Orden Mundial. Sus «científicos» son los inquisidores de un régimen global. Los grupos de expertos de Washington no promueven el pluralismo, sino un dogmatismo de estilo estalinista con conformistas ensalzados y herejes excomulgados. Esta idea de funcionar de cara a la galería no resulta sorprendente, puesto que el American Enterprise Institute une a los sucesores ideológicos de McCarthy y a izquierdistas renegados con emigrantes educados en el bloque soviético mientras el Departamento de Estado y la CIA ejecutan sus veredictos.

Este año, durante la reunión de Bilderberg, estos neoconservadores se vieron acompañados por un puñado de políticos de alto nivel de Washington y de publicistas conocidos por sus simpatías hacia Israel, incluyendo al antiguo funcionario del Departamento de Estado y presidente del CFR, Richard N. Haas; al antiguo subsecretario de Estado Richard Holbrooke; a Dennis Ross, del Instituto para la Política en el Próximo Oriente de Washington, defensor de Israel y descendiente del Comité Israeloamericano de Asuntos Públicos (AIPAC) y de JINSA, así como al recién elegido director del Banco Mundial Paul Wolfowitz.

Dennis Ross, Richard N. Perle y compañía presionan para «la transferencia» —traducción: limpieza étnica— de tantos palestinos de Cisjordania y Gaza como sea posible. Israel la llevará a cabo mientras los Estados Unidos se entretienen matando iraquíes. «Israel debería haber aprovechado la represión de las manifestaciones en China, cuando la atención mundial estaba centrada en aquel país, para realizar expulsiones masivas de árabes de los territorios», dijo el anterior primer ministro Netanyahu a estudiantes de la Universidad de Barra-Ilan en 1989. Los residentes de la Comunidad Europea puede que no tengan ni idea de las intenciones de los sionistas con respecto a los palestinos, pero en Israel la limpieza étnica es un tema popular de discusión. El 50 % o más de los israelíes piensa que la limpieza étnica es una idea buena. En una nación que supuestamente recuerda el Holocausto.

Ledeen y otros neoconservadores americanos hace mucho que defienden que cualquier crítica a Israel o al sionismo, aún la crítica política ordinaria, es equivalente al antisemitismo.

Según la definición israelí, las críticas a Israel, a los sionistas o a cualquier judío en cualquier lugar del mundo pueden ser consideradas un delito si un judío en algún lugar del mundo afirma que tales afirmaciones le causaron, pongamos por caso, un trastorno emocional o problemas mentales. Todo se encuentra recogido en la Sec. 13(b)(2) del Código Penal israelí, aprobado en 1994, que reclama la jurisdicción extraterritorial de los tribunales israelíes en caso de delitos cometidos contra judíos en cualquier lugar del mundo.

Hasta el momento, hay algo que ha parado este instrumento que podría resultar muy eficaz para hacer callar a los críticos de la política israelí y del sionismo en el mundo entero: la carencia de «dualidad penal». Para que los tribunales israelíes puedan solicitar la extradición de críticos de otros países, primero deben tipificarse como delito estas acciones en los demás países. De la misma manera, si la crítica de los crímenes de guerra israelíes en los Territorios Ocupados o de Ariel Sharon supuestamente lleva a la comisión de un delito contra un judío, o incluso entristece a un judío, se podría abrir la puerta a la extradición. Así, por haber escrito este artículo, en un futuro próximo puedo encontrarme encarcelado en una prisión israelí.

Energía

Un miembro americano de Bilderberg expresó la preocupación por el altísimo aumento del precio del petróleo. Uno de los presentes en la reunión, que conoce bien la industria petrolera, comentó que no es posible el crecimiento sin energía y que, según todos los indicadores, el suministro mundial de energía se acabará mucho antes de lo que habían previsto los líderes mundiales. Según algunas fuentes, los miembros del Bilderberg estiman que las reservas mundiales de petróleo durarán un máximo de 35 años, según el desarrollo económico y la población actuales. Sin embargo, uno de los representantes de un cártel del petróleo fue sorprendido diciendo que en la ecuación se deben incluir tanto la explosión demográfica como el crecimiento económico y la demanda de petróleo en China e India. Según estas condiciones revisadas, al parecer tan sólo hay bastante petróleo para un período de 20 años. El final del petróleo será el final del sistema financiero mundial. Algo que ya ha sido reconocido por el *Wall Street Journal* y el *Financial Times*, dos periódicos presentes de forma regular en la conferencia anual del Club Bilderberg.

Conclusión: es de esperar un severo repliegue de la economía mundial durante los dos próximos años mientras los miembros del Bilderberg intentan salvaguardar las reservas de petróleo existentes sacando el dinero de las manos de la gente. En caso de recesión o, peor todavía, en caso de depresión, la población se verá obligada a reducir al mínimo sus gastos, lo que asegura el mantenimiento por más tiempo de las reservas de petróleo a los ricos del mundo mientras ellos intentan pensar qué hacer.

Durante el cóctel de la tarde, un miembro europeo de Bilderberg afirmó que no hay alternativa plausible a la energía de los hidrocarburos. Un infiltrado americano declaró que actualmente el mundo gasta entre cuatro y seis barriles de petróleo por cada nuevo barril que se encuentra y que las perspectivas de conseguir un cambio a corto plazo son escasas, en el mejor de los casos.

Alguien pidió una estimación de las reservas convencionales accesibles de petróleo del mundo. La cantidad se fijó en aproximadamente un billón de barriles.* Cabe destacar que el planeta consume mil millones de barriles de petróleo cada 11,5 días.

Otro miembro de Bilderberg preguntó sobre el hidrógeno como alternativa al suministro de petróleo. El funcionario del Gobierno de los Estados Unidos afirmó tristemente que creer que el hidrógeno va a solucionar la inminente crisis energética del mundo es una fantasía.

Esto confirma la declaración pública hecha en 2003 por HIS, la consultora más respetada del mundo que cataloga las reservas y los descubrimientos de petróleo, en que se indicaba que, por primera vez desde los años 20, no se ha descubierto ningún yacimiento petrolífero superior a 500 millones de barriles.

La industria petrolera estuvo representada en la conferencia de Bilderberg de 2005 por John Browne, director ejecutivo

---

*   Un trillón americano.

de BP; sir John Kerr, director de Royal Dutch Shell; Peter D. Sutherland, presidente de BP, y Jeroen Van der Veer, presidente del comité de directores administrativos de Royal Dutch Shell.

Debería recordarse que, a finales de 2003, el gigante del petróleo Royal Dutch Shell anunció que había calculado sus reservas al alza con un margen de error del 20 %. La reina Beatriz de Holanda, principal accionista de Royal Dutch Shell, es miembro de pleno derecho del Club Bilderberg. Su padre, el príncipe Bernardo, fue uno de los fundadores del grupo en 1954. El periódico *Los Angeles Times* informó de que «para las empresas del petróleo, las reservas no son más que "el valor de la empresa"». De hecho, Shell redujo las estimaciones de sus reservas no una vez sino tres veces, lo que llevó a la dimisión de su copresidente. En Rottach-Egern, en mayo de 2005, los principales ejecutivos de la industria intentaron encontrar la manera de impedir que la opinión pública descubriera la verdad sobre la disminución de las reservas de petróleo. El conocimiento público de la caída de las reservas daría lugar a una inmediata reducción de los precios, que podría destruir los mercados financieros y provocar un derrumbamiento de la economía mundial.

Referéndum sobre la Unión Europea en Francia

El tema de conversación que dominó el primer día de las reuniones secretas de Bilderberg en 2005 fue el referéndum sobre la Unión Europea en Francia y si Chirac podía persuadir a Francia de votar sí el 29 de mayo. Un voto afirmativo, según fuentes del Bilderberg, presionaría a Tony Blair para entregar finalmente a Gran Bretaña a los brazos impacientes del Nuevo Orden Mundial mediante su propio referéndum sobre el tratado, previsto para el 2006. Matthias Nass afirmó en voz alta que un voto negativo en Francia indudablemente podría causar confusión política en Europa y ensombrecer los seis meses de presidencia británica de la Unión Europea, que comienzan el 1 de julio. Los miembros del Bilderberg esperan que Blair y Chirac, cuya enemistad ha saltado a la luz pública en más de una ocasión, puedan colaborar para obtener ventajas mutuas y su supervivencia política. Otro miembro europeo del Bilderberg agregó que ambos líderes deben olvidar lo más rápidamente posible discusiones pasadas sobre temas como Iraq, la liberalización de la economía de Europa y el futuro de la rebaja del presupuesto que Gran Bretaña recibe de la Unión Europea, y luchar por una completa integración europea, que podría desintegrarse si la población de Francia, a menudo «gente cabezota y obstinada», según palabras de un miembro británico de Bilderberg, no cumple con su deber, lo que significa abandonar voluntariamente su independencia a favor de un «bien mayor», ¡un Súperestado Federal Europeo!

Un alemán que conoce bien los entresijos del Bilderberg dijo que el voto afirmativo de Francia peligraba debido a la «deslocalización de puestos de trabajo. Los puestos de trabajo de Alemania y Francia van a Asia y Letonia» (para sacar provecho de la mano de obra barata). Letonia es una de las antiguas repúblicas soviéticas que han sido admitidas en la Unión Europea, lo que ha elevado el número de socios a 25. Un político alemán se preguntó en voz alta cómo podía convencer Tony Blair a los británicos de que aceptaran la Constitución Europea cuando, debido a la deslocalización de empleos, Alemania y Francia sufren una tasa de desempleo del 10 % mientras la economía de Gran Bretaña obtiene buenos resultados.

Criminales de EE. UU.

Una ley de EE. UU., llamada Ley Logan, declara explícitamente que es ilegal que los funcionarios federales asistan a reuniones secretas con ciudadanos privados para desarrollar políticas públicas. Aunque en la reunión de 2005 del Bilderberg faltó uno de sus sicarios, el funcionario del Departamento de Estado norteamericano John Bolton, que estaba declarando ante el Comité de Relaciones Exteriores del Senado, el Gobierno estadounidense estuvo bien representado en Rottach-Egern por Alan Hubbard, ayudante del presidente para política económica y director del Consejo Económico Nacional; William Luti, vicesubsecretario de Defensa; James Wolfensohn, presidente saliente del Banco Mundial, y Paul Wolfowitz, vicesecretario de Estado, ideólogo de la guerra de Iraq y nuevo presidente del Banco Mundial. Asistiendo a la reunión de Bilderberg de 2005, esta gente viola las leyes federales de los Estados Unidos.

Auna Telecomunicaciones

En un cóctel un sábado por la noche (el 7 de mayo) en el lujoso Dorint Sofitel Seehotel Überfahrt en Rottach-Egern, Baviera, Munich, varios miembros del Bilderberg que compartían la barra con la reina Beatriz de Holanda y con Donald Graham, director del *Washington Post*, hablaban de la futura venta de Auna, el gigante español de las telecomunicaciones y el cable. Auna controla servicios de telefonía fija, una red de telefonía móvil, un sistema de televisión por cable y también proporciona conexión a Internet. Uno de los miembros de Bilderberg que conoce el tema (se cree que pudiera ser Henry Kravis, según la descripción física de la fuente presente en la reunión) declaró que las operaciones de telefonía móvil de Auna podrían generar aproximadamente mil millones de euros, incluyendo la deuda, mientras que otro miembro de Bilderberg, un hombre alto con entradas en la frente, agregó que sus activos de telefonía fija podrían generar dos mil seiscientos millones de euros aproximadamente. Fuentes cercanas a los miembros del Club Bilderberg han declarado extraoficialmente que Kohlberg Kravis Roberts & Co, una compañía de capital privado, está interesada en comprar Auna. Una abundancia de créditos baratos y bajos tipos de interés han convertido a Auna en un objetivo apetitoso para los compradores de capital privado.

Kohlberg Kravis Roberts & Co estaba representada en las reuniones de Bilderberg por el archimillonario Henry Kravis y su esposa Marie José Kravis, nacida en un pueblo de Québec y miembro importante de la organización neo-conservadora Instituto Hudson.

Conclusiones: Es de esperar una cobertura favorable y apoyo a Kohlberg Kravis Roberts & Co por parte del Grupo Prisa, cuyo consejero delegado, Juan Luis Cebrián, siempre asiste a las reuniones supersecretas del Bilderberg. En caso de que Kravis no consiga presentar una oferta competitiva, es de esperar la misma publicidad a favor de Goldman Sachs Group, cuyo miembro, Martin Taylor, es el secretario general honorario del Bilderberg y cuyo presidente, Peter Sutherland, es miembro del Bildererg y presidente de la Comisión Trilateral Europea. En el pasado, la revelación de lo discutido en las reuniones de Bilderberg ha supuesto conocer de antemano —meses antes de que aparecieran en los medios de comunicación mayoritarios— temas como la invasión estadounidense de Iraq, los aumentos de la presión fiscal y la caída de Margaret Thatcher como primera ministra de Gran Bretaña.

Enfrentamiento Indonesia-Malasia

Una confrontación política y militar entre estas dos naciones en el mar de las Célebes, rico en reservas de petróleo (ambas reclaman el área rica en petróleo de Ambalat como parte de su territorio) fue objeto de una animada discusión entre varios miembros del Bilderberg americanos y europeos durante un cóctel por la tarde. Un miembro americano del Club Bilderberg, mientras gesticulaba con un puro en la mano sugirió usar a las Naciones Unidas «para extender una política de paz en la región». De hecho, todos los bilderbergs presentes en la mesa estaban de acuerdo en afirmar que un conflicto como ése podría proporcionarles una excusa para enviar «fuerzas de pacificación» de las Naciones Unidas a la región y asegurar así su control absoluto de la explotación de este tesoro; es decir, de las reservas de petróleo sin explotar.

China

Los miembros del Bilderberg europeos y americanos, que se dan cuenta de la urgente necesidad de crecer que existe en los mercados en desarrollo, para ayudar a mantener viva la ilusión del crecimiento continuo, han acordado nombrar a Pascal Lamy, un socialista francés fanático defensor de un Superestado europeo, como nuevo presidente de la Organización Mundial del Comercio. Se recordará que Washington apoyó el nombramiento de Lamy a cambio del apoyo europeo a la candidatura de Paul Wolfowitz como director del Banco Mundial. Según informaciones proporcionadas por conocedores de los entresijos del Grupo Bilderberg, Lamy ha sido elegido para ayudar a dirigir el sistema de Comercio Global en un momento en que aumentan los sentimientos proteccionistas en países ricos como Francia y Alemania, países afectados por altas tasas de desempleo y poco dispuestos a cumplir las cada vez mayores exigencias de evaluación de mercados de las economías en desarrollo. Los Estados del Tercer Mundo, por ejemplo, insisten en que se deben reducir los subsidios que pagan la Unión Europea y los Estados Unidos a sus agricultores. La ola de liberalización de la OMC se vino abajo en Seattle en 1999 y otra vez en Cancún en 2003.

Los bilderbergs han acordado en secreto la necesidad de obligar a los países pobres a introducirse en un mercado globalizado de mercancías baratas mientras forzaban a los pobres a transformarse en clientes. La actual discusión con China es un buen ejemplo, porque los chinos han inundado los países occidentales con mercancías baratas, entre ellas productos textiles, bajando los precios. Como compensación, los miembros de Bilderberg se han introducido en un mercado emergente maduro y vulnerable a los conocimientos occidentales. Como en el caso de Haití, por ejemplo, que vio sus granjas domésticas de arroz arruinadas a causa de las exportaciones americanas. Cuando los granjeros haitianos no pudieron competir con el arroz americano en los mercados haitianos, abandonaron la tierra y se convirtieron en población urbana desempleada. Entonces, los americanos aumentaron los precios del arroz a niveles insostenibles. Haití y China son pues mercados cautivos, pero mercados al fin y al cabo. Países en vías de desarrollo similares van aumentando su poder adquisitivo y el mundo industrializado consigue introducirse en sus economías convirtiéndoles en objetivo de exportaciones baratas.

Lista de participantes en la reunión del Club Bilderberg en 2005

(La primera letra denota la nacionalidad del participante. Hemos seguido la convención propuesta por la oficina de comunicación de la Unión Europea. En el caso de la Autoridad Nacional Palestina, que no tiene código asignado, hemos seguido la propuesta ISO. Las siglas «INT» señalan representación de organizaciones internacionales)

Presidente honorario

B, Davignon, Étienne, vicepresidente de Suez Tractebel

Secretario general honorario

UK, Taylor, J. Martin, consejero internacional de Goldman Sachs Internacional.

NL, Aartsen, Jozias J. van, líder parlamentario del Partido Liberal (VVD).

PISO, Abu-Amr, Ziad, miembro del Consejo Legislativo Palestino; presidente del Consejo Palestino de Relaciones Exteriores; profesor de Ciencias Políticas en la Universidad Birzeit.

D, Ackermann, Josef, presidente del comité ejecutivo del grupo Deutsche Bank AG.

INT, Almunia Amann, Joaquín, comisario europeo.

EL, Alogoskoufis, George, ministro de Economía y Finanzas.

TR, Babacan, Ali, ministro de Asuntos Económicos.

P, Balsemão, Francisco Pinto, presidente y director general de IMPRESA, SGPS.; antiguo primer ministro.

INT, Barroso, José M. Durão, presidente de la Comisión Europea.

S, Belfrage, Erik, vicepresidente primero del Skandinaviska Enskilda Bank (SEB).

I, Bernabé, Franco, vicepresidente de Rothschild Europa.

F, Beytout, Nicolas, redactor jefe de *Le Figaro*.

A, Bronner, Oscar, editor y redactor de *Der Standard*.

UK, Browne, John, presidente del grupo BP PLC.

D, Burda, Hubert, presidente del consejo de dirección de Hubert Burda Media.

IRL, Byrne, David, enviado especial de la OMS para la revisión del Reglamento Sanitario Internacional; antiguo comisario europeo.

F, Camus, Philippe, presidente de la European Aeronautic Defence and Space Company (EADS).

F, Castries, Henri de, presidente del consejo de AXA.

E, Cebrián, Juan Luis, presidente del grupo PRISA.

US, Collins, Timothy C., director administrativo y presidente de Ripplewood Holdings, LLC.

F, Collomb, Bertrand, presidente del grupo Lafarge.

CH, Couchepin, Pascal, ministro federal del Interior.

GR, David, George A., presidente de Coca-Cola HBC, SA.

F, Delpech, Thérèse, directora de estudios estratégicos de la Comisión de la Energía Atómica.

GR, Diamantopoulou, Anna, parlamentaria.

NL, Docters van Leeuwen, Arthur W.H., presidente del consejo ejecutivo de la Comisión del mercado de valores holandesa.

US, Donilon, Thomas E., socio de O'Melveny & Myers.

D, Döpfner, Mathias, presidente de Axel Springer AG.

DK, Eldrup, Anders, presidente de DONG A/S.

I, Elkann, John, vicepresidente de Fiat, SpA.

E, España, SM la Reina de.

US, Feldstein, Martin S., presidente y director general de la Oficina Nacional de Investigación Económica.

US, Ford, Jr., William C., presidente y director general de Ford Motor Company.

US, Geithner, Timothy F., presidente del Banco de la Reserva Federal de Nueva York.

TR, Gencer, Imregul, miembro del consejo de Global Investment Holding.

IL, Gilady, Eival, consejero del primer ministro Sharon.

IRL, Gleeson, Dermot, presidente del Grupo AIB.

US, Graham, Donald E., presidente y director general de The Washington Post Company.

NO, Grydeland, Bjørn T., embajador ante la Unión Europea.

P, Guterres, António, antiguo primer ministro; presidente de la Internacional Socialista.

US, Haass, Richard N., presidente del Consejo de Relaciones Exteriores.

NL, Halberstadt, Victor, profesor de Economía en la Universidad de Leiden.

B, Hansen, Jean-Pierre, presidente de Suez Tractebel, SA.

A, Haselsteiner, Hans Peter, presidente de Bauholding Strabag SE (Societas Europea).

DK, Hedegaard, Connie, ministra de Medio Ambiente.

US, Holbrooke, Richard C., vicepresidente de Perseus.

INT, Hoop Scheffer, Jaap G. de, secretario general de la OTAN.

US, Hubbard, Allan B., ayudante del presidente para política económica y director del Consejo Económico Nacional.

B, Huyghebaert, Jan, presidente de la junta directiva del Grupo KBC.

US, Johnson, James A., vicepresidente de Perseus, LLC.

INT, Jones, James L., comandante supremo aliado en Europa del Cuartel General Militar de la OTAN.

US, Jordan, Jr., Vernon E., director general administrativo de Lazard Frères & Co., LLC.

US, Keane, John M., presidente de GSI, LLC.; general del ejército estadounidense, retirado.

UK, Kerr, John, director de Shell, Río Tinto y de Scottish Investment Trust.

US, Kissinger, Henry A., presidente de Kissinger Associates, Inc.

D, Kleinfeld, Klaus, presidente y director general de Siemens AG.

TR, Koç, Mustafa V., presidente de Koç Holding AS.

D, Kopper, Hilmar, presidente del consejo de supervisión de DaimlerChrysler AG.

F, Kouchner, Bernard, cátedra «Santé et développement» del Conservatoire National des Arts et Métiers (CNAM).

US, Kravis, Henry R., socio fundador de Kohlberg Kravis Roberts & Co.

US, Kravis, Marie-Josée, consejera sénior del Hudson Institute, Inc.

INT, Kroes, Neelie, comisaria europea.

CH, Kudelski, André, presidente del consejo y director general del Grupo Kudelski.

F, Lamy, Pascal, presidente de Notre Europe; antiguo comisario europeo.

US, Ledeen, Michael A., American Enterprise Institute.

FI, Liikanen, Erkki, gobernador y presidente del consejo del Banco de Finlandia.

NO, Lundestad, Geir, director del Instituto Nobel noruego; secretario del Comité Nobel noruego.

US, Luti, William J., vicesecretario de Defensa para Oriente Medio y el Sudeste Asiático.

DK, Lykketoft, Mogens, presidente del Partido Socialdemócrata.

CA, Manji, Irshad, autora/fundadora del «Project Ijtihad».

US, Mathews, Jessica T., presidenta del Carnegie Endowment for International Peace.

CA, Mau, Bruce, Bruce Mau Design.

CA, McKenna, Frank, embajador en los Estados Unidos.

US, Medish, Mark C., Akin Gump Strauss Hauer & Feld, LLP.

US, Mehlman, Kenneth B., presidente del Comité Nacional Republicano.

D, Merkel, Angela, presidenta de la Christlich Demokratische Union (CDU); presidenta de la CDU/CSU Fraktion.

SK, Miklos, Ivan, viceprimer ministro y ministro de Finanzas.

F, Montbrial, Thierry de, presidente del Instituto Francés de Relaciones Internacionales (IFRI).

INT, Monti, Mario, presidente de la Universidad Bocconi; antiguo comisario europeo de la competencia.

CA, Munroe-Blum, Heather, rectora y viceconsejero de la Universidad McGill.

NO, Myklebust, Egil, presidente de la junta directiva de SAS.

D, Nass, Matthias, vicerredactor de *Die Zeit*.

RU, Nemirovskaya, Elena, fundadora y directora de la Escuela de Moscú de Estudios Políticos.

PL, Olechowski, Andrzej, líder de la Civic Platform.

FI, Ollila, Jorma, presidente del consejo y director general de Nokia Corporation.

INT, Padoa-Schioppa, Tommaso, miembro del consejo ejecutivo del Banco Central Europeo.

NL, Países Bajos, SM la reina de los.

E, Palacio, Loyola de, presidenta del Consejo de Relaciones Exteriores, Partido Popular.

GR, Papandreou, George A., presidente del Movimiento Socialista Panhelénico (PASOK).

US, Pearl, Frank H., presidente y director general de Perseus, LLC.

US, Pearlstine, Norman, redactor jefe de Time Inc.

FI, Pentikäinen, Mikael, presidente de Sanoma Corporation.

US, Perle, Richard N., profesor invitado en el American Enterprise Institute for Public Policy Research.

D, Pflüger, Friedbert, parlamentario de la Christlich Demokratische Union/CSU Fraktion.

B, Philippe, SAR el príncipe.

CA, Prichard, J. Robert S., presidente de Torstar Media Group y director general de Torstar Corporation.

INT, Rato y Figaredo, Rodrigo de, director gerente del FMI.

CA, Reisman, Brezo, presidente y director general de Indigo Books & Music Inc.

US, Rockefeller, David, miembro del Consejo International de JP Morgan.

US, Rodin, Judith, presidenta de la Fundación Rockefeller.

E, Rodríguez Inciarte, Matías, vicepresidente ejecutivo del Grupo Santander.

US, Ross, Dennis B., director del The Washington Institute for Near East Policy.

F, Roy, Olivier, investigador sénior del Centre National de la Recherche Scientifique (CNRS).

P, Sarmento, Nuno Morais, antiguo ministro de Estado y de la Presidencia; parlamentario.

I, Scaroni, Paolo, director general y director gerente de Enel, SpA.

D, Schily, Otto, ministro del Interior.

A, Scholten, Rudolf, miembro del consejo de directores ejecutivos del Oesterreichische Kontrollbank AG.

D, Schrempp, Jürgen E., presidente del consejo de dirección de DaimlerChrysler AG.

D, Schulz, Ekkehard D., presidente del consejo ejecutivo de ThyssenKrupp AG.

E, Sebastián Gascón, Miguel, consejero económico del presidente del gobierno.

IL, Sharansky, Natan, antiguo ministro responsable de Jerusalén y de la Diáspora.

I, Siniscalco, Domenico, ministro de Economía y Finanzas.

UK, Skidelsky, Robert, profesor de Economía Política de la Universidad de Warwick.

IRL, Sutherland, Peter D., presidente de Goldman Sachs International; presidente de BP PLC.

PL, Szwajcowski, Jacek, presidente del Polska Grupa Farmaceutyczna.

FI, Tiilikainen, Teija H., director de la Red de Estudios Europeos de la Universidad de Helsinki.

NL, Tilmant, Michel, presidente del banco ING N.V.

INT, Trichet, Jean-Claude, gobernador del Banco Central Europeo.

TR, Ülsever, Cüneyt, columnista del diario *Hürriyet*.

CH, Vasella, Daniel L., presidente y director general de Novartis AG.

NL, Veer, Jeroen van der, presidente del Comité de directores gerentes del Royal Dutch Shell Group.

US, Vinocur, John, corresponsal sénior del *International Herald Tribune*.

S, Wallenberg, Jacob, presidente del consejo e inversor de AB; vicepresidente del SEB.

US, Warner, Mark R., gobernador de Virginia.

UK, Weinberg, Peter, presidente de Goldman Sachs International.

D, Wissmann, Matthias, parlamentario de la Christlich Demokratische Union/CSU Fraktion.

UK, Wolf, Martin H., redactor asociado y comentarista de economía del *Financial Times*.

INT/US, Wolfensohn, James D., antiguo presidente del Banco Mundial.

INT, Wolfowitz, Paul, presidente del Banco Mundial.

US, Zakaria, Fareed, redactor de *Newsweek International*.

D, Zumwinkel, Klaus, presidente del consejo de dirección de Deutsche Post AG.

Ponentes

UK, Micklethwait, R. John, redactor en los Estados Unidos de *The Economist*.

UK, Wooldridge, Adrian D., corresponsal en el extranjero de *The Economist*.

Notas

Capítulo 1

1. Will Hutton, *The Observer*, 1 de febrero de 1998.
2. Véase el artículo de Richard Creasy y Pete Sawyer «The World's Most Powerful Secret Society», en el que los autores describen en toda su gloria su primera experiencia cara a cara con los bilderbergers en el encuentro de Escocia en 1998. Número 55 de la revista británica *Punch*; 23 de mayo-5 de junio de 1998.
3. Véase *The Old Stables; Who runs the World?*, de Richard Greaves.
4. Will Hutton, *The Observer*, 1 de febrero de 1998.
5. *Guardian Unlimited*, sábado, 10 de marzo de 2001.
6. Jim McBeth, *Scotsman*, 05/15/1998.
7. Texto procedente de www.borromees.it, la página web del Grand Hotel des Îles Borromées.
8. Otros participantes incluyen a Denis Healy (ex ministro de Defensa británico), Manlio Brosio (secretario de la OTAN), Wilfred S. Baumgartner (ex gobernador del Banco de Francia y ex directivo de la gran compañía multinacional francesa, Rhône-Poulenc), Guido Carli (ex gobernador del Banco de Italia), Thomas L. Hughes (presidente del Carnegie Endowment for International Peace), William P. Bundy (ex presidente de la Fundación Ford y editor del *Foreign Affairs Journal*), John J. McCloy (ex presidente del Chase Manhattan Bank), Lester Pearson (ex primer ministro de Canadá), Pierre Trudeau (ex primer ministro de Canadá), Jean Chrétien (ex primer ministro de Canadá), Dirk U. Stikker (secretario general de la OTAN), George F. Kennan (ex embajador de Estados Unidos en la Unión Soviética), Paul H. Nitze (representante del Schroeder Bank). Nitze desempeñó un importante papel en los acuerdos para el control armamentístico, que siempre han

estado bajo la dirección de la RIIA, Robert O. Anderson (presidente de Atlantic-Richfield Co. y director del Instituto Aspen de Estudios Humanísticos), Donald S. MacDonald (ministro de Defensa canadiense), príncipe Claus de Holanda, Marcus Wallenberg (presidente del Enskida Bank de Estocolmo), John D. Rockefeller IV (gobernador de Virginia Occidental, ahora senador de Estados Unidos), Cyrus Vance (secretario de Estado con Carter), Eugene Black (ex presidente del Banco Mundial), Joseph Johnson (presidente de la Fundación Carnegie para la Paz Internacional), Hannes Androsch (ministro de Finanzas austríaco), Paul van Zeeland (primer ministro de Bélgica), Pierre Commin (secretario del Partido Socialista Francés), Imbriani Longo (director general de la Banca Nazionale del Lavoro en Italia), Vimcomte Davignon (ministro de Asuntos Exteriores belga), Gen. Andrew J. Goodpaster (ex comandante en jefe de los aliados en Europa y superintendente de la West Point Academy), Zbigniew Brzezinski, general Alexander Haig (secretario general de la OTAN para Europa, ex asistente de Kissinger y secretario de Estado con Reagan), barón Edmond de Rothschild, Pierce Paul Schweitzer (director del Fondo Monetario Internacional) y Otto Wolff (importantísimo industrial alemán).

9. John Williams in *Atlanticism: The Achilles' Heel of European Security, Self-Identity and Collective Will.*

10. (Véase Apéndice 3 para conversaciones secretas entre distintas facciones del grupo.)

11. (Traducción: la revista *Spotlight* fue neutralizada por el gobierno llevándola a juicio ya que suponía un serio peligro para los planes globalizadores. De las cenizas de la antigua *Spotlight* resurgió la *American Free Press.*)

12. Tony Gosling, crítico del Club Bilderberg y ex periodista de la BBC.

13. Gary Allen, *El Expediente Rockefeller.*

14. Gary Allen, *El Expediente Rockefeller.*

15. Otros invitados habituales, de máxima importancia, son Donald E. Graham, editor del *Washington Post;* Jim Hoagland (participante habitual) y Charles Krauthammer, ambos columnistas del *Washington Post;* Andrew Knight, director del grupo mediático Knight Ridder; Osborn Eliot, ex editor del *Newsweek;* Robert L. Bartley, vicepresidente del *Wall Street Journal* y miembro del Council on Foreign Relations y la Comisión Trilateral; Jean de Belot, editor de *Le Figaro;* R. John Micklethwait de *The Economist;* Sharon Percy Rockefeller, presidente y director de WETA-TV; John Bernder, director general de Norwegian Broadcasting Corp.; Paul Gigot, editor del «conservador» *Wall Street*

Journal; Gianni Riotta, subdirector de *La Stampa*; Anatole Kaletsky de *The Times of London;* Peter Job, director de Reuters; Eric Le Boucher, editor jefe de *Le Monde;* Hedley Donovan, Henry Grunwald y Ralph Davidson de *Time;* Joseph C. Harsch, ex comentarista de la NBC y miembro del Council on Foreign Relations; Toger Seidenfaden, editor en jefe de *Politiken* de Dinamarca y Kenneth Whyte, editor del *The National Post,* de Canadá; Conrad Black, propietario de una cadena de periódicos presente en muchos países (participante habitual); Mathias Nass, subdirector del *Die Zeit;* Henry Anatole Grunwald, ex editor en jefe del *Time* y miembro del Council on Foreign Relations; Mortimer B. Zuckerman, presidente y editor en jefe del *U.S. News and World Report, New York Daily News* y *Atlantic Monthly,* también miembro del Council on Foreign Relations; Peter Robert Kann, presidente y director de Dow Jones and Company y miembro del Council on Foreign Relations; Will Hutton, editor del *London Observer;* William F. Buckley, Jr., editor en jefe del *National Review,* colaborador del programa «Firing Line» de la productora norteamericana de televisión PBS y miembro del Council on Foreign Relations; los afamados columnistas Joseph Kraft, James Reston, Joseph Harsch, George Will y Flora Lewis; Donald C. Cook, ex diplomático europeo y corresponsal de *Los Angeles Times* y miembro del Council on Foreign Relations; Albert J. Wohlstetter, corresponsal del *Wall Street Journal* y miembro del Council on Foreign Relations; Bill Moyers, director ejecutivo de Public Affairs TV y ex director del Council on Foreign Relations; Gerald Piel, ex presidente de *Scientific American* y miembro del Council on Foreign Relations, y William Kristol, editor de la revista británica *Weekly Standard.*

16. Rep. Bernie Sanders, Sander's Scoop newsletter, verano de 2002.

17. Rep. Bernie Sanders, Sander's Scoop newsletter, verano de 2002.

18. Rep. Bernie Sanders, Sander's Scoop newsletter, verano de 2002.

19. Roswell Gilpatric (Council on Foreign Relations, Bilderberg) del gabinete de abogados Kuhn, Loeb (Rothschild), Cravath, Swaine y Moore y ex director del Banco de la Reserva Federal de Nueva York; Henry B. Schnacht, director del Chase Manhattan Bank (Rockefeller/Rothschild; Council on Foreign Relations, Brookings Institution y Comité para el Desarrollo Económico); James D. Wolfensohn (Council on Foreign Relations, Comité de los 300, Bilderberg), ex director del J. Henry Schroder Bank, con estrechas relaciones con los Rothschild y los Rockefeller, nombrado en 1995 director del Banco Mundial por Bill

Clinton; Franklin A. Thomas (Council on Foreign Relations), director de la Fundación Rockefeller.

20. William Shannon, «Plans to destroy America are exposed!», www.bankindex.com, 11 de agosto de 2002.

21. (Dr. John Coleman, *Conspirator's Hierarchy: The Story of the Commitee of 300*, America West Publishers, 1992.)

22. Ídem.

23. Ídem.

24. Ídem.

25. Ídem.

26. Citado en http://freedomlaw.com/coffee.html. Entre sus patrocinadores se encuentran el Instituto Cato, el Heritage y el Mackinac Centre for Public Policy, todos de derechas, ultraconservadores y pro estado de Israel.

Capítulo 2

1. (*Who's Who of the Elite*, Robert Gaylon Ross Sr.) Como apunte de gran interés diré que Robert Gaylon Ross es experto en el campo del criptoanálisis (la descodificación de mensajes) y prestó servicio como lugarteniente de la Agencia de Seguridad Militar (ASA), filial de la Agencia de la Seguridad Nacional (NSA), que depende, a su vez, de la Agencia Central de Inteligencia (CIA). Desde 1956 a 1957 sirvió como comandante de compañía de una unidad de Inteligencia en la zona desmilitarizada en el valle de Chorwan, en Corea del Sur. Tras finalizar el manuscrito de su primer libro, *Who's Who of the Elite*, contactó con numerosos editores para preguntar si estaban interesados en el texto. Todos declinaron publicarlo debido a su temática, así que montó su propia editorial, RIE, y publicó el primero de sus catorce trabajos. Este libro, a propósito, explica las intenciones del Nuevo Orden Mundial de dominar el mundo entero, tanto política como económicamente, y ponerlo en manos de unos cuantos hombres que han creado varias organizaciones secretas para llevar a cabo su misión.

2. A continuación, el lector encontrará una limitada lista de organizaciones que, en Estados Unidos, están financiadas o dirigidas por la asociación Rockefeller/CFR y que trabajan por la desaparición de la independencia de ese país.

• Asociación Americana para las Naciones Unidas
• Unión Atlántica
• Consejo de Educación General

- Council on Foreign Relations
- Federación de Gobiernos Mundiales
- Consejo de la Población
- Instituto para el Orden Mundial
- La Comisión Trilateral
- Federalistas Internacionales Unidos

De entre todas las organizaciones que controlan CFR/Rockefeller, veamos con más detalle la organización Federalistas Internacionales Unidos (UWF), ejemplo de la interrelación entre sus miembros con el CFR desde el mismo día de su fundación. La UWF fue creada en 1947 por Norman Cousins y James P. Warburg, ambos veteranos miembros del CFR. El primero creía que, para asegurar la paz mundial, era necesaria la creación de un gobierno mundial eficiente. La primera plataforma de promoción de sus ideas fue el rotativo *Saturday Review*, del cual era editor. Este periódico pasó, en poco tiempo, de ser una pequeña revista literaria a una poderosa publicación semanal con una circulación de más de 600.000 ejemplares. James P. Warburg era el mismo Warburg que prometió un Gobierno Mundial «con el consentimiento del pueblo o por conquista». Federalistas Internacionales Unidos fue apoyada por los dos partidos políticos, por la mayor parte de los políticos de primera línea y por casi todos los presidentes, desde Harry Truman a Clinton.

El primer presidente de Federalistas Internacionales Unidos fue Cord Meyer Jr. quien, además de ser miembro del CFR, era también agente de la CIA (1951-1977). Meyer había participado en el programa secreto de manipulación mental MK-Ultra LSD. Su ex mujer, Mary Pinchot Meyer, fue la última amante de John Kennedy. Meyer escribió un libro titulado *Peace or Anarchy* (Paz o anarquía) que promulgaba la misma línea de pensamiento que la gente del CFR. Según él, «los Estados Unidos deberían estar dispuestos a desarmarse para converger en un Gobierno Federal Mundial bajo el control de las Naciones Unidas». La paz de Meyer suena a película de terror a nuestros oídos libres de hoy: «una vez ingresada en el Gobierno Federado Único Mundial ninguna nación podrá secesionarse o rebelarse porque con la bomba atómica en su posesión, el Gobierno Federal (del Mundo) la haría desaparecer de la faz de la tierra».

3. (CFR) = Empresa listada como miembro actual del Council on Foreign Relations.

ABB Asea Brown Boveri Ltd., Percy Barnevik, Suiza.

American Standard Companies Inc., Emmanuel A. Kampouris, EE. UU.

AT&T Wireless Services Inc., Steven W. Hooper, EE. UU.
Banco do Brasil, S. A., Paulo Cesar Xione Ferreira, Brasil.
Barclays PLC, Martin Taylor, Reino Unido.
Bechtel Group Inc., Riley P. Bechtel, EE. UU.
Bell Canada, John McLennan, Canadá.
Cisco Systems Inc., John T. Chambers, EE. UU.
Compaq Computer Corp., Eckhard Pfeiffer, EE. UU.
Deutsche Bank AG, Michael Endres, Alemania.
Electronic Data Systems Corp., Lester M. Alberthal Jr., EE. UU.
Emirates Bank International, Anis Al Jallaf, Emiratos Árabes Unidos.
Ernst & Young LLP, Philip A. Laskawy, EE. UU.
Ford Motor Company, Kenneth R. Dabrowski, EE. UU.
Goldman, Sachs & Co., Jon S. Corzine, EE. UU.
Honeywell Inc., Michael R. Bonsignore, EE. UU.
Hyundai Electronic Industries Co. Ltd., Young Hwan Kim, Corea del Sur.
LEXIS-NEXIS, Ira Siegel, EE. UU.
Lockheed Martin Corp., Peter B. Teets, EE. UU.
Mitsubishi Corp., Minoru Makihara, Japón.
NatWest Group, Bernard P. Horn, Reino Unido.
NYNEX Corp., Ivan Seidenberg, EE. UU.
Philips Electronics N.V., Cor Boonstra, Países Bajos.
Price Waterhouse, EE. UU., Geoffrey Johnson, Reino Unido.
Samsung Data Systems Co. Ltd., Suek Namgoong, Corea del Sur.
Siemens Nixdorf Informationssysteme AG, Gerhard Schulmeyer, Alemania.
The Acer Group, Stan Shih, Taiwan.
The Nasdaq Stock Market, Alfred R. Berkeley III, EE. UU.
The New York Stock Exchange, Richard A. Grasso, EE. UU.
The Royal Dutch/Shell Group of Companies, Mark Moody-Stuart, Reino Unido.
United Parcel Service, John W. Alden, EE. UU.
Universal Studios Inc., Frank J. Biondi, EE. UU.
EE. UU. Department of the Navy, Richard Danzig, EE. UU.
US Postal Service, Marvin T. Runyon, EE. UU.

4. Es bastante anecdótico cómo las mismas organizaciones pertenecientes al combinado CRF-Bilderberg, como el World Federalist Movement, salen a relucir cuando hay una agenda globalizadora que aplicar.

5. Un extenso libro de Oxford University Press, publicado en 1995 que, desafortunadamente ha vendido muy pocos ejemplares, por lo que

la gente, una vez más, desconoce lo que los globalizadores planean hacer con nosotros.

6. El sitio web oficial del CFR es: http://www.cfr.org/.

7. Burger (bajo el presidente Nixon, 1969), Douglas (Roosevelt, 1939), Brennan (Eisenhower, 1956), Stewart (Eisenhower, 1958), White (Kennedy, 1962), Marshall (Johnson, 1967), Blackmun (Nixon, 1970), Powell (Nixon, 1971), Rehnquist (Nixon, 1971). Roe v. Wade, 410 U.S. 113, 93 S.Ct. 705, 35 L.Ed.2d 147 (1973).

8. Dr. Byron T. Weeks, http://educate-yourself.org/nwo/nwotavistockbestkeptsecret.shtml, 31 de julio de 2001.

9. *Ways and Means of US Ideological Expansion*, A. Valyuzhenich, International Affairs (Moscú). Febrero de 1991, págs. 63-68.

10. Pollock, Daniel C Project Director & Editors De Mclaurin, Ronald, Rosenthal, Carl F., Skillings, Sarah A., *The Art and Science of Psychological Operations: Case Studies of Military Application*. Volumen I, Volante n.º 725-7-2, DA Pam 525-7-2, Headquarters Department of the Army, Washington, DC, 1 de abril de 1976. Vol. II, pág. 825.

11. Whos's Running America? *Institutional Leadership in the United States*, Thomas R. Dye, Prentice-Hall, 1976.

12. Esta declaración fue hecha en 1970 por el profesor Raymond Houghton, en «To Nurture Humaneness: Commitment for the '70's».

13. Berit Kjos en su libro *Finding Common Ground*.

14. Las más importantes son la Ford Foundation, Lilly Foundation, Rockefeller Foundation, Duke Endowment, Kresge Foundation, Kellogg Foundation, Mott Foundation, Pew Mutual Trust, Hartford Foundation, Alfred P. Sloan Foundation, Carnegie Foundation. Fuente: Dye, Thomas R., *Who's Running America?*, Prentice-Hall, 1976, págs. 103-107.

15. Ídem.

16. Rene Wormser, *Foundations: Their Power and Influence*, págs. 65-66, Sevierville TN: Covenant House Books, 1993.

17. Un influyente periodista americano que compartía las degeneradas ideas de los conservadores straussianos de que la población no es más que un puñado de borregos que tienen que ser controlados por una clase intelectual especialista.

18. Jefe de planificación política para el Departamento de Estado (1950-1953) durante la administración Truman.

19. Vicesecretario de Estado en la administración Truman y miembro del grupo de trabajo que creó el Plan Marshall.

20. Michio Kaku y Daniel Axelrod, *To win the Nuclear War. The Pentagon's Secret War Plans*, South End Press, 1987, págs. 63-64.

21. Mike Peters, *The Bilderberg Group and the project of European Unification.*

22. Página 21: «En todos los encuentros, funciona la Regla de la No Atribución del Consejo. Esto asegura a los participantes que pueden hablar abiertamente sin que otros, más tarde, *les atribuyan sus afirmaciones*, tanto ante los medios de comunicación pública como ante personas que puedan tener acceso a esos medios.» Página 122: «A semejanza del Consejo, los comités animan a que se hable abiertamente manteniendo *la premisa de la no atribución* en los encuentros». Página 169: El Artículo II de la reglamentación dice: «Es condición expresa del Consejo, a cuyo cumplimiento acceden todos los miembros en virtud de su pertenencia, que los miembros observarán tales reglas tal y como las prescriba, de tanto en tanto, el Comité de Directores, en relación a la conducta en los encuentros o a *la atribución de declaraciones hechas allí* y que *cualquier revelación, pública, u otra acción en ese sentido, será entendida por el comité de directores, con su único criterio, como motivo para la terminación o suspensión de la condición de miembro, según el Artículo I de la normativa.*»

Página 174: «En los encuentros del Consejo se anima a la expresión de opiniones con total libertad. Se les asegura a los participantes que pueden hablar abiertamente, ya que es tradición del Consejo que *no se atribuirán o caracterizarán sus afirmaciones* en medios o forums públicos ni se transmitirá información a personas que puedan hacerlo. Se espera que todos los participantes cumplan con ese compromiso.»

Página 175: «Incumpliría la reformulada regla, sin embargo, cualquier participante que (i) *publicara en un periódico las afirmaciones de un portavoz atribuyéndole la autoría;* (ii) *repitiese esas palabras en televisión, radio, ante un público o en una clase;* o (iii) fuese más allá de un informe de limitada circulación, por ejemplo, el periódico de una empresa o agencia gubernamental. *El espíritu de la Regla también implica que ningún participante puede transmitir una afirmación atribuida a un periodista o a cualquier persona que pueda hacerla circular o publicar.* La esencia de la regla puede formularse de una manera simple: *los participantes en las reuniones del consejo no deben transmitir ninguna afirmación atribuida* en circunstancias en las que exista el riesgo de que tal información circule o se publique ampliamente...»

«Para promover el intercambio libre, franco y abierto de ideas en las reuniones del Consejo, el Comité de Directores ha prescrito, además de la *Norma de la No-Atribución*, las siguientes guías. *Es de esperar que todos los participantes en las reuniones del Consejo estén familiarizados y se adhieran a estas guías...*»

Página 176: «Los miembros que traigan invitados deben completar la «tarjeta de notificación de invitados» y ponerlos al corriente de la *Norma de la No-Atribución sobre lo dicho en los encuentros.*"

Más adelante, en la página 176: «Como condición de uso, el personal del Consejo requerirá a las personas que usen registros o documentos del Consejo que entreguen un compromiso escrito *de que no atribuirán a ninguna persona viva,* ni directa ni indirectamente, cualquier afirmación de hecho u opinión basada en ningún documento o registro del Consejo, sin obtener primero el consentimiento escrito de tal persona.»

En «Una carta del presidente", en el Informe Anual de 1994 del CFR, Peter G. Peterson, afirma en la página 7, que:

«... los miembros tienen la ocasión de encontrarse en sesiones *off the record* con el secretario de Estado, [Warren] Christopher, con el consejero de Seguridad Nacional [Anthony] Lake, con el secretario [de Estado emérito, George Pratt] Shultz, con el embajador [Mickey] Kantor, con el vicesecretario del Tesoro [Lawrence H.] Summers, con la Junta de Jefes de Gabinete y otros funcionarios de alto rango. Uno de nuestros próximos objetivos es llegar también a los líderes del Congreso, una oportunidad que crearemos como componente de un ampliado Programa de Washington.»

Capítulo 3

1. C. Fred Bergsten, Georges Berthoin y Kinhide Mushakoji, *The Reform of International Institutions* (Triangle Paper No.11) en Trilateral Commission Task Force Reports: 9-14, pág. 90.

2. Sklar, Holly, ed. Trilateralism: *The Trilateral Commission y Elite Planning for World Management.* Boston: South End Press, 1980.

3. El informe número 11, «The Reform of International Institutions», escrito por C. Fred Bergsten, Georges Berthoin y Kinhide Mushakoji, recomendaba que para conseguir el «objetivo prioritario» de asegurar la «interdependencia del mundo», se pusiese «freno a la intrusión de los gobiernos nacionales en el intercambio internacional de los bienes económicos y no económicos» (1).

4. En Trilateralism: *The Trilateral Commission y Elite Planning for World Management.*

5. Kissinger, *Toasts to the Trilateral Commission Founder.* En ocasión del 25 aniversario del grupo estadounidense, el 1 de diciembre de 1998, en www.trilateral.org.

6. Will Banyon, «Rockefeller Internationalism», revista *Nexus*, Volumen 11, número 1 (diciembre-enero de 2004).

7. Rockefeller, *Memoirs*, pág. 486; y John B. Judis, *Twilight de Gods*, The Wilson Quarterly, otoño de 1991, pág. 47.

8. Daniel Yergin y Joseph Stanislaw, *The Commanding Heights*, Free Press; 1997 ed., págs. 60-64.

9. Joan Hoff, *Nixon Reconsidered* (BasicBooks, 1994), págs. 168, 396n (incluyendo citas).

10. En *The Trilateral Commission* y *Elite Planning for World Management*.

11. Will Banyon, «Rockefeller Internationalism», revista *Nexus*, Volumen 11, número 1 (diciembre-enero de 2004).

12. Trilateral Commission: World Shadow Government, informe «Running on Empty».

13. Carter cita a Laurence H. Shoup, *The Carter Presidency y Beyond: Power y Politics in the 1980s,* (Ramparts Press, 1980), págs. 50-51, y Jimmy Carter, *The Presidential Campaign, Volume One, Part One* (US Government Printing Office, 1978), págs. 268, 683.

14. The Insider, John McManus, The John Birch Society.

15. *Murder by Injection: The Medical Conspiracy against America,* Eustace Mullins, National Council for Medical Research, capítulo 10.

16. Dr. Anthony Sutton, *Wall Street and the Bolshevik Revolution,* Arlington House, 1974.

17. Gary Allen, *El expediente Rockefeller,* 76 Pr, 1976.

18. Anthony Sutton, *Wall Street and the Bolshevik Revolution,* capítulo XI: The Alliance of Bankersand Revolution, Arlington House, 1974.

19. Pág. 46 Jennings C. Wise, *Woodrow Wilson: Disciple of Revolution,* Nueva York, Paisley Press, 1938, pág. 45.

20. U.S., Senate, Congressional Record, octubre 1919, págs. 6430, 6664-66, 7353-54;

21. Gary Allen, *El expediente Rockefeller.*

22. Anthony Sutton, *Wall Street and the Bolshevik Revolution.*

23. Gary Allen, *El expediente Rockefeller,* Capítulo 9, Building the Big Red Machine.

24. Hatonn, C. Gyeorgos, *Rape Of The Constitution; Death of Freedom,* Tehachapi, California, America West Publishers, 1990.

25. Anthony Sutton, *Wall Street and the Bolshevik Revolution,* capítulo XI: The Alliance of Bankers and Revolution.

26. *Murder by Injection: The Medical Conspiracy against America,* Eustace Mullins, National Council for Medical Research, capítulo 10.

27. Gary Allen, *El expediente Rockefeller,* capítulo 9, Building the Big Red Machine.

28. Ídem.

29. El banco de Rockefeller desempeñaría un papel fundamental en la fundación de la Cámara de Comercio Ruso-americana en 1922 bajo la dirección de Reeve Schley, vicepresidentee del Chase National Bank.

30. Ídem.

31. Gary Allen, *El expediente Rockefeller*, capítulo 9, Building the Big Red Machine.

32. Como el conocido bolchevique John Reed nos quiso hacer creer en su trabajo *Diez días que estremecieron al mundo*. Reed fue un famoso escritor de la época de la primera guerra mundial que colaboró en el periódico *Metropolitan*, controlado por J. P. Morgan. Reed murió de tifus en Rusia en 1920.

33. En *National Suicide* y en su historia en tres volúmenes del desarrollo tecnológico soviético, *Western Technology* y *Soviet Economic Development* (para el cual usó como fuente principal documentos oficiales del Departamento de Estado).

34. Gary Allen, *El expediente Rockefeller*, capítulo 9, Building the Big Red Machine.

35. Testimonio de Anthony Sutton ante el Subcomité VII del Platform Committee del Partido Republicano en Miami Beach, Florida, 15 de agosto de 1972.

36. Ídem.

37. Ídem.

38. Gary Allen, *El expediente Rockefeller*, capítulo 9, Building the Big Red Machine.

39. *Murder by Injection: The Medical Conspiracy against America,* Eustace Mullins, National Council for Medical Research, capítulo 10.

40. New World Order Intelligent Update, junio de 1993.

41. «Un Millennium Summit Promotes Global Army», *The Spotlight* 18/9/2000.

42. «A European Army?», http://www.european-defence.co.uk/article9.html, 16/10/2000.

Capítulo 4

1. *The Gods Who Walk Among Us*, Thomas Horn and Dr. Donald Jones, capítulo 5.

2. Este proceso se probó secretamente con bebés en EE. UU., a quienes se les tatuó el número de la Seguridad Social.

3. *The McAlvany Intelligence Advisor*, Donald S. McAlvany, Estados Unidos, julio, 1991.

4. *Millennium: Peace, Promises, and the Day They Take Our Money Away*, Texe Marrs, Living Truth Publishers, USA, 1990.

5. «Cashless Society gets mixed reviews» 8 de febrero de 2003, www.cnn.com/2003/TECH/ptech/02/08/cash.smart.ap/index.html.

6. *Millennium: Peace, Promises, and the Day They Take Our Money Away,* Texe Marrs, Living Truth Publishers, USA, 1990.

7. *Michael Journal*, Canada, Louis Even, mayo-junio de 1996.

8. «Time Enough? Consequences of Human Microchip Implantation», Elaine Ramesh www.fplc.edu/risk/vol8/fall/ramesh.html.

9. Concern over microchip implants, Jon E. Dougherty, WorldNetDaily.com, 1999.

10. http://www.elmundo.es/elmundo/2004/06/29/madrid/1088490789.html.

11. «Get chipped, then charge without plastic – you are the card», USA Today, Kevin Maney, 5/12/2004

12. «Clubbers choose chip implants to jump queues», NewScientist.com, Duncan Graham-Rowe, mayo de 2004.

13. *Conspirator's Hierarchy: The Committee of 300*, John Coleman, American West Pub & Dist, 1992.

14. *Michael Journal*, Canadá, Louis Even, mayo-junio de 1996.

15. *Spotlight magazine*, USA, 13 de abril de 1998.

16. *Spotlight magazine*, USA, 13 de junio de 1994.

17. Chris Berad, septiembre 25, 2004, a href="http://homepages.ihug.co.nz/%7Epcaffell" eudora="autourl", http://homepages.ihug.co.nz/~pcaffell</a.

18. Barbara Brown, «Canada poised on brink of the cashless society», *The Hamilton Spectator*, 1 de octubre de 1997.

19. *Globe and Mail*, 31 de octubre de 1998.

20. Barbara Brown, «Canada poised on brink of the cashless society», *The Hamilton Spectator*, 1 de octubre de 1997.

21. http://www.interac.org/en_n2_31_statistics.html.

22. http://www.interac.org/en_n2_32_researchfacts.html.

23. http://legalminds.lp.findlaw.com/list/dccp/msg00225.html.

24. Barbara Brown, «Canada poised on brink of the cashless society», *The Hamilton Spectator*, 1 de octubre de 1997.

25. «Mondex: A house of smart cards?» The Convergence, David Jones, sábado, 12 de julio de 1997.

26. «Cashless Society gets mixed reviews», 8 de febrero de 2003, www.cnn.com/2003/TECH/ptech/02/08/cash.smart.ap/index.html.

27. Westland, J. C., M. Kwok, J. Shu, T, Kwok y H. Ho. Electronic Cash in Hong Kong, Electronic Markets.

28. El comunicado de prensa de Mondex en el que reconoce su fracaso en Hong Kong puede verse en http://www.mondex.com.tw/news_releases/intro_press_center_20030807_1.html (sólo en chino).

29. www. MasterCard.net.

30. «An e-commerce barcode tattoo», WorldNet Daily, Jon E. Dougherty, 30 de septiembre de 1999.

31. Washington metropolitan Area Transit Authority, www.wmata.com/riding/smartrip.

32. «Retailers eye tiny tracking chips», *Arab Times*, editorial, agosto 10, 2003.

33. Wal-Mart RFID Tests Underway, Jim Wagner, Wireless News, 30 de abril de 2004.

34. M. K. Shankar, Algorithm Ensures Unique Object ID, NIKKEI ELECTRONICS ASIA, abril de 2001, http://www.nikkeibp.asiabiztech.com/nea/200104/inet_127161.html.

35. *I Am Not a Number: Freeing America from the Id State*, Claire Wolfe, Loompanics Unlimited; 2nd Revised & Expanded 2nd edition, 2003.

36. *American Free Press*, 21 de abril de 2002, «Get Ready for the Sovietization of America», de Al Martin.

37. *The Telegraph*, 26/09/2001.

38. «Smart cards to contain biometric data», Laura Rohde, 9 de febrero de 2000, CNN.

39. Ídem.

40. «From face scan cameras to thumb scanners, biometric technology is the police state system of total control», Alex Jones, Infowars.com, 16 de agosto de 2001.

41. Ídem.

42. ACT Canada: www.actcda.com.

43. «From face scan cameras to thumb scanners, biometric technology is the police state system of total control», Alex Jones, Infowars.com, 16 de agosto de 2001.

44. Indivos wins patent for transactions technology, *East Bay Business Times*, Staff writers, 21 de agosto de 2001.

45. *Austin Business Journal*, 7 de marzo de 2001, edición on-line, National Retail Federation, 2 de mayo.

46. Scripps Howard News Service, 1 de febrero de 2001.

47. «InnoVentry Reaches $1 Billion Milestone in Payments to Check-cashing Customers; Company Forecasts Continued Strong

Growth in New Year», *Business Wire*, Business Editors, 3 de enero de 2001.

48. *Washington Post*, 14 de agosto de 2001.

49. «Face scanning, fingerprinting ATMs gain ground», Laura Bruce, http://bankrate.com/brm/news/atm20010302a.asp.

50. Navegando en Internet encontré este curioso artículo sobre el tema: http://delitosinformaticos.com/articulos/102485416026690.shtml.

51. Ver en http://delitosinformaticos.com/articulos/10248541602 6690.shtml.

52. http://www.wnd.com/news/article.asp? ARTICLE_ID=26339.

53. http://mercury.sfsu.edu/~swilson/emerging/artre332.bionics.html.

54. «Implantable-chip company attacks WND: Digital Angel accusations come as Whistleblower report published», Sherrie Gossett, 2 de abril de 2002.

55. The slippery slope of safety, www.chronicles Magazine.org, B.K. Eakman, 2003.

56. Ídem.

57. http://www.gopbi.com/partners/pbpost/epaper/editions/monday/business_d362c088a633a00a00d9.html

58. http://www.adsx.com/prodservpart/verichippreregistration.html.

59. http:// wnd.com/news/article.asp? ARTICLE_ID=17705.

60. http://wnd.com/news/article.asp? ARTICLE_ID=23232.

61. http://home.iae.nl/users/lightnet/world/southamericarussia.html.

62. http://www.boston.com/dailyglobe2/140/science/Barcoding_humans +.shtml.

63. http://www.guardian.co.uk/child/story/0,7369,785073,00.html.

64. http://www.greaterthings.com/News/Chip_Implants/LATimes011219.

65. http://news.scotsman.com/topics.cfm? Tid=428*id=47025 2004.

 **Planeta**

España
Av. Diagonal, 662-664
08034 Barcelona (España)
Tel. (34) 93 492 80 36
Fax (34) 93 496 70 58
Mail: info@planetaint.com
www.planeta.es

Argentina
Av. Independencia, 1668
C1100 ABQ Buenos Aires
(Argentina)
Tel. (5411) 4382 40 43/45
Fax (5411) 4383 37 93
Mail: info@eplaneta.com.ar
www.editorialplaneta.com.ar

Brasil
Rua Ministro Rocha Azevedo, 346 -
8º andar
Bairro Cerqueira César
01410-000 São Paulo, SP (Brasil)
Tel. (5511) 3088 25 88
Fax (5511) 3898 20 39
Mail: info@editoraplaneta.com.br

Chile
Av. 11 de Septiembre, 2353,
piso 16
Torre San Ramón, Providencia
Santiago (Chile)
Tel. Gerencia (562) 431 05 20
Fax (562) 431 05 14
Mail: info@planeta.cl
www.editorialplaneta.cl

Colombia
Calle 73, 7-60, pisos 7 al 11
Santafé de Bogotá, D.C.
(Colombia)
Tel. (571) 607 99 97
Fax (571) 607 99 76
Mail: info@planeta.com.co
www.editorialplaneta.com.co

Ecuador
Whymper, 27-166 y Av. Orellana
Quito (Ecuador)
Tel. (5932) 290 89 99
Fax (5932) 250 72 34
Mail: planeta@access.net.ec
www.editorialplaneta.com.ec

Estados Unidos y Centroamérica
2057 NW 87th Avenue
33172 Miami, Florida (USA)
Tel. (1305) 470 0016
Fax (1305) 470 62 67
Mail: infosales@planetapublishing.com
www.planeta.es

México
Av. Insurgentes Sur, 1898, piso 11
Torre Siglum, Colonia Florida, CP-01030
Delegación Álvaro Obregón
México, D.F. (México)
Tel. (52) 55 53 22 36 10
Fax (52) 55 53 22 36 36
Mail: info@planeta.com.mx
www.editorialplaneta.com.mx
www.planeta.com.mx

Perú
Grupo Editor
Jirón Talara, 223
Jesús María, Lima (Perú)
Tel. (511) 424 56 57
Fax (511) 424 51 49
www.editorialplaneta.com.co

Portugal
Publicações Dom Quixote
Rua Ivone Silva, 6, 2.º
1050-124 Lisboa (Portugal)
Tel. (351) 21 120 90 00
Fax (351) 21 120 90 39
Mail: editorial@dquixote.pt
www.dquixote.pt

Uruguay
Cuareim, 1647
11100 Montevideo (Uruguay)
Tel. (5982) 901 40 26
Fax (5982) 902 25 50
Mail: info@planeta.com.uy
www.editorialplaneta.com.uy

Venezuela
Calle Madrid, entre New York y Trinidad
Quinta Toscanella
Las Mercedes, Caracas (Venezuela)
Tel. (58212) 991 33 38
Fax (58212) 991 37 92
Mail: info@planeta.com.ve
www.editorialplaneta.com.ve

Grupo **Planeta**   Planeta es un sello editorial del Grupo Planeta www.planeta.es

Impreso en Talleres Gráficos
HUROPE, S. L.
Lima, 3 bis
08030 Barcelona